Conrad Aiken

Die Nacht vor der Prohibition

Conrad Aiken

Die Nacht vor der Prohibition

und andere Erzählungen

Limes

Die in dieser Auswahl vereinigten Erzählungen erscheinen erstmals in deutscher Sprache und sind dem Band The Collected Short Stories of Conrad Aiken entnommen (The World Publishing Company, Cleveland, Ohio, 1960)

Deutsch von Peter Böbbis, Egon Pöllinger
und Marguerite Schlüter

Satz: Jung SatzCentrum, Lahnau
Gesetzt aus 10/11.75 Palatino auf Linotron 202
Druck und Binden: Jos. C. Huber KG, Dießen
Umschlagentwurf: H. + C. Waldvogel, Zürich
Printed in Germany 1987
ISBN 3-8090-2247-0

Inhalt

Der letzte Besuch

1

Marie Schley saß im Bus nach Watertown, am offenen, mit Fliegendraht geschützten Fenster. Es war ein sonniger Nachmittag, der erste Samstag im Oktober. Staubwolken wirbelten über die Mount Auburn Street, trieben in den Bus, brachten die Fahrgäste zum Husten. Auf dem Charles River ruderte eine Achtermannschaft gerade um die blaue Wendemarke, kroch wie ein Tausendfüßler voran; man konnte die Stimme des Steuermanns hören, die Ruderblätter blitzten in unregelmäßigen Abständen auf. Bruchstückhafte Fetzen eines gedämpften, vielstimmigen Geschreis kamen vom Stadion her über die flachen Felder, schwollen plötzlich zu einem höheren Ton an, erstarben dann langsam wieder. Dort mußte ein Football-Spiel im Gang sein. Aber ja – da flogen wie üblich die Drachen, blitzten hoch über dem Stadion auf. Wie vertraut das alles war! Es machte sie ein bißchen traurig, doch zugleich mußte sie sich eingestehen, daß sie nun viel freier war, die Schönheit des Ganzen zu genießen, es einfach als Schauspiel zu genießen, als es ihr in der Vergangenheit jemals möglich gewesen war... Es war vertraut; aber jetzt, wo sie so weit weg lebte und so selten kam, war es auch wie aus ferner Zeit. Es hatte jetzt eine »gewisse Atmosphäre« – sie sagte es fast hörbar – eine gewisse Atmosphäre. Es war nicht mehr auf so schreckliche Weise ein Teil ihres eigenen Wesens. Sicher, es hatte eine Zeit gegeben – ihr erstes Jahr in Boston, als sie zwölf war – eine Zeit, als »nach Watertown fahren, um Großmutter zu besuchen« ein wirkliches Vergnügen gewesen war. Aber selbst das war weniger eine Zuneigung zur Großmutter als vielmehr das Vergnügen an den seltsamen, verstaubten alten Möbeln, den Schondeckchen, den Haarbüscheln, den rosigen Tritonshörnern auf dem grauen Teppich – sie waren ungewöhnlich groß und dienten als Türstopper – und vor allem an Großmutters Leidenschaft für gutes Essen. Die Kirschen, deretwegen Marie immer mit einem Eimer in den Baum kletterte, der »einfache, gedeckte Apfelkuchen«, der so reichlich mit duftendem Zuckerguß bestrichene Teekuchen (Großmutter nannte ihn immer »kooken«) – das waren sicherlich sehr wichtige Punkte gewesen. Und doch war sie Großmutter gegenüber immer auf der Hut und reserviert gewesen – Vertraulichkeit war zwischen ihnen nie in Frage gekommen. Großmutter war immer hart und irgendwie kindlich gewesen, ihr ganzes Leben hatte jene eigentümliche Unfähigkeit zu Vertraulichkeit und Mitgefühl begleitet, die mit dem kindlichen Mangel an »Empfindsamkeit« einhergeht. Später, als sie Großmutter während der Schulferien besuchte, war Marie diese Härte mit zunehmendem Alter immer deutlicher geworden. Großmutters Härte – oh, eigentlich war es fast Boshaftigkeit – hatte in ihr selbst eine gewisse Boshaftigkeit hervorgerufen oder eingepflanzt. Sie hatte Großmutter oft als grausam empfunden. Inwieweit diese Grausamkeiten – sie waren ausschließlich psychologischer Natur – beabsichtigt waren oder einfach nur die natürliche, unbewußte Wirkung einer harten, gefühllosen, gescheiterten alten Frau auf eine junge, schüchterne und empfindsame, hatte sie nie herausgefunden. Und ebensowenig hatte sie, um die Wahrheit zu sagen, je herausgefunden, ob sie nicht, wenn sie nur selbst weniger egoistisch gewesen wäre, in ihrer Großmutter das schüchterne und zärtliche Mädchen mit bemerkenswert freundlichen blauen Augen deutlicher wahrgenommen hätte, das gelegentlich in einem Lachen aufblitzte und sich dann wieder zurückzog. Noch später, als sie aufs College ging, war sie der Abneigung gewissermaßen »entkommen«, hatte sie mit einem Lachen herausfordern können und einen entschiedenen und höchst erfreulichen Wechsel in ihrer Beziehung zu der alten Frau bewirkt. Großmutters »Boshaftigkeit«, das hatte sie erkannt, konnte oft durch Lachen unterminiert werden; ihr Sinn für Humor oder zumindest für das Lächerliche war köstlich. Sie war die einzige Frau in Maries Bekanntschaft, die oft und im wahrsten Sinne des Wortes »lachte, bis ihr die Tränen kamen«. Seit ihrer Zeit im College hatte Marie diese Entdekkung geschickt genutzt – rätselhafterweise war sie unmittelbar nach ihrer Rückkehr von einer Europareise »frei« genug gewesen, diese Entdeckung zu machen und sie auch zu nutzen. War es einfach nur, daß sie damals Großmutter endlich gezwungen hatte, sie als »erwachsen« und ebenbürtig zu akzeptieren? Auf jeden Fall hatte es zu einer gewissen Freundlichkeit zwischen ihnen geführt. O ja, sie hatten einige angenehme Tage miteinander verbracht. Wenn sie sich früher gehaßt und sich ingrimmig gestritten hatten – oh, diese gräßlichen Streitereien um nichts! –, so waren diese Kämpfe jetzt vorbei. Großmutter war mit zunehmendem Alter sanfter geworden; sie selbst hatte aus einem Gefühl der Überlegenheit gelernt, die Ausbrüche von Grausamkeit und Gemeinheit zu ertragen. Und jetzt sollte das alles zu Ende sein – Watertown sollte in die Ecke geschoben werden – die staubige Fahrt durch die Mount Auburn Street sollte weniger vertraut, schließlich vergessen werden – Großmutter lag im Sterben. Ein Monat – zwei Monate – fünf –. Watertown veränderte sich ganz außerordentlich. Daß sie diesen krassen Unterschied, das Neuartige empfand, wirkte wie ein Vorwurf; es schien nämlich anzudeuten, daß Großmutter vernachlässigt worden war. Wenn sie häufiger gekommen wäre – gesehen hätte, wie die neuen Häuser gebaut, neue Keller ausgehoben, neue Straßen vermessen wurden –, dann wäre sie jetzt, dessen war sie sicher, nicht so überrascht von der vollkommenen Verwandlung des Ortes. Wie grauenvoll vorstädtisch er war mit seinen Reihen billiger Zweifamilienhäuser! Abscheulich all diese Beweise sprießender Vulgarität – kitschige, mit Stuck verzierte Garagen, verloren wirkende kleine Berberitzenhekken, ganze Reihen von eingeschossigen kleinen Läden aus grellbunten Ziegeln –, wo in ihrer Jugend grüne Felder, hügelige Weiden mit zerfallenen Steinmauern, wilde Kirschbäume und – im Herbst – mit den lichtblauen Sternen der Wegwarte übersätes Dickicht gewesen waren. Sie erinnerte sich an einen Spaziergang mit Onkel Tom, als sie zwölf war, vom Harvard Square bis zu Großmutters Haus. Was für ein Abenteuer in der Wildnis! Die Hügel zwischen Belmont und Watertown waren bedeckt mit Wacholderbüschen und Birken. Um Palfrey Hill herum waren sie am alten Friedhof vorbei nach Watertown hineingekommen. Es

war, als wären sie von einem morgendlichen Spaziergang im Himalaya herabgestiegen. Wozu waren all diese Veränderungen gut? ... Wohin führte das? ... Es schien, als ob die Menschen entschlossen wären, jeden Zoll der Welt niederzutrampeln und herabzuwürdigen. Sie erinnerte sich an jenes Lied aus dem siebzehnten – oder war es das achtzehnte? – Jahrhundert in einem alten Gesangbuch: »An den Wassern von Watertown, da saßen wir und weinten, o ja, wir weinten, wenn wir an Boston dachten.« Arme Großmutter! Vielleicht war es ganz gut, daß sie so lange eine Gefangene ihres muffigen kleinen Zimmers voller Schondeckchen und Alben mit Daguerreotypien gewesen war – sie hätte diese Veränderung gehaßt. Aber hätte sie das, hätte sie das wirklich? Es war gar nicht sicher. Großmutter war die geborene Provinzlerin, eine ländliche Demokratin – vielleicht hätte sie diesen Ausbruch einer Energie gemocht, die nichts vortäuschte und sich durch nichts auszeichnete. Es hätte ihr vielleicht gefallen, zu sehen, daß Watertown im Begriff war, so augenfällig zu wachsen ... Die Kirchen würden blühen und gedeihen. Die Märkte sich bessern ...
Marie stieg in der Palfrey Street aus und begann den Hügel hinaufzusteigen. Der geheimnisvolle Bach voller verrosteter alter Töpfe und Blechdosen ohne Dekkel, der früher unter der Straße floß, war verschwunden. Sie stieg langsam hinauf – oh, nicht mehr so schnell wie damals, als sie vor dem Frühstück den Palfrey Hill hinauflief, um nach Wildblumen zu suchen! Silberrute wuchs damals auf Palfrey Hill, dem einzigen Ort, an dem sie diese je gesehen hatte. Das war noch, bevor Großmutter aus dem Haus in der Mount Auburn Street weggezogen war, dem mit dem Kirsch-

baum und dem Birnbaum und mit den »Eigentümern« (mit denen Großmutter ständig stritt und herumzankte), die in der anderen Hälfte des Hauses lebten, »bis in die Puppen Klavier spielten und sich einfach gräßlich aufführten«. Marie fragte sich, wie sie wohl gewesen waren. Vielleicht waren es ausgesprochen nette und fröhliche Menschen. Eine der Töchter war eine Heilerin der Christlichen Wissenschaft; der Sohn arbeitete in einem Musikgeschäft. Für Marie hatten sie immer etwas Romantisches gehabt, und sie war nie ohne den Wunsch zu klopfen und einzutreten an der Tür im Flur vorbeigegangen. Einmal war sie hineingegangen; alles, woran sie sich erinnerte, war die Gipsbüste irgendeines Gottes oder einer Göttin, die oben auf dem Klavier zu meditieren schien. Da war auch ein Hund gewesen, den Großmutter haßte und den sie ständig schürzenschüttelnd bedrohte. »Pfui, verschwinde, du schmutziges Vieh!« rief sie jedesmal mit einem Ausdruck ungewöhnlichen Hasses im Gesicht... Marie mußte lachen, als sie daran dachte... Sie kam an der Hängebirke vorbei – die Blätter waren gelbgefleckt... Leicht außer Atem stieg sie die hölzernen Stufen hinauf und schellte.

2

»Oh, Sie sind es, Mrs. Schley! Wie geht es Ihnen? Ich hätte Sie fast nicht erkannt... Ich glaube, Mrs. Vedder schläft. Aber ich werde mal nachsehen. Ich bin sicher, daß sie entzückt sein wird, Sie zu sehen!«
Mrs. Ling war abscheulich; daß sie gräßlich überarbeitet war durch die Leitung dieses privaten Pflegeheims und selbst auch eines langsamen Todes starb (sie hatte

nämlich bei ihrer letzten Operation »alle Innereien« verloren, wie Großmutter es ausdrückte), machte sie nicht gerade liebenswerter. Ein verschlagenes, blasses Gesicht mit verschlagenen schwarzen Augen; eine dürre Seele. Marie, die in dem provinziellen kleinen Vestibül stand, blickte auf die frömmelnden Stiche, die billigen Läufer. Über dem Kaminsims beugte sich Christus mit viel Heiligenschein in das Tal der Todesschatten hinab, streckte einen unglaublich langen Arm aus, um ein verirrtes Schäfchen zu retten; über dem dunklen Tal schwebte eine Taube mit leuchtenden Flügeln. Ein Topf mit Farngewächsen stand auf einem hohen Bambustisch in der Nähe des Klaviers; das Klavier war eine überladene Angelegenheit aus heller Eiche. Marie blickte auf das Notenpapier – *Die Heilige Stadt, Alexanders Ragtime Band, Komm in meine Liebeslaube, Der Rosenkranz.* Hier würde wohl niemand bis in die Puppen Klavier spielen!
»Ihre Großmutter ist doch wach. Wollen Sie hinaufgehen?«
»Wie geht es Großmutter?«
»Nun, so wie vorher. Sie ist sehr tapfer!«
Im Krankenzimmer, im Halbdunkel hinter den herabgelassenen Jalousien, konnte Marie zunächst kaum etwas erkennen. Die Pflegeschwester flatterte lächelnd am nach vorn gehenden Fenster herum. In dem großen Bett drehte Großmutter das kleine verschrumpelte Gesicht herum, wandte ihr die erschütternd blauen Augen eines Kindes zu. Dieser verloren wirkende kleine Zopf aus verschiedenfarbigen Haarsträhnen! Marie beugte sich vor und küßte den eingefallenen, matten Mund.
»Hallo, Großmutter«, rief sie laut, denn sie erinnerte

sich daran, daß die alte Frau taub war. »Freust du dich, mich zu sehen?«
Großmutter sah sonderbar bestürzt und leicht erschrocken auf, als ob sie aus einem Abgrund nach oben spähte.
»Was hast du gesagt?« Die Stimme kam langsam und schwach.
»Ich sagte: Freust du dich, mich zu sehen?«
»O ja, immer froh, dich zu sehen. Ich freue mich immer, dich zu sehen.«
»Wie fühlst du dich?«
Sehr langsam und vorsichtig konzentrierten sich Großmutters blaue Augen – ihre Pupillen waren stark geweitet – auf Maries Gesicht. Offenbar versuchte sie zu sehen. Sie bewegte ihre Lippen, und dann sagte sie mit schwacher Stimme:
»Sehr schlecht. Ich kann nicht essen.«
»Du kannst nicht essen? Warum denn?«
Marie zog den Stuhl näher an die Bettkante, entschlossen, fröhlich zu sein. Mrs. Vedder fummelte mit ihren mageren, zitternden Händen an der bunten Steppdecke, fummelte planlos, während ihre Augen forschend auf Maries Gesicht lagen. Es war, als ringe sie mit einer tiefen, dunklen Gleichgültigkeit um Sprache.
»Wie geht's der kleinen Kate?« fragte sie mit zittriger Stimme.
»Oh, Kate geht's prima! Sie geistert schon überall im Haus herum, indem sie sich an Stühlen und anderen Dingen festhält... Wenn wir sie in ihrem kleinen Badeanzug mit an den Strand nehmen, kriecht sie sofort ins Wasser, als ob es ihr eigentliches Element wäre. So viel Mut und Energie hast du noch nie gesehen!«

»Ich wünschte, ich könnte sie sehen ... Sie müßte doch schon laufen, nicht wahr?«
»O nein, noch nicht. Sie ist keineswegs zurückgeblieben!«
»Nein – ich denke nicht. Ich wünschte, ich könnte sie sehen. Hat ihr Haar noch dieselbe Farbe? Ihr Haar hatte so eine wunderschöne Farbe – ähnlich wie deins, als du klein warst, nur nicht so rot ... Aber du kannst sie wohl nicht in die Stadt mitbringen.«
»Nein, das ist nicht so einfach, weißt du.«
Marie sah durch das seitliche Fenster neben dem Bett und beobachtete ein graues Eichhörnchen, das auf dem Ahornast entlanglief.
»Es sind meine Zähne – ich kann meine Zähne nicht gebrauchen –, deshalb spreche ich so undeutlich. Der Zahnarzt war letzte Woche hier. Er sagte, daß mein Gaumen geschrumpft sei und dieses Gebiß nicht länger passe.«
»O wie schrecklich, Großmutter! Aber kannst du es nicht ändern lassen?«
»Das kann ich mir nicht leisten ... Sie berechnen mir hier so viel ... Es ist sündhaft, was sie hier berechnen!«
Miß Thomas, die Schwester, näherte sich mit einem Löffel und einem Medizinglas in der Hand.
»Zeit für mein kleines Mädchen, seine Medizin zu nehmen!« sagte sie und füllte den Teelöffel.
»Was wird mir die Medizin schon helfen?«
»Also, Sie nehmen sie jetzt wie ein braves Mädchen – So! ... Das ist gut!«
Mrs. Vedder sank erschöpft zurück, die von blauen Venen durchzogenen Hände lagen reglos neben ihr.
»Kleine Kate!« jammerte sie – »Ich wünschte so sehr –« Sie begann schwach und unkontrolliert zu weinen.

Miß Thomas wischte ihr die Wangen ab, während Marie vom Bett zurücktrat.

»Sie weint ziemlich viel«, sagte Miß Thomas leise. »Sie setzt sich etwas in den Kopf, wissen Sie, und denkt und denkt darüber nach und weint andauernd. Besonders die kleine Kate. Dauernd will sie Ihre kleine Kate sehen ... Nicht doch, Großmutter! Hören Sie auf zu weinen! Sie wollen doch Ihrer Enkelin nicht den Besuch verderben, wo sie zum erstenmal nach so langer Zeit wieder hier ist! Nicht wahr?«

»Nein! ... Aber ich kann nichts dagegen tun ...«

Marie dachte an einen Sonntag im Haus an der Mount Auburn Street zurück, vor siebzehn oder achtzehn Jahren. Sie aßen gedeckten Apfelkuchen zum Abendbrot: ein warmer sonniger Tag, sie erinnerte sich an den blühenden Birnbaum. »Dein Großvater, an den du dich nicht mehr erinnern kannst, hat immer gesagt: ›Also, es gibt nichts, was ich lieber mag als einen einfachen Apfelkuchen.‹ Das machte mich vielleicht wütend! Er sagte es, weil er genau wußte, daß es mich wütend machte.« Großmutter schnaubte laut, richtig in Rage. » ›Einfacher Apfelkuchen‹, sagte ich zu ihm, ›da ist nichts einfach dran! Was verstehst du schon vom Kochen? Du glaubst wohl, jeder könnte so einen gedeckten Apfelkuchen einfach zusammenrühren. Ich möchte mal sehen, wie viele Frauen einen Kuchen wie diesen machen könnten!‹ ... Aber«, fügte sie hinzu, »er plapperte immer weiter vom einfachen Apfelkuchen, dem einfachen Apfelkuchen.« Marie hatte gelacht, und Großmutter, die sich beruhigt oder die Vergangenheit abgeschüttelt hatte, hatte plötzlich auch gelacht ... Sonntags spielte Großmutter immer auf dem kleinen Harmonium die sieben oder acht Lieder aus dem Gesangbuch, die sie kannte, und sang dazu mit dünner, jammervoller Stimme. Das Harmonium war verkauft worden, als man Großmutter ins Pflegeheim brachte... Auch andere Sachen waren verkauft worden – Großmutter besaß nur noch wenige Dinge, drei oder vier Stühle, das Roßhaarsofa, eine mit Familienfotos vollgestellte Etagere, einen gerahmten, aus Venedig mitgebrachten Farbdruck von der Rialto-Brücke, eine Laubsäge-Uhr, die ihr früh verstorbener Lieblingssohn gemacht hatte. Bald würden auch diese verkauft werden.

»Sie hat in den letzten ein oder zwei Monaten ihr Gedächtnis verloren«, sagte Miß Thomas, während sie das umgeschlagene Laken über der Steppdecke glättete. »Und jegliches Interesse. Aber sie ist so wunderbar tapfer.« Und, laut rufend: »Nicht wahr, Großmutter?«

Mrs. Vedder lag apathisch da, ihr schmales, welkes Gesicht auf die Seite gedreht, eine Hand unter ihrer Wange. Ihre Augen waren weit entfernt. Sie achtete nicht darauf, oder sie hatte nicht gehört. Sie blickte Marie und die Schwester an, als ob sie nicht von Bedeutung, nicht wirklich wären. Was sie wohl dachte, fragte sich Marie. Blau wie Kornblumen waren ihre Augen und noch so außerordentlich jung und unschuldig. Es gab ein langes Schweigen, während dessen das Eichhörnchen im Ahornbaum zu schelten begann – Marie, die unter dem herabgelassenen Vorhang durch das Fliegengitter des Fensters blickte, sah, wie ein schwarzer Kater über den Rasen lief und so tat, als ob er es nicht bemerkt hätte. Er setzte sich, stellte erst ein Ohr auf, dann das andere, sah nach oben in den Baum und blinzelte mit liebevollen grünen

Augen, dann trollte er sich, enttäuscht und mißmutig... Sie hätte Großmutter etwas mitbringen sollen. Aber sie hatte ja kaum Zeit gehabt. Allerdings, in der Untergrundbahn, in dem kleinen Laden – aber gerade da war der Bus nach Watertown mit heulendem Motor um die Kurve gebogen; sie hätte eine Viertelstunde auf den nächsten warten müssen. Außerdem, Großmutter hatte stets mehr Blumen, als sie brauchen konnte – und was konnte sie außer Treibhaustrauben schon essen?...

»Ich wollte dir ein paar Weintrauben mitbringen, Großmama, aber ich hatte keine Zeit«, sagte sie. Mrs. Vedder schien der Bemerkung noch nachzulauschen, als ob sie sie immer noch irgendwo hätte und ihr langsam und mühevoll ihre ganze Aufmerksamkeit widmete.

»Mr. Sill hat mir die Rosen dort geschenkt«, brachte sie schließlich heraus. Sie drehte sich nicht nach ihnen um (sie standen auf dem Schreibtisch), sondern nahm einfach an, daß Marie sie gesehen haben mußte. »Er war gestern hier...«

»Was macht er jetzt, nachdem er die Kirchengemeinde verlassen hat?«

»Was? ... Ich weiß nicht... Er unterrichtet, glaube ich... Wie geht es Paul?« Es ärgerte Marie jedesmal, wenn Großmutter sich nach ihrem Ehemann erkundigte.

»Oh, ihm geht's ganz gut.«

»Das ist fein.« Großmutter seufzte und sah zur Seite auf die Rankentapete.

»Letzte Woche bin ich nach New York gefahren, Großmama!«

»New York? Nach New York gefahren?«

»Ja, um Alice zu besuchen. Und mir ist etwas Seltsames passiert.« In den blauen Augen lag keine Antwort. »Hörst du mich?«
»Nein.«
»Ich sagte, daß mir in New York etwas Seltsames passiert ist... Als ich bei Alice wohnte, erhielt ich einen Brief von Sarah Allbright – du erinnerst dich an Sarah Allbright? Das kleine Mädchen, mit dem ich in Chikago immer spielte. Ich hatte seit damals nichts mehr von ihr gesehen oder gehört – ich war das allerletzte Mal mit ihr an dem Tag zusammen, als wir die Schule schwänzten, davonliefen und uns irgendwo draußen bei Winnetka verirrten. Wir kamen um elf Uhr abends nach Hause zurück. Also, in ihrem Brief schrieb sie, daß sie auf Besuch in New York sei und ob ich nicht von Fall River zu ihr herunterkommen könne, um sie zu treffen! Also habe ich sie besucht! War das aufregend! Sie ist riesig – sehr dick. Ich schätze, daß ich sie trotzdem erkannt hätte. Sie ist mit einem Anwalt verheiratet, hat drei Kinder und malt Bilder. Es war wirklich interessant, einfach alles von sämtlichen Leuten in Chikago zu hören, die ich kannte.«
Großmutter starrte unbewegt vor sich hin.
»Wer, sagtest du, kümmert sich um die kleine Kate?« quengelte sie.
»Pauls Mutter.« Marie merkte, wie sie rot wurde. Hatte Großmutter vor...? Aber das alte Gesicht war nur müde und ausdruckslos.
»Was ist dir Seltsames in New York passiert?«
Maries Herz zog sich zusammen. Sie befeuchtete ihre Lippen und wiederholte die Geschichte, war sich der Aufmerksamkeit von Miß Thomas bewußt. Aber sie sah, daß Großmutter nach den ersten Worten nicht

mehr zuhörte, nicht begriff, nur die blaßblauen Augen auf Marie ruhen ließ, als ob es nicht die Geschichte wäre, die sie andeutungsweise zu verstehen suchte, sondern Marie selbst. Was war es, das sie so sehr wollte? Was war es, das sie zu sehen versuchte? Das Leben? Ihr eigenes Leben, das jetzt von Marie und der kleinen Kate verkörpert wurde? Versuchte sie, etwas schemenhaft zu berühren, das sich ihrem Zugriff entzog, etwas zu fühlen, das sie nicht sehen konnte? ... Sie gab keine Erklärung. Aber alsbald füllten sich ihre Augen langsam wieder mit Tränen, wurden unerträglich glänzend, und plötzlich rief sie weinend aus:

»Ich kann nicht sterben! Ich kann nicht sterben ... Ich will sterben, und ich kann nicht!«

Sie weinte beinahe lautlos, die Tränen rannen die Falten ihrer Wangen hinab. Miß Thomas hob streng einen Finger.

»Schämen Sie sich, Großmutter. Sie haben mir versprochen, nicht zu weinen. Und sehen Sie sich jetzt an – wegen nichts so zu weinen!«

»Sie hat sich sehr verändert«, tuschelte Marie der Schwester zu. »Mir scheint, daß es ihr sehr viel schlechter geht. Glauben Sie nicht –«

Miß Thomas schüttelte den Kopf.

»O nein! Sie ist noch sehr kräftig. Ich wüßte nicht, warum sie den Winter nicht überleben sollte.«

Etwas später sagte Marie, während sie auf ihre Uhr sah, daß sie sich sputen müsse, um ihren Zug zu erreichen. Sie würde es gerade noch schaffen. Noch einmal küßte sie den eingefallenen Mund, tätschelte die kühle Hand. Aus den tränenfeuchten Augen blickte der Tod sie wissend und deutlich an, aber Großmutter sagte nur »Auf Wiedersehen, Marie!«

3

Tom ging die schmale Gasse auf und ab, die zum Theater führte, blickte hier und da in ein Schaufenster. Als er sie sah, kam er ihr entgegen mit seinem schiefen, sommersprossigen Grinsen. Sie fühlte, daß sie ihn noch nie so gern gehabt hatte.

»An der Ecke dort eine Rose, wenn du willst«, sagte er, ohne Umstände zu machen, »oder an dieser eine Tasse Kaffee.«

»Kaffee! Ich habe Schreckliches durchgemacht.«

»So schrecklich war es? Warum um Himmels willen gehst du hin?«

»Zum einen, weil es mir ein so gutes Alibi gibt – alle glauben, daß ich den ganzen Nachmittag in Watertown verbringe.«

Tom lächelte sie dankbar an. Sie gingen in die Schnellgaststätte. »Aber irgendwie ist es gräßlich«, fuhr Marie nach einem Moment fort, während sie den Kaffee umrührte, der an die Mahagonitheke gebracht worden war. »Sie liegt im Sterben. Wirklich im Sterben. Sie sagte etwas so Fürchterliches! ... Und ich log fröhlich von dem Zug und riß mich leichten Herzens los, um dich zu treffen, von dem keiner meiner Familienangehörigen oder Freunde jemals gehört hat! ... Findest du das nicht entsetzlich?«

Tom starrte in seinen Kaffee.

»So ist das Leben«, sagte er langsam.

Wenig später gingen sie Plätze suchend den abschüssigen, dunklen Mittelgang des Vaudeville-Theaters entlang. »Hier sind zwei«, sagte Tom. Ein als Neger geschminkter Sänger sang ein derbes Lied. Der blendende Lichtkegel des Scheinwerfers mit seinem schillernden roten Rand erhellte seine bläuliche Schminke, verwandelte seine Zunge in ein unnatürliches Rosa, ließ die Goldfüllungen in seinen Backenzähnen erstrahlen. »Heiße Lippen sind zum Küssen . . .«, intonierte er grinsend, »wer denkt da noch ans Gewissen?« . . . Tom nahm ihre behandschuhte Hand, ließ seinen Finger in die Öffnung gleiten und streichelte ihre Handfläche. Ein köstliches Gefühl der Schwäche, der Auflösung kam über sie. Plötzlich erschien ihr das Leben außergewöhnlich verwickelt, schön und erbärmlich. »An den Wassern von Watertown, da saßen wir und weinten, o ja, wir weinten, wenn wir an Boston dachten.«

Deutsch von Peter Böbbis

Der Junggesellenabschied

1

Du mußt dich einfach richtig vollaufen lassen«, hatte Kit gesagt. »Wenn du den Kanal richtig voll hast, dann ist alles in Ordnung. Vorher kommst du bei mir vorbei, und wir mixen uns ein paar schöne starke Cocktails, und dann wird es dir nichts mehr ausmachen ... Großer Gott, warum nimmst du es auch nur so ernst? Das gehört nun einmal zum Leben dazu!«

Zweifellos. Vielleicht war es mit allem so. Doch warum mußte es so sein? Warum gehörte es zu den Spielregeln des gesellschaftlichen Lebens? Es schien eine Pflicht zu sein – darüber waren sich alle einig. Sie hielten sich alle daran. Loo hatte einen gehabt – Bill ebenfalls – Everett war um seinen auch nur herumgekommen, weil er auf Kuba war und selbst zur Hochzeit erst in allerletzter Minute nach Hause zurückkommen konnte. Es schien kein Entrinnen davor zu geben. Genaugenommen schien es eine Art gesellschaftlichen Beiwerks zur Hochzeit zu sein, ein unerläßlicher Auftakt. Und erst die Kosten! ... Es hatte ihm die Sprache verschlagen. Eine Gesellschaft von zwanzig Personen, von denen er viele ebensogerne nicht eingeladen hätte, die aber – wie seine Mutter gesagt hatte – dazugebeten werden *mußten*.

Und warum nahm er es denn auch *wirklich* nur so ernst?

Diese alberne Frage stellte er sich, während er einen letzten Blick auf seine Krawatte und seinen Scheitel warf. Es schien – es schien –, nun ja, so etwas wie ein Schandfleck an dem Ganzen zu sein. Eine Art gezielter Schlechtmacherei. Was mußten die Mädchen darüber denken? Was würde wohl Loos Frau darüber denken, wenn sie nun zufällig doch erfahren hätte, was auf Loos Junggesellenabschied vor sich gegangen war – oder wie er geendet hatte, und wo? Was hatte Evelyn gedacht, als sie am nächsten Morgen davon hörte, daß Bill, nurmehr spärlich bekleidet, von einem Taxichauffeur aus einem Rinnstein aufgelesen worden war? Natürlich waren die meisten dieser Mädchen heutzutage ganz schön »abgebrüht«. Doch was würde Gay denken, wenn *ihm* nun dasselbe zustoßen sollte?

Beim Gedanken daran zuckte er zusammen, als ob er einen körperlichen Schmerz dabei empfunden hätte. Er wußte, was sie denken würde. Er wußte, was er selbst denken würde. Die nächste Begegnung zwischen ihnen wäre peinlicher, als er ertragen könnte. Sie würde sich ergeben, schweigsam, gekränkt, nachsichtig zeigen; sie würde kein Wort darüber verlieren; er ebensowenig; doch es wäre nun einmal da, wie eine Art unheilvoller Schatten. Sie würden verlegen sein und schweigen; sie würden über andere Dinge sprechen, aber mit einem schrecklichen Gefühl, eben *nicht* über das zu sprechen, worauf es ihnen am meisten ankam... Und es könnte gut sein, daß das zarte Gleichgewicht zwischen ihnen nie wieder ganz so ungetrübt sein würde wie zuvor.

Vielleicht stimmte mit ihm etwas nicht. Vielleicht lag

es, wie Kit immer wieder gesagt hatte, ganz einfach daran, daß ihm die nötige Reife dafür fehlte. Was spielte das schon für eine Rolle? Männer und Frauen hatten darüber grundverschiedene Ansichten – viel besser war es doch, sich damit abzufinden und daraus das Möglichste oder das Beste zu machen. Waren Männer nicht romantisch veranlagt? Überhaupt nicht? – Oder wenigstens ein Durchschnittsmann? Oder stimmte es, daß bei Männern die romantische Veranlagung und dieses ungewöhnliche »etwas andere« nebeneinander existieren konnten? Dieser sonderbare, unverhüllte, abscheuliche *Fortpflanzungs*trieb, der natürlich eine Art »Stammes«sanktion erhalten mußte?

Die Stirn runzelnd, ging er langsam die Treppe hinunter und hinaus zu seinem Wagen, den er in der Einfahrt an der Seite des Hauses abgestellt hatte. Zum Glück war niemand da. Mutter war beim Bridgespielen im Golfclub, Vater war noch nicht aus der Stadt heimgekommen. Er fuhr langsam die Allee hinunter, drehte ohne besonderen Grund eine Extrarunde um den Platz herum und stieg dann aus und ging in das Mietshaus, in dem Kit wohnte.

Kit hatte die Cocktails schon fertig. Bacardi, und davon eine Menge.

»Die bringen dich auf Vordermann«, sagte Kit. Er schüttelte den eisbeschichteten Cocktailshaker noch einmal kräftig und schenkte die rötlich schäumende Flüssigkeit in zwei grüne Gläser ein. »Auf Gott und die Welt. Hoch die Tassen! Auf Gay und Tom und alle kleinen Gays und Toms.«

»Zum Wohl!«

Kit fuhr sich mit der Zunge über die Lippen.

»Nicht übel, wenn ich das mal selbst sagen darf. Tom, warum zum Teufel mußt du dir deswegen gleich so in die Hosen machen? Es sind doch nun wirklich alles feine Kerle. Die werden dir schon nichts tun. Es wird eine nette Party, wenn du's von der richtigen Seite nimmst. Hier, trink noch einen. Für jeden sind drei davon da.«

Mit einem Gefühl der Wärme im Bauch ging Tom ans Fenster und blickte auf die Straße hinunter. Eben kam ein Luftballonverkäufer mit seiner wippenden Traube aus bunten Kugeln vorüber. Ein kleiner Foxterrier kreiste voller Mißtrauen flink um den Mann mit den Luftballons herum und sauste dann in westlicher Richtung davon, als erwarteten ihn dort dringende Geschäfte. Auf einem Baum schwatzten eine Menge Spatzen.

»Vermutlich«, sagte er, ohne sich umzuwenden, »bin ich ein sentimentaler Mensch. Und natürlich bin ich auch, wie du ja weißt, ungesellig. Um es gleich zu sagen: Mir ist dieser gräßliche Rummel um die Hochzeitsfeier zuwider, richtig zuwider; es ist ja praktisch so, als ginge man vor allen Leuten ins Bett. Findest du das anständig? Ich bestimmt nicht ... Und was diesen verdammten Junggesellenabschied angeht – was Schlimmeres gibt's wohl nicht. Weißt du, welchen Verdacht ich habe?«

»Nein. Erzähl mir jetzt nur nicht, daß du unter der Belastung paranoid geworden bist und uns alle eines üblen Komplotts gegen dich verdächtigst! ... Du nimmst das Leben zu schwer.«

»Und ob ich das tue!«

»Tu's doch nicht ... Aber erzähl mir lieber, welchen Verdacht du hast!«

Sie sahen einander an und lächelten. Die leichten Vorhänge wehten auf einem warmen Luftstrom vom Fenster her nach innen, und das Zimmer schien sich plötzlich mit den Stimmen der Spatzen zu füllen. Das Geräusch war vielfältig, idiotisch, wie das Leben selbst. Doch wie sollte man das sagen? Oder wie sollte man sicher sein, daß es nicht einfach nur Gelächter hervorriefe?

Er blickte beiseite und fühlte sich wegen seiner Zweifel fast schuldig – schuldig und hilflos; als wäre sein Gedankengebäude so unmitteilbar und unzerlegbar wie jener absurde Chor aus zarten Stimmchen; als sollte man einen Ozean oder die Welt Atom für Atom einzeln darzustellen versuchen. Würde Kit trotz der zwei Cocktails, die in seinem Kopf rumorten, diese Vorstellung oder alles, was davon abhing, begreifen?

»Ach, ich weiß nicht«, murmelte er im Bewußtsein seiner Unzulänglichkeit. Und darauf, da ihn ein Gefühl der Verpflichtung überkam, eine Furcht, Kit zu verletzen: »Es ist so ... Du weißt doch, daß einige dieser afrikanischen Stämme einen eigenartigen Hochzeitsbrauch haben. Du weißt doch welchen? ...«

»Nein, eigentlich nicht.«

»Jedermann im Stamm schläft mit der Braut – bevor der Ehemann sie haben darf. Davon wirst du doch wohl schon gehört haben. Welcher Gedanke steckt dahinter? Nicht gerade ein sehr schöner ... So eine Art Gemeinschaftsaufgabe: als ob der Stamm selbst die Frau in Besitz nähme, indem er sie schändet und dabei den Ehemann demütigt und ihn in seine Schranken weist. Das sollte ihn nun doch wirklich von jeglichen großartigen, romantischen Vorstellungen von der Liebe kurieren und ihm auch nur den leisesten Gedanken an einen alleinigen Besitzanspruch auf seine Frau austreiben! Nicht wahr? Vorausgesetzt, afrikanische Stämme *haben* überhaupt romantische Vorstellungen! ... Stell dir nur mal vor, was der Bräutigam dabei empfinden muß!«

»Ich bezweifle sehr stark, daß er überhaupt etwas empfindet.«

»Vielleicht nicht, wenn er vollkommen stammesgesinnt ist. Aber angenommen, er hat ein bißchen was von einem Individualisten an sich – und schließlich hat sich die Zivilisation ja gerade durch solche frühen Erscheinungsformen des Individualismus entwickelt – und möchte sich auf seine Art seinen eigenen einzigartigen Reaktionen auf Gott oder die Welt oder wie immer man es nennen mag hingeben, und zwar ohne jedes Gefeixe und Gegeifer und Gemeckere von der Herde. Angenommen, er hat sein eigenes kleines Schönheitsideal, wenn du so willst, und möchte es sich nicht von den Dorfvätern vergällen lassen. Er trägt dieses kleine, geheime Etwas in seinem Herzen oder in seiner Seele, und ihm liegt verdammt viel daran. Was wird er denn *dann* dabei empfinden?«

Kit runzelte die Stirn, während er die flache Hand gegen den Verschluß des Cocktailshakers hielt. Er stand in einer charakteristischen Haltung da: mit gekreuzten Beinen. Sein Gesicht glühte, und er sah verblüfft aus.

»Jetzt wirst du ein wenig philosophisch«, sagte er. »Und trotzdem weiß ich, was du meinst. Klar, ich weiß, was du meinst. Es wäre irgendwie scheußlich ... Magst du noch einen?« Tom hielt sein Glas hin; Kit lächelte und schenkte nach.

»Scheußlich ist genau der richtige Ausdruck. Und eben das ist ein Junggesellenabschied auch.«
»Mach keine Witze!«
»Das ist kein Witz. Ich meine es ernst.«
Kit begann zu lachen – als ginge er davon aus, daß das Ganze eine recht unterhaltsame Posse sei –, besann sich dann aber offenbar eines Besseren. Er stellte den Cocktailshaker auf den Kaminsims neben eine Schnupftabaksdose aus vergoldetem Porzellan. Dann fuhr er sich mit der Hand über die Stirn.
»Ich habe schon ein paar davon getrunken, bevor du gekommen bist«, sagte er. »Also bin ich dir voraus. Das Leben ist verdammt komisch.«
»Von wegen!«
»Um Gottes willen, Tom, du willst doch wohl nicht etwa sagen, daß du das alles ernst nimmst? Jetzt reiß dich aber mal zusammen! Was zum Teufel macht es denn schon aus? Manchmal glaube ich wirklich, du bist geistesgestört.«
»Langweil mich nicht! Ich dachte, du seist intelligent genug, um es zu verstehen. Oder sensibel genug, um es zu fühlen. Mein Fehler.«
Er ging auf den Tisch zu, um sein Glas abzustellen, und spürte, wie sein erster Schritt leicht schwankte. Sein zweiter war sicherer, und er hatte das Gefühl, daß sein Schwanken völlig unbemerkt geblieben war. Kit war auch gar nicht in der Verfassung, etwas zu bemerken. Die Vorhänge schwebten wieder nach innen und wogten, und etwas in seinem Kopf schwebte und wogte auf dieselbe Weise. Es war April, und dergleichen paßte dazu. Es wäre ein schöner Abend für einen Spaziergang oder eine Ausfahrt mit Gay gewesen. Nach Concord oder Lexington. An jenem kleinen

Hügel vorbei, wo die Pfirsichbäume immer zuerst blühten ... Seltsam, wie schwierig, um nicht zu sagen, unmöglich es gewesen war, mit Kit über das alles zu sprechen. Und mit Gay war es dasselbe gewesen. Er hatte vorgehabt, ihr davon zu erzählen – von seinem wachsenden Widerwillen gegen die Abschiedsfeier –, von seinem Gefühl der Verdorbenheit beim bloßen Gedanken daran –, er hatte sogar schon begonnen, sich die passenden Worte dafür zurechtzulegen; doch dann hatte er auf einmal keinen Ton mehr herausgebracht. Bereits im *Gespräch* darüber würde etwas Kostbares verlorengehen. Das Gleichgewicht des ganzen Verhältnisses war noch so empfindlich, die Gefühle waren noch so ungefestigt ...

»Schau mal«, sagte Kit plötzlich. »Ich bin nicht ganz so dumm, wie du anscheinend denkst. Weißt du was? Ich glaube, ich weiß genau, worum es bei dieser ganzen Geschichte geht. Haargenau sogar. Jetzt hörst du mir mal zu.«

Er trat ans Fenster neben Tom und nahm, ein wenig schwankend und liebevoll lächelnd, Toms Arm. Mit zwei Fingern hob er die Brille auf seinem Nasenrücken an und rückte sie wieder zurecht, während seine blauen Augen unverwandt in die von Tom blickten.

»Es ist so. Aber ich meine, wir brauchen noch einen, bevor ich es sagen kann. Sollen wir noch einen trinken? Ja, laß uns noch einen trinken!«

Er schwenkte den Shaker flüchtig, schenkte daraus ein und kam mit den zwei Gläsern zurück.

»Nun hör zu«, sagte er und drohte dabei mit dem Finger. »Es ist sehr, sehr einfach, und zwar folgendermaßen, und da du nun einmal so bist, wie du bist, ist es doch nur zum besten in der besten aller möglichen oder denkbar möglichen Welten. Erstens – entschuldige bitte, wenn ich ein wenig konfus wirke – ist die Welt sehr schön, und sie vergeht, ehe man sich's versieht, und wir sind weg, und deshalb spielt es sowieso nicht die geringste Rolle. Auf einmal sind wir hier, schauen aus einem Fenster und hören ein paar hundert Spatzen zu – machen die nicht den fürchterlichsten Krach, den du je in deinem Leben gehört hast? –, und dann auf einmal sind wir *nicht* mehr hier. Ich sehe also überhaupt keinen vernünftigen Grund, weshalb man sich darüber aufregen sollte. Mir kannst du nichts weismachen – niemand kümmert sich um den Spatzen, wenn er herunterfällt. Wenn er meint, er müsse wegen irgendeiner Lappalie einen Nervenzusammenbruch haben, wird *deswegen* auch niemand Himmel und Hölle in Bewegung setzen, glaub mir's; und eine Viertelstunde später wird deswegen niemand besser oder schlechter dran sein. Und vielleicht weißt du es nicht, aber du bist ein Spatz. Du bist ein sentimentaler Spatz, mein Junge! In deiner Vorstellung siehst du die Liebe und Gay und Gott und die Ideale und was weiß ich noch alles romantisch verklärt; du befindest dich in einem derartigen Überschwang der Gefühle, daß du der ungeschminkten Wahrheit schlicht und einfach nicht ins Auge blicken kannst. Und genau da kommen *wir* ins Spiel, mein Junge. Unsere Aufgabe ist es, dir dahin Hiebe zu versetzen, wo deine Ideale am empfindlichsten sind. Und warum? Weißt du, warum? ...«

»Nein, eigentlich nicht!«

»Also gut, dann werde ich es dir sagen. Wir wollen dich dadurch davor bewahren, *zu spät* dahinterzukommen, daß du nur einer schillernden Seifenblasenillusion nachgejagt bist. Und schon kommen wir mit dem großen Knüppel daher und ziehen dir für zuviel Sternguckerei eins über den Schädel; gerade noch rechtzeitig, um dich davor zu bewahren, im Graben zu landen... Punktum... Na, klingt das für dich nicht ganz vernünftig?«

»Kein bißchen. Aber nur zu!«

»Das ist alles... das ist die ganze Geschichte. Wir sagen dir ja bloß, daß Gay auch nur ein Mensch ist; daß ihr beide einfach nur gottverlassene Kreaturen seid; und daß eure Chancen, euer Leben nicht zu verpfuschen, um so größer sind, je früher euch das klar wird und ihr euch *danach* richtet... Das ist doch sehr einfach. Es wundert mich, daß ich nicht schon vorher daran gedacht habe. Trotzdem halte ich mich für ganz schön intelligent!«

»Außerordentlich intelligent!«

»Womit wir uns« – sagte Kit grinsend – »jetzt wohl besser auf den Weg machen sollten. Es ist bereits sechs Uhr dreißig. Ich habe übrigens zwei Dutzend billiger Weingläser bestellt – solche, die man zerschmettern kann, ohne dabei gleich bankrott zu gehen. *Das* ist der Teil, der mir immer Spaß macht. Das Zerschmettern der Gläser. Was meinst du wohl, hat *diese* symbolische Handlung zu bedeuten? Mir kommt sie irgendwie verdächtig vor. Wenn irgend so ein blöder Analytiker sich damit befaßte –!«

Er setzte den Hut keck auf den Hinterkopf.

»Komm schon, du Idealist, auf in den Kampf!«

2

Die Fahrt zum Club hatte Tom vorübergehend wieder einen klaren Kopf bekommen lassen. Doch als Kit ihn in den separaten Speiseraum hineinschob, in dem die Luft heiß und verqualmt war und wo die versammelten Gäste sich bereits drängten, wurde ihm plötzlich wieder schwindelig. Ein Geschrei erhob sich, sofort scharte sich eine johlende Horde mit allzu plumper Vertraulichkeit um ihn, die Sänger, die soeben noch *Mademoiselle aus Armentières* zum besten gegeben hatten, rissen sich vom Klavier los und stürmten *en masse* auf ihn ein, eine Topfpalme wurde umgestoßen, und plötzlich ertappte er sich dabei, wie er völlig grundlos lachte, als hätte ihn die Heiterkeit des verantwortungslosen Haufens unversehens angesteckt. Er wurde auf seinen Platz am Kopfende des Tisches gedrängt, Korken begannen zu knallen, Kit stand auf einem Stuhl und hielt eine Rede, und die Kellner eilten mit serviettenumhüllten Flaschen ein wenig aufgeregt von Glas zu Glas.

»Meine Herren«, rief Kit, »wir sind hier zu einem biologischen Zweck versammelt! Wir sind hier versammelt –«

»Hinsetzen, hinsetzen!«

»Wir sind hier versammelt –«

»Aufhören!«

»Die Gläser sind alle gefüllt!«

»Bring den Trinkspruch aus!«

»Meine Herren, genau zu diesem Zweck bin ich hier versammelt, wenn ihr mich nur ausreden ließet.« Er griff nach seinem Glas. »Meine Herren, ein Hoch auf die sittsame Braut! Alle Mann aufgestanden!«

Die zwanzig Männer erhoben sich, führten die Sektgläser, nachdem sie ihrem Gastgeber zugeprostet hatten, gleichzeitig zum Mund und schwiegen einen kurzen Augenblick lang, während sie tranken. Und dann schleuderten sie unter unheimlichem Gebrüll die leeren Gläser auf den Kamin. Für einen Moment konnte Tom sich nicht erinnern, ob auch er trinken und sein Glas zerschmettern sollte; als er es dann doch tat, bemerkte er, daß es auf einer Stütze des Feuerbocks aufschlug. Vor dem Kamin war der ganze Boden mit Glasscherben übersät. Mehrere Sektgläser hatten das Ziel verfehlt: Eines war über dem Kaminsims an die Wand geflogen, ein zweites hatte das Klavier getroffen, und ein drittes war, ohne zu zerbrechen, in einem Klubsessel gelandet. Und geradezu so, als wäre dieser Trümmerhaufen das Signal für ein Klanggewitter, setzte das Geschrei und Gesinge augenblicklich wieder ein. Ein Kellner machte sich daran, das Glas zusammenzukehren, während andere neue Gläser und noch mehr Flaschen hereinbrachten. Im Handumdrehen hatte man die Austern und die Suppe verputzt, auf den Champagner folgte Rotwein und auf den Rotwein Whisky; Roger Day war, wie gewöhnlich, völlig betrunken und krönte sich mit einer Melone. Kit hatte, kreidebleich im Gesicht, den Raum verlassen; und man war zum Erzählen von Geschichten übergegangen. Blieben sie zunächst auch noch verhältnismäßig harmlos, so nahmen sie doch rasch immer stärker rabelaisische Züge an; großes Freudengeschrei begrüßte sie; Fäuste trommelten auf den Tisch; auf ein bestimmtes Bonmot hin schmetterte Roger Day einen Teller auf den Boden. Eine Reihe von Limericks wurde gesungen, einer der-

ber als der andere. *»O Johnny come up to me – O Johnny come up to me –!«*
Nachdem es eine Stunde lang so zugegangen und dabei ständig weitergetrunken worden war, wurde Tom des Lachens allmählich müde. Auch spürte er langsam, wie sich in seinem Innersten ein noch ganz unterschwelliges Gefühl des Zorns und der Feindseligkeit breitmachte; er trank noch mehr Burgunder, hörte mit halbem Ohr den schmutzigen Geschichten zu und stieß dann unvermittelt seinen Stuhl ein Stück vom Tisch weg, in einen feucht-kühlen Luftstrom, der durch das offene Fenster hinter ihm hereindrang. Wie spät war es? Es fing gerade zu donnern an – der Gedanke an ein kühles Gewitter war erfrischend. Wenn er sich doch nur davonstehlen könnte –! Die Lichter schwammen ein wenig über ihm – er blickte hinauf, um festzustellen, ob sie sich denn auch wirklich bewegten.
»Kaffee, der Herr?« »Ja, bitte. Ein ganz klein wenig –«
Die Kaffeetasse schien weit von ihm entfernt zu sein – unsicher griff er danach. *Mademoiselle aus Armentières* wurde von neuem angestimmt, darauf *Down in the Lehigh Valley* und darauf *Colombo.* Dann wurden mehrere Lieder gleichzeitig an verschiedenen Stellen des Raumes gesungen – allmählich geriet die Party außer Rand und Band. Ihm war, als ob sich ein Ventil in seinen Ohren geschlossen hätte: alles klang eigenartig gedämpft. Diese geröteten Gesichter und weitaufgerissenen Münder hatten nichts mit ihm zu tun. Ein paar Gäste gingen frühzeitig. Gott sei Dank!
»Wie geht's dir, alter Knabe?«
Es war Kit, der sich, noch immer sehr blaß, mit leuchtenden Augen schwankend über ihn beugte.

»Scheußlich«, sagte er. »Ich find's scheußlich.«
»Warum versuchst du's nicht mal mit der römischen Feder? Den Gang runter, zweite Tür links.«
»Scher dich zum Teufel!«
»Na schön! Scher dich doch selbst zum Teufel!«
Ein grüner Blitzstrahl zuckte über die Decke, über die Gläser und ließ alles künstlich erscheinen, und unmittelbar darauf folgte ein gewaltiger Donnerschlag. Vielstimmiges Hurrageschrei. Einen Augenblick lang herrschte Stille, dann begannen die Männer auf die Beine zu stolpern.
»Eben hat es gedonnert«, sagte Kit. »Ich werd' doch wohl noch wissen, wann es donnert!«
»Wer ist für eine Party, bevor es noch zu regnen anfängt?« fragte Roger Day. »Ich kann Helen anrufen. Redet doch nicht alle gleichzeitig! Nur sechs Leute haben Platz.«
Er torkelte ans Fenster und blickte, die Vorhänge mit beiden Händen auseinanderhaltend, gespannt hinaus.
»Es regnet schon«, sagte er. Dann rief er: »Schaut mal! Es brennt! Mensch, Jungs, da drüben brennt's! Gehn wir! Was meint ihr?«
»Wo? Laß sehen!«
Dem Ansturm auf das Fenster folgte ein gewaltiger Exodus in den Korridor. Alle auf einmal. Irgend jemand lag stöhnend am Boden. Kit packte ihn beim Arm und versuchte ihn hinter sich her zu zerren.
»Komm schon!« sagte er.
»Nein. Laß mich in Ruhe! Verschwinde! Ich gehe selbst, und ich gehe allein.«
»Du bist betrunken.«
»Du bist selber betrunken. Laß meinen Arm los, Kit!«

»Sei kein Dummkopf! *Du* kannst in dem Zustand nicht fahren! Das gibt dir jetzt Gelegenheit, dich zu verdrükken ... Komm schon! Steh auf!«
Tom ließ sich auf die Beine ziehen.
»Ihr seid ein Haufen lausiger, dreckiger, kleiner Schandmäuler«, sagte er. »Ihr alle miteinander.«
»Halt die Klappe!«
Kit schleifte ihn den Gang entlang, fand seinen Hut, den er ihm an seiner Statt aufstülpte, und schob ihn dann auf die Straße hinaus.
»Du wartest hier«, sagte er. »Gib mir den Schlüssel zu deinem Wagen!«
Er nahm den Schlüssel und rannte in die Dunkelheit hinein. Es begann heftiger zu regnen. Tom sah zu, wie die riesigen Tropfen auf die unter einer Laterne angestrahlte Kreisfläche des Gehsteigs fielen. Sie waren so groß wie Gänseblümchen. Er bückte sich, um ihnen zuzusehen. *Klatsch-klatsch-klatsch* fielen sie; und ein paar platschten ihm auf den Hut. Ein Wagen fuhr weg, und dann noch einer, und ihre Scheinwerfer rissen leuchtende Regentropfenschwärme aus der Nacht heraus. Aus dem zweiten Wagen wurde ein Kopf herausgestreckt und geschrien: »Beeil dich, Tom, du Dummkopf!«
»Scher dich zum Teufel!« rief er zurück.
Sollten sie sich doch allesamt zum Teufel scheren, diese verdammten Narren! Er ging in die entgegengesetzte Richtung los, in die Kit gerannt war. Es blitzte ein weiteres Mal. Der Regen begann noch stärker zu fallen. Er täte doch nur gut daran, wenn er einfach wegliefe und nicht mehr zurückginge. Aber wo würde er hingehen? So konnte er nicht nach Hause – und er konnte auch sonst nirgendwohin. Wie wäre es mit der

Party bei Helen? Von Kit hatte er alles über Helen gehört. Von der Sorte »Anruf genügt«. Kit war mehrere Male dortgewesen; er mochte Helen, ebenso ein Mädchen aus St. Louis, das dortgewesen war, eine verheiratete junge Frau, die ab und zu nach Boston auf »Erholung« kam ... Oder er könnte ins Kino gehen und seinen Rausch ausschlafen. Oder der Brand? ... Plötzlich packte Kit ihn am Arm.

»Hiergeblieben! Wo läufst du denn eigentlich hin?«

»Laß mich los, du verdammter Narr!«

»Den Teufel werde ich tun ... Du steigst jetzt in diesen Wagen ein!«

»Wirst du mich wohl loslassen?«

»Nein!«

Er spürte, wie Kits Hand sich fest um sein Handgelenk schloß. Kits Gesicht, weiß und angestrengt, drang ganz nahe an das seine heran. Plötzlich überwältigte ihn eine Welle rasenden Hasses; mit der flachen Hand schlug er fest in das weiße Gesicht, so fest er konnte, und spürte, wie die leichte Brille zersprang. Kit taumelte rückwärts, hob beide Hände an die Augen, beugte den Kopf auf seltsame Weise vornüber und stand vollkommen still da. Tom machte einen Schritt auf ihn zu.

»Kit!«

»Warum in aller Welt hast du denn das getan?«

»Bist du verletzt? Laß mich mal sehen!«

Kit nahm langsam die Hände weg, setzte dabei die zerbrochene Brille ab und hob das Gesicht. Aus einer Schnittwunde unterhalb des linken Auges strömte ihm Blut über die Wange.

»Mein Gott, Kit, das tut mir leid! Ist das Auge verletzt?«

»Nein ... Vermutlich nur eine leichte Fleischwunde ... Sieht es schlimm aus? Drück doch mal ein Taschentuch drauf!«
Sie traten zusammen in den Lichtkegel unter einer Laterne, und Tom machte sich daran, die Wunde mit seinem Taschentuch abzutupfen. Gott sei Dank – es war nicht so schlimm, wie er angenommen hatte.
»Sie ist ungefähr einen Zentimeter lang«, sagte er. »Ich glaube nicht, daß sie sehr tief ist. Du solltest lieber das Taschentuch dagegenhalten ... Wo steht der Wagen?«
Sie gingen langsam zum Wagen und stiegen ein. Tom am Steuer. Einen Augenblick lang saßen sie still da und lauschten dem Regen auf dem Dach. Es regnete stärker denn je, ein ununterbrochenes Getrommel. Kit, der noch immer recht schnell atmete, legte sich zurück und schloß die Augen. Dann begann er zu lachen.
»Wir verdammten Narren«, sagte er. »Wir Idioten! Glaubst du, du bist nüchtern genug zum Fahren?«
Tom legte Kit plötzlich die Hand auf die Schulter.
»Kit, altes Haus, es tut mir schrecklich leid ... Weißt du, weshalb das Ganze?«
»Klar weiß ich, weshalb!«
»Du bist eben ein feiner Kerl.«
Er begann selbst zu lachen, ein wenig hysterisch, und hörte dann unvermittelt damit auf, da ihm so war, als werde er im nächsten Augenblick weinen.
»*Das* hat keinen Sinn«, sagte er mit einem leichten Stocken in der Stimme. »Fahren wir! Ich werde auf deinem Sofa übernachten.«
Er drückte auf den Anlasser, schaltete den Scheibenwischer ein, und der Wagen setzte sich in Bewegung ... Was für eine erstaunliche Geschichte – was

für eine erstaunliche Geschichte! Gott sei Dank war sie vorbei ... Und dann dachte er an Gay; und sogleich überkam ihn ein Gefühl wilder Freude, als stünde wieder alles zum besten in der besten aller möglichen Welten.

Deutsch von Egon Pöllinger

Beug dich, Isaak!

Ich machte meinen ersten Besuch in Hackley Falls, als ich zwölf Jahre alt war. Meine Mutter war in jenem Jahr gestorben, und mein verwitweter Vater wußte in den Schulferien nichts Besseres mit mir anzufangen, als mich auf Besuch zu meinen beiden unverheirateten Tanten, Julia und Jenny (seinen älteren Schwestern), zu schicken, die noch immer auf der Familienfarm lebten, wo er selbst geboren worden war; und dort hatte er auch meine Mutter kennengelernt und geheiratet. Es war also nur natürlich, daß er mich nach »Witch Elms« schickte; und ich gestehe, daß ich nach einer nahezu gänzlich in New York verlebten Kindheit dieses Abenteuer als ein Geschenk des Himmels betrachtete. Mein Vater schärfte mir ein, ich hätte mich nützlich zu machen – in strengster neuenglischer Manier wurde ich genauestens über meine Pflichten belehrt. Ich sollte zweimal am Tag die Post abholen, das Anmachholz ins Haus bringen, ins Dorf gehen, um Lebensmittel zu besorgen, sobald Tante Julia oder Tante Jenny mich darum baten, dem alten Jim beim Vieh helfen – was lediglich bedeutete, die einzige Kuh auf die Weide und wieder nach Hause zu treiben oder die zwei Schweine zu füttern, die im Keller der Scheune hausten – und mein Zimmer sauberhalten. Wenn ich ganz artig wäre, dürfte ich vielleicht von Zeit zu Zeit mit dem Pferd ausfahren. Und ich könnte Jim dabei helfen, das Wasser in den Tank auf dem Dachboden zu pumpen, was noch von Hand erledigt wurde.

All diese Arbeiten verrichtete ich und empfand sie überraschenderweise nicht im mindesten als Pflichten. Ich war glücklicher als je zuvor in meinem Leben. Eine zweihundert Morgen große Farm und Wälder, die zu Streifzügen einluden, der Mühlfluß, in dem man baden, und Berge, auf die man hinaufklettern konnte – und dazu noch der Sommer, der soeben erst begann –, da darf man wohl davon ausgehen, daß ich das Ganze nicht gerade als sehr lästig empfand. »Witch Elms« stand mitten in einem grünen Wiesental, ungefähr einen halben Kilometer vom Fluß entfernt, den wir von der Veranda aus sehen konnten. Genau dort führte die Straße vermittels einer altmodischen, grellrot gestrichenen, überdachten Brücke über den Fluß; im Boden fehlten einige Bohlen, und damals lag ich dort für mein Leben gern auf dem Bauch und blickte auf das seichte, rauschende Wasser hinunter, in dem man jeden Kieselstein und jede Elritze sehen konnte.

Jenseits der Brücke ragte der Teufelsberg empor, der mit Zuckerahorn bewaldet war und an dem entlang die Straße seitlich steil nach Osten hin anstieg und schließlich, nach ungefähr anderthalb Kilometern, an dem (ziemlich hoch oben auf einem Vorsprung des »Teufels« thronenden) weißen Farmhaus vorbeiführte, das Captain Phippen gehörte, einem entfernten Verwandten von uns, der uns als einziger häufig besuchen kam. Er war Schiffskapitän im Küstenhandel gewesen und lebte nun bei seinem Sohn und seiner Schwiegertochter. Man konnte ihn fast immer mit einem starken Fernglas in der Hand auf seiner Veranda sehen – er erzählte mir für gewöhnlich, daß er durch dieses Fernglas alles wisse, was im Tal vor sich gehe. Er wisse genau, in welchem Obstgarten Jim gerade pflücke und wie viele Körbe er schon voll habe, und er behauptete sogar (mit einem Augenzwinkern), er wisse, wie groß die Äpfel seien. Einmal erzählte er mir, er könne im Sommer, wenn das Licht richtig sei und die Kirchenfenster in Hackley Falls offenstünden, erkennen, ob die Verrückten Willards ein Zehn- oder ein Fünfcentstück in den Opferstock würfen; doch das war, wie ich wußte, eine reine Legende. Ich hatte selbst viele Male durch das Fernglas geschaut und wußte, daß man von dem weißen Städtchen Hackley Falls nicht mehr zu sehen vermochte als den Kirchturm mit einem goldenen Fisch als Wetterfahne und die kleine rote Kuppel der Mittelschule mit einer schwarzen Glocke darin. Ulmen und Ahorne verdeckten vollständig den Rest der Stadt; und in Wirklichkeit war die einzige andere menschliche Behausung, die man von Captain Phippens wie auch von unserer eigenen Veranda aus sehen konnte, die der Verrückten Willards, die genau auf halbem Wege zwischen unserem Haus und Hackley Falls lag – ungefähr zweieinhalb Kilometer westlich und (von »Witch Elms« aus gesehen) auf der gegenüberliegenden Seite des Flusses. Es war ein niedriges, quadratisches Farmhaus im Kolonialstil, das früher einmal recht schön gewesen sein mußte, nun aber, unter der Last der Verwahrlosung und der Jahre pechschwarz verwittert, allmählich einzustürzen drohte. Durch Captain Phippens Glas konnte man den wildwuchernden Trompetenjasmin, der den Westgiebel mit scharlachroten Blüten überzog, und den schmutzigen Viehhof, der an die Ostseite des Hauses grenzte, ganz mühelos erkennen. Ebenso konnte man die Hörner der Kühe über dem ungestrichenen Zaun erspähen ... Doch ich greife bereits meiner Geschichte vor, denn dieses finstere Haus ist eigentlich mein Thema.

Bei der Vorliebe kleiner Jungen für das Anomale – Spukschlösser, Dämonenbezwinger, Verbrechen, Gewalt und so weiter – ist es doch nur natürlich, daß die Willard-Farm mich von Anfang an faszinierte. An nichts hätte sich zum Beispiel meine Phantasie darüber stärker entzünden können als an dem Umstand, daß ich gleich zu Beginn davor gewarnt wurde. Bereits auf meiner allerersten Fahrt von Hackley Falls nach »Witch Elms« hatte mich der alte Jim zum erstenmal auf diesen Ort aufmerksam gemacht – mit einer Seitwärtsbewegung seiner aufgerollten Peitsche zeigte er darauf.

»Siehst du das da?« Und als ich zustimmte, setzte er hinzu: »Geh dort ja nicht hin! Da drüben leben die Verrückten Willards. Der alte Verrückte Willard.«

Er kaute langsam Tabak, wandte seinen Blick aber nicht auf das Haus. Ich betrachtete es, und damals kam es mir eigentlich ganz harmlos vor.

»Wer ist 'n der Verrückte Willard?« fragte ich.

»Er ist der leibhaftige Teufel. Der leibhaftige Teufel in Menschengestalt! Wenn man ihn mit einem nassen Finger berührte, würde es zischen.«

Diese Metapher machte zu der Zeit einen so starken Eindruck auf mich, daß ich nicht weiter nachfragte. Zu viel war gleichzeitig auf mich eingestürmt; und erst nach einigen Tagen, eines Abends zur Melkzeit, als Jim, die Knie unter Lemons Bauch, gerade den warmen, weißen Schaum in einen hallenden Kübel spritzen ließ, brachte ich selbst das Thema wieder zur Sprache. Ich war täglich an dem Haus vorbeigekommen – wobei ich es natürlich über den schmalen Fluß hinweg beäugte –, hatte dort aber nur ein einziges Mal ein Anzeichen von Leben gesehen. Es war eine große junge Frau mit einem Kiepenhut auf dem Kopf gewesen, die gerade recht grimmig das Gras im Vorgarten oder Vorhof zusammenrechte und die sich, die Hände auf den Rechengriff gestützt, bei meinem Anblick (ich brachte eben die Post nach Hause) einen Moment lang umwandte und mir blitzschnell einen Blick von beunruhigender Intensität zuwarf. Auf der Stelle tat ich so, als ob ich lediglich den Fluß betrachtete.

»Wie sieht der alte Verrückte Willard denn aus?« fragte ich. »Und warum ist er verrückt?«

Jim ließ sich mit seiner Antwort so lange Zeit, daß ich schon dachte, er würde mir überhaupt keine Antwort geben. Lemons Bauch schob ihm die schäbige, alte Melone aus der Stirn, und er kaute seinen Priem. Die dünnen, weißen Milchstrahlen schossen abwechselnd an zwei verschiedene Seiten in den Kübel, *sping-spong-sping-spong,* und Lemon warf ab und zu den Kopf hin und her, um die Fliegen abzuschütteln.

»Warum er verrückt ist?« *Sping-spong-sping-spong.* »Hm, wahrscheinlich, weil der Herr es so mit ihm gewollt hat. Mit ihm und seiner Frau, und auch mit Lydia.«

»Wer ist Lydia?«

»Lydia? Sie ist seine Tochter.«

Darüber dachte ich nach.

»Aber wie sieht er denn aus?«

»Ja nun, er ist groß und weißhaarig und irgendwie sehnig, und er hat eine Menge Zähne.«

»Stellt er verrückte Sachen an?«
»Zerbrich dir mal lieber nicht den Kopf über ihn, Billy!«
»Na jetzt sag doch schon!«
»Er ist ganz verrückt nach Religion. Alle drei sind sie verrückt danach. Sie singen Kirchenlieder – morgens, mittags und abends.«
»Oh!«
»Hör mal hin, wenn du vorbeigehst – man möcht' grad glauben, die hätten Tobsuchtsanfälle. Und manchmal stimmt das auch ... Er ist ein wahrer Meister mit einer Peitsche.«
»Einer Peitsche?«
Meine verdutzte Frage blieb mit Ausnahme des Singsangs der in den Kübel spritzenden Milch unbeantwortet.

Meine Tanten waren so freundlich wie nur eben möglich. Sie wußten wohl nicht viel von Kindern – oder kleinen Jungen –, und vermutlich stellte ich ein Problem dar, das sie höchstwahrscheinlich manchmal bis spät in die Nacht hinein erörterten. Zu welchen phantastischen Schlüssen sie dabei gelangten, das weiß der Himmel allein! Sie waren sich sehr ähnlich – tatsächlich konnte ich sie anfangs nicht auseinanderhalten. Sie trugen beide eine Brille, und beide hatten ein schmales, blasses, freundliches Gesicht; sie kleideten sich in Schwarz, mit Spitzen über den Schultern, scheitelten das Haar streng in der Mitte und hatten strahlendblaue Augen. Erst nach ein oder zwei Tagen wußte ich, daß Tante Julia diejenige war, die graues Haar hatte und beim Reden meist die Hände faltete. Sie war sehr sanftmütig. Tante Jenny war rundlicher, oben herum ein wenig ausladender, hatte das laute, plötzliche Lachen eines Mannes und einen aggressiven Humor. Außer sonntags zur Kirche, wenn Betsy, die Stute, vor die alte geschlossene Kutsche gespannt wurde und Jim einen besonderen Rock trug, der nicht ganz so grünspeckig war wie sein anderer, und einmal im Monat zum Tee im Pfarrhaus und etwa ebensooft zu Captain Phippen, gingen sie nie aus. Sie lebten im Haus und im Garten und gingen nur gelegentlich zur Scheune zu einer offiziellen Inspektion. Hin und wieder, wenn zufällig gerade ein »besonderer Sonnenuntergang« war, nahmen sie mich in den höher gelegenen Obstgarten mit, von dem aus man einen herrlichen Blick genau am Tal entlang nach Westen hatte, wo die zerklüfteten Berge sich deutlich gegen die Sonne abhoben. Doch das kam selten vor; und sie waren dabei so ernst, als erfüllten sie eine Art frommer Pflicht.

Als wir einmal bei einer solchen Gelegenheit neben einem umgestürzten Apfelbaum standen, der zwar am Boden zur Hälfte abgebrochen war, aber nach wie vor noch jedes Jahr Blüten und Früchte trug, und gerade beobachteten, wie der Sonnenuntergang in den Biegungen des Mühlflusses verschwand, da hörte ich meine Tanten zum erstenmal die Willards erwähnen. Zu jener Stunde und in jenem Licht war die Willard-Farm ungewöhnlich deutlich zu erkennen. Ganz schwarz und quadratisch und allein dastehend, setzte sie sich gegen das Westlicht ab, und selbst aus jener Entfernung sah sie einsam und verlassen aus. Von unserem Standort konnten wir auch den schmalen, weißen Steg sehen, der von dort zur Hauptstraße hinüberführte. Und es war Tante Julia, die als erste bemerkte, daß jemand soeben den Fluß überquerte. »Da geht er ja«, sagte sie. – »Wer?«

»Der alte Isaak. Wenn er doch nur hineinfiele und ertränke!«

»Er täte gut daran, im Mühlfluß zu ertrinken!«

Ich vermochte auf dem Steg gerade noch die Gestalt eines Mannes auszumachen, der in einer Hand irgend etwas zu tragen schien.

»Was trägt er denn da, Tante Jenny?«

»Ein Fäßchen Apfelwein, höchstwahrscheinlich.«

»Dann geht's heut abend wohl wieder ans Kirchenliedersingen.«

»Und nicht nur daran.«

»Was tut er denn?« fragte ich.

Tante Jenny warf Tante Julia einen kurzen Blick zu, der nicht für mich bestimmt war.

»Er schlägt den Takt«, sagte sie. Und fügte dann hinzu: »Mit einem Streichriemen.«

»Jim sagte, es sei eine Peitsche.«

»Na ja, er ist da wohl nicht gerade wählerisch. Vielleicht ist es sogar ein Besenstiel. Jedenfalls kann man es meilenweit hören!« Tante Jenny lachte kurz auf. »Und danach läßt Lydia sich eine Weile nicht mehr blicken.«

Ich wollte Fragen stellen, denn ich spürte, daß hinter alldem etwas Seltsames steckte, aber in diesem Augenblick, als der Sonnenuntergang so gut wie vorüber war, rafften meine Tanten ihre langen Röcke und traten den Rückweg zum Haus an, und so wurde nicht mehr darüber gesprochen. Obgleich die Willards mir fast ständig im Kopf herumspukten und ich, wenn ich hinausging, stets hoffte oder halbwegs hoffte, Isaak zu begegnen, fand ich dann doch erst mehr über sie her-

aus, als ich einige Wochen später zu Captain Phippen hinaufging, um ihm von Tante Julia Lebkuchen zu bringen. Lange bevor ich den Berg erklommen hatte – es war ein sehr heißer Tag –, konnte ich ihn schon in seinem üblichen Schaukelstuhl sitzen sehen, die Füße gegen das Verandageländer und das Fernglas am Auge. Er sah mir beim Hinaufsteigen zu, und als ich schließlich oben ankam, sagte er mir, er habe die Schweißtropfen auf meiner Stirn gezählt.
»Du siehst erhitzt aus«, sagte er.
»Das bin ich auch!«
»Na, dann setz dich mal auf deine vier Buchstaben und ruh dich aus! Sag bloß nicht, deine Tante Julia schickt mir schon wieder Lebkuchen! Diese Frau bringt mich noch ins Grab.«
Ich setzte mich und durfte auch gleich durch das kostbare Glas sehen, das ich natürlich sofort auf die Willard-Farm richtete.
»Ich schaue gerade auf die Willard-Farm«, sagte ich.
»Na, an deiner Stelle wär' ich da mal lieber vorsichtig.«
»Ich sehe zwei riesengroße Meermuscheln neben der Haustür.«
»Wenn du nur das siehst«, sagte er schmunzelnd, »dann bist du ein Glückspilz.«
»Schlägt der alte Isaak Lydia?«
»Wie bist du denn da draufgekommen?«
»Tante Jenny hat irgend so was gesagt.«
»Hm, weiß nich', weiß nich', vielleicht tut er's.«
»Ist sie schlecht?«
»Vielleicht war sie's. Sie ist mal mit irgend so 'nem jungen Kerl durchgebrannt.«
»Wollte sie ihn heiraten?«
»Das kann schon sein.«

»Und was ist dann geschehen?«
»Der alte Isaak hat sie wieder zurückgeholt... Wenn du mal älter bist, wirst du das verstehen.«
»Und hat er sie geschlagen?«
»Ja, er hat sie geschlagen.«
Captain Phippens Gesicht war grimmig geworden.
»Deine Tanten sind damals zufällig vorbeigefahren – es würde mich gar nicht wundern, wenn sie ihr nicht sogar das Leben gerettet hätten! Sie sind mit Jim reingegangen und haben ihn aufgehalten.«
»Oh!«
»Und jetzt unterhalten wir uns aber lieber über die Lebkuchen.«
Natürlich traute ich mich nicht, meine Tanten nach jenem Vorfall zu fragen, so sehr ich auch vor Neugier brannte. Das Ganze erschien mir als eine so seltsame Mischung aus den verschiedensten Umständen – dem Prügeln und dem Kirchenliedersingen und dem Trinken –, daß ich auch beim besten Willen nicht schlau daraus werden konnte. Einige Bemerkungen, die ich Jim gegenüber fallenließ, wenn wir Lemon auf die Weide trieben oder wenn wir auf unserem Weg nach Hackley Falls zu Vorratseinkäufen am Haus der Willards vorbeikamen (und das Thema ganz natürlich mit einem »Da wohnen doch die Willards, nicht wahr?« zur Sprache gebracht werden konnte), führten schließlich dazu, daß ich ein paar neue kleine Einzelheiten erfuhr, aber nichts von großer Bedeutung. Anscheinend waren sie sehr arm und verdienten durch den Verkauf von Milch und Butter nur knapp das Nötigste zum Leben. Der alte Isaak war ein Tyrann. Er ließ seine Frau und Lydia die ganze Arbeit verrichten, während er selbst sich Nacht für Nacht betrank, am Morgen sei-

nen Rausch ausschlief und den ganzen Nachmittag lang die Bibel las. Er konnte sehr jähzornig werden, und bei solchen Gelegenheiten lief sein Gesicht purpurrot an. Einmal war er ins Postamt gegangen und hatte den Postmeister, Mr. Greene (der auch den Gemischtwarenladen betrieb), beschuldigt, seine Post zu lesen. Der darauf folgende Kampf war von epischer Größe. Isaak war über den Ladentisch gesprungen und hatte Greene bei der Gurgel gepackt. Sie waren durch den ganzen Laden gepoltert, hatten Schuhschachteln heruntergerissen, mit billigen Süßigkeiten gefüllte Glaskästen umgestoßen, sich in Musselindamenkleider eingewickelt und waren schließlich beide geradewegs durch eines der Schaufenster auf die Straße hinausgekugelt. Mr. Greene hatte sich am rechten Unterarm so schwer geschnitten, daß der mit sieben Stichen genäht werden mußte. Augenzeugen berichteten, Isaaks Gesicht habe die Farbe einer Aubergine gehabt. Aus irgendeinem unerfindlichen Grund war es zu keiner Verhaftung gekommen; und nachher war Isaak eines Nachmittags (vermutlich in nüchternem Zustand) in den Laden gekommen und hatte sich öffentlich entschuldigt und war dann wieder hinausgegangen. Der Kampf galt noch immer als der beste, den Hackley Falls jemals erlebt hatte. Obgleich Isaak fünfzehn Jahre älter war als Mr. Greene, war er am besten dabei weggekommen – alle hatten über seine Kraft gestaunt. Nie betrat ich, wenn ich die Post abholte, den Laden ohne die Hoffnung, Mr. Greene hätte vielleicht gerade zufällig seinen rechten Ärmel so hochgekrempelt, daß ich die Narbe sehen könnte, doch das hat er nie getan. Er war wohl nicht allzu stolz darauf.

Nichtsdestoweniger hatte ich, und zwar gar nicht so lange nach meiner Unterhaltung mit Captain Phippen, den ersten meiner einzigen zwei wirklichen Besuche der Willard-Farm Mr. Greene zu verdanken. Ich war eines Nachmittags hinuntergegangen, um ein Pfund Kaffee zu besorgen, und nachdem ich die prall gefüllte, aromatisch duftende Papiertüte unter den Arm geklemmt und bezahlt hatte, musterte Mr. Greene mich abschätzend über den Rand seiner Brille hinweg. Er hielt einen Brief in der Hand.

»Billy«, sagte er, »du wärst doch wohl ein zuverlässiger Bote. Ich geb' dir zehn Cents, wenn du diesen Brief bei Isaak Willard ablieferst. Was meinst du dazu?«

»Klar!«

»Gehst du gleich zurück?«

»Klar!«

»In Ordnung!«

Er gab mir den Brief und die zehn Cents, und fast im Laufschritt machte ich mich auf den Weg. Es war zu schön, um wahr zu sein. An der langen, blauen Briefmarke, auf der ein Botenjunge abgebildet war, hatte ich sofort erkannt, daß es ein Eilbrief war – weiß auch der Himmel, warum ausgerechnet der alte Isaak eine Eilzustellung erhalten sollte. Der Brief kam aus Bennington, Vermont, und links oben hatte ein Name darauf gestanden, aber ich kann mich nicht mehr erinnern, welcher. Jedenfalls war ich ungeheuer aufgeregt. Was würde geschehen, wenn ich dort ankäme? Würde ich die Peitsche oder den Streichriemen zu hören bekommen, oder gellende Schreie? Natürlich kam mir sogar der Gedanke, daß ich vielleicht selber Reißaus nehmen müßte; es könnte ja einer der Tage sein, an denen der Alte wie eine Aubergine aussah. Und hatte

Mr. Greene mir den Brief mitgegeben, weil er Angst hatte, ihn selbst hinzubringen?
Das war ein beunruhigender Gedanke, der mich veranlaßte, meine Schritte zu verlangsamen. Es war durchaus möglich. Niemand ging gerne zur Willard-Farm, und das war einer der Gründe, weshalb ihr Milchgeschäft fast auf dem Nullpunkt angelangt war. Wie Jim mir gesagt hatte, hätte ihnen eigentlich sowieso niemand ihre unappetitliche Milch abgenommen, wenn Mrs. Willard und Lydia nicht allen leid getan hätten. Mrs. Willard und Lydia nahmen die Bestellungen entgegen und lieferten (in einem alten, blauen Wagen) die Milch und kassierten die Rechnungen. Wäre da nicht Mrs. Willard gewesen, sagte Jim, wären sie alle verhungert.
Der Steg faszinierte mich. Er bestand aus zwei breiten Planken, die über einer Reihe morscher Pfähle lagen, und auf beiden Seiten befand sich ein Handlauf. Das Wasser darunter war sehr seicht, und allerlei Müll lag darin verstreut. Da waren unzählige Blechdosen, Flaschen, verrostete Eisenteile, Unmengen von Glasscherben – sogar eine alte Bisamrattenfalle, an der noch ein Stück einer verrosteten Kette befestigt war und deren Bergung ich kurz im Sinn hatte. Ich stand mehrere Minuten lang dort, blickte ins Wasser hinunter und sah aus den Augenwinkeln auch flüchtig zum Haus hinüber. Da war keine Spur von Leben, kein Laut. Einen dreiviertel Kilometer über mir konnte ich das halbe Dutzend Kühe auf dem Hügel – einem Ausläufer des »Teufels« – sehen. Alle Fenster hatten die Läden vor, bis auf eines im Erdgeschoß rechts von der Tür, und selbst das war trotz der Hitze geschlossen. Als ich den Backsteinweg hinaufging, sah ich zwei

Kolibris aus dem Trompetenjasmin herausflitzen und um die Ecke schwirren; und mir stieg der starke, scharfe Geruch vom Viehhof am anderen Ende in die Nase. Ich ging die vier Stufen zu der schäbigen Veranda hinauf und klopfte an die Tür. Von dort aus konnte ich in den Viehhof blicken, der mit Kopfsteinen gepflastert war. Oder, besser gesagt, einmal gepflastert *gewesen* war; nun sah man die Kopfsteine lediglich hier und da unter Dung und Wasser. Auf der anderen Seite stand ein alter Bottich mit Pumpe und dahinter der verfallene Stall.

Ich wartete mehrere Minuten lang, ohne etwas zu hören, und klopfte daraufhin ein wenig ängstlich noch einmal. Geschwind entzog sich die Tür meiner klopfenden Hand, und eine weißhaarige Frau stand vor mir. Sie war groß und hatte die schwärzesten und wildesten Augen, die ich je gesehen habe. Sie rieb eine rote Faust an ihrer blaukarierten Schürze.

»Nun!« sagte sie schnippisch. Und darauf, noch ehe ich auch nur ein Wort herausgebracht hatte: »*Was* gibt's?«

Ich fühlte mich schuldig und stammelte etwas von einem Brief für Mr. Willard, indem ich ihn ihr halbherzig entgegenhielt. Darauf sagte sie mit scharfer Stimme bloß »Isaak!« und kehrte mir den Rücken zu. Als sie wegging, konnte ich einen flüchtigen Blick ins Zimmer werfen. Es war groß, hatte einen riesigen Kamin, war aber fast ganz leer. Auf dem ungestrichenen Fußboden, der tadellos sauber wirkte, lagen keine Teppiche, und die Möbel bestanden aus drei oder vier gewöhnlichen Küchenstühlen und einem Küchentisch. Isaak hatte ich sofort gesehen – er saß am Tisch und hatte ein Buch aufgeschlagen vor sich liegen. Falls er seine Frau gehört hatte, so ließ er es sich nicht anmerken. Er las weiter, als ob überhaupt nichts vorgefallen wäre. Und während ich darauf wartete, daß er sich in Bewegung setzte, sah ich am anderen Ende des Tisches noch eine Frau – Lydia, so nahm ich an. Ihr Kopf lag auf dem Tisch, die Arme waren ausgestreckt, die Hände verschränkt. Ich glaubte zu sehen, wie sich ihre Schultern bewegten. Dann erhob Isaak sich, legte die Hand wie zu einer Art Nachdruck einen Augenblick lang flach auf die Seite und kam auf die Tür zu. Er trug rote Gummistiefel, die beim Gehen ein klatschendes Geräusch machten, und seine Schritte waren schwer. Sein Gesicht war – wie ich sah, als er vor oder, genauer gesagt, über mir stand – schmal und länglich und gerötet, und die grauen, argwöhnischen Augen standen eng beieinander. Sein an den Winkeln nach unten gezogener Mund wölbte sich merkwürdig über seine großen Zähne, und der Effekt war eine Mischung aus Wildheit und Schwäche.

»Nun?« sagte er.

»Da ist ein Brief für Sie«, sagte ich.

»Warum hat Mr. Green ihn nicht gebracht?«

»Ich weiß es nicht. Er hat mich gebeten, ihn vorbeizubringen.«

»Beim Ephraim! . . .« Er kniff die Augen zu Schlitzen zusammen und starrte wütend drein. »Her damit! Und daß du mir ja nie wieder seine Dreckarbeit machst!«

Mit Daumen und Zeigefinger faßte er mich so fest an der Schulter, daß es mir weh tat. »Hörst du?«

»Jawohl!«

»Und jetzt verschwinde!«

Und damit schloß er die Tür so schnell, daß ich eine Art Hüpfer tun mußte, um nicht etwa mit einem Fuß in der Tür hängenzubleiben.
Als meine Tanten und Jim von dieser Expedition hörten, waren sie aufrichtig entsetzt. Es wurde mir gesagt, ich solle so etwas nie wieder tun – nie mehr zum Haus hingehen und nicht einmal mehr den Grund und Boden der Willards betreten. Meine Tante Julia war besonders beunruhigt. Sie schien zu glauben, ich sei gerade noch einmal mit dem Leben davongekommen! Sogar Jim war, wie ich sehen konnte, besorgt; er schüttelte den Kopf und riet mir eindringlich, einen weiten Bogen um den alten Isaak zu machen.
»Hättste ihn an einem seiner schlechten Tage erwischt«, sagte er grübelnd, »dann hättste vielleicht eine ordentliche Tracht Prügel bekommen und eine Predigt obendrein. Da ist mal ein Junge in Hackley Falls grün und blau geschlagen worden.«
»Wer denn?«
»Das weiß ich jetzt nicht mehr.«
»Was hatte er getan?«
»Das weiß ich auch nicht mehr. Aber du bleibst von dort weg, Billy, und das wird dir bestimmt nicht schaden. Das ist jedenfalls *meine* Meinung.«
Es war ganz natürlich, daß all das meinen Appetit auf weitere Abenteuer nur noch stärker anregte, und es dauerte nicht lange, bis ich einen neuen, aufregenden Zeitvertreib entdeckt hatte. Sobald ich den Mühlfluß auf der überdachten Brücke überquert hatte, bog ich nach Westen ab und stieg die sogenannte Felsenweide, einen jener herrlichen Hänge Neuenglands aus Granit und Zedern und Wacholder, hinauf, um dann schließlich zu dem Wald zu kommen, der den langen

Ausläufer des Teufelsbergs bedeckte. Dieser Ausläufer erstreckte sich in Richtung Westen bis nach Hackley Falls hin und verlief in etwa parallel zum Fluß. Mir war eingefallen, daß ich, wenn ich einen Erkundungsgang am Waldrand entlang machte, schließlich am oberen Ende von Isaaks Kuhweide herauskommen müßte. Und von dort aus würde man im Schutz der Tannen oder Birken oder Felsen das Haus der Willards leicht einsehen können, und das aus nicht allzu großer Entfernung.

Was ich mir davon versprach, weiß der Himmel! Beim erstenmal traf ich umfangreiche Vorsichtsmaßnahmen – ich stieg im Ahorn- und Kastanienwäldchen weit hinauf, und als ich mich dann dem Hof der Willards zu nähern begann, legte ich mich hin und krabbelte auf allen vieren vorwärts. Ich kroch durch die den Rand der Weide säumenden Weißbirken und stellte dann zu meiner Freude fest, daß ich mir meinen Weg zum Haus hin bahnen konnte, indem ich den Hügel von Fels zu Fels hinunterkrabbelte, um dann schließlich eine Stellung einzunehmen, die keine dreihhundert Meter von der Rückseite des Hauses entfernt lag. Dort hatte ich eine ausgezeichnete Deckung – ein großer, mit silbrigen Flechten überzogener Granitfelsblock, neben dem eine Zeder wuchs. Dahinter befand sich eine warme Grasmulde, und wenn ich zwischen dem Felsen und dem Baum hindurchblickte, so konnte ich alles ganz genau sehen, ohne selbst gesehen zu werden. Die Kühe vom alten Isaak, die um mich herum friedlich grasten, ließen sich gar nicht stören; und ich konnte genau in den Viehhof hinunterblicken, wo sie schließlich wieder hingetrieben würden.

Auf der Rückseite des Hauses selbst waren die Fensterläden ebenso geschlossen wie vorne. Da waren zwei Türen – eine, die von der Seite zum Viehhof hinunterführte, und eine an der Rückfront, aus der hin und wieder Mrs. Willard herauskam, um ihre Wäsche auf die Leine zu hängen, oder aber sie und Lydia gemeinsam, um in dem kleinen Gemüsegarten zu arbeiten. Bei solchen Gelegenheiten trugen sie beide altmodische Kattunhauben. Sie arbeiteten verbissen und schweigsam, hackten und gruben wie Männer. Kamen sie an das näher zu mir gelegene Ende des Beetes, so waren sie kaum hundert Meter von mir entfernt, und ich konnte das regelmäßige Klirren ihrer Hacken auf den Kieselsteinen hören und ab und zu auch einmal eine Bemerkung – die gewöhnlich von Mrs. Willard kam und gewöhnlich sehr kurz und scharf war. Sie sahen sich beim Sprechen nie an. Wenn sie von Zeit zu Zeit eine Ruhepause einlegten, standen sie mit den Händen auf ihren Hacken da und blickten starr zum Haus hinunter. Dabei schien mir in ihrem Verhalten etwas Bedrohliches zu liegen – sie blickten nie woandershin, und sie schwiegen immer gänzlich. Es erfüllte mich mit kaltem Grauen. Was den Alten anbetraf, so fragte ich mich, was er wohl machte. Ich hörte ihn nie singen, was er ja angeblich jeden Nachmittag tat, und ich sah ihn auch nur sehr selten. Hin und wieder kam er einmal aus dem Haus und torkelte über den Viehhof zum Stall – was er holen ging, weiß ich nicht, vielleicht Apfelwein.

Während meiner ersten drei Sommerferien in Hackley Falls machte ich diese Expedition viele Male; und nach und nach, als nie etwas Spektakuläres geschah, begann ich mich langsam für einen Narren zu halten. Doch die Gerüchte über die Willards vermehrten und verstärkten sich – sie wurden fast zu legendären Gestalten von heroischer Größe –, und es war, selbst für einen Jungen, ganz leicht zu sehen, daß sie alle drei halb verrückt waren; man brauchte ja nur darauf zu achten, wie sie gingen. Außerdem hatte ich es mir *angewöhnt*, zur Willard-Weide zu gehen – es war eine Beschäftigung. Und im Herbst waren da ja auch die Kastanienbäume, von denen die besten unmittelbar nördlich vom Feld standen. Ich pflegte dort hinzugehen, mit einem Stock gegen die Äste zu schlagen und dann meine Beute zu meinem Tarpeiischen Felsen hinunterzutragen, um sie dort in aller Ruhe aufzuessen, während ich den Feind im Auge behielt.

Eines Nachmittags im dritten Herbst knüppelte ich gerade auf meinen Lieblingsbaum ein, als sich plötzlich von hinten eine kalte Hand um meinen Hals schloß, und ich spürte, wie ich geschüttelt wurde. Mir rutschte glatt das Herz in die Hose, als ich aufblickte und sah, daß es der alte Isaak war, der mich festhielt. Doch zu meinem Erstaunen – nicht, daß es meinen Schrecken gemildert hätte – sah ich, daß er lächelte, auf eine furchtbare Weise lächelte, die fast so aussah, als ob sie schelmisch oder liebevoll hätte sein sollen. Er hielt mich weiter am Hals fest und schüttelte mich sanft.

»Wem gehört dieser Baum?« fragte er.

»Ich weiß es nicht, Sir.«

»Er gehört mir. Also weißt du es jetzt – nicht wahr?«

»Jawohl, Sir.«

»Liest du denn die Bibel nicht?«

»Doch, Sir.«

»Schon die Zehn Gebote gelernt?«

»Jawohl, Sir.«

Er ließ meinen Hals nicht los und drehte mich herum, so daß ich ihm zum erstenmal unmittelbar ins Gesicht blickte. Er hatte eine schmuddelige, rotgefütterte Kordsamtjacke an. Er lächelte noch immer, und ich war verängstigter denn je. Es kam mir so vor, als ob er betrunken wäre.
»Nun, wie lautet das achte?«
»Ich weiß es nicht mehr, Sir.«
Er schüttelte mich neckisch – aber grob – am Hals.
» ›Du sollst nicht stehlen!‹ Sag es!«
»Du sollst nicht stehlen.«
»Wer ist dein Vater?«
Diese Frage wurde so unvermittelt auf mich abgefeuert, daß ich verwirrt war. Meinte er – da wir gerade von den Geboten sprachen – Gott? Oder wollte er einfach nur meinem Vater sagen, was ich getan hatte?
»Walter Crapo, Sir.«
»Na so was! ... Ich hab' deine Mutter gekannt. Sie war eine gottesfürchtige Frau. Jetzt gib mir mal den Prügel da her!«
Ich gab ihm den Stock, den ich die ganze Zeit über schuldbewußt in der Hand gehalten hatte, und ich zitterte in dem Glauben, er würde mich damit schlagen. Zu meinem Erstaunen trat er statt dessen zurück, beugte sich nach hinten über, bis der Stock den Boden berührte, während er mich dabei ständig anlächelte (und ich zum erstenmal sah, wie buschig seine weißen Augenbrauen waren), um dann mit einer blitzschnellen Bewegung seines langen Armes den Prügel genau in die Krone des hohen Baumes hinaufzuschleudern, wo er krachend im dichtesten Kastanienhaufen landete. Die stacheligen Schalen prasselten schwer auf das Gras und die Myrtensträucher um uns herum, und

dann kam der Stock, von Ast zu Ast schaukelnd und über die Flächen nickender Blätter gleitend, langsamer hinterher. Der alte Isaak war begeistert.
»Das war fein«, sagte er schnaufend. »Und ich hab's auch schon seit Jahren nicht mehr gemacht.«
»Jawohl, Sir.«
»Jetzt füll dir deine Mütze, Junge, und lauf nach Hause, und dann schneidest du die Kastanien durch und streichst Käse drauf. Das heißt Adam-und-Eva-auf-einem-Floß!«
»Jawohl, Sir.«
»Und daß du mir hier ja nicht wieder wie ein Dieb angeschlichen kommst! Wenn du meine Kastanien willst, dann kommst du her und fragst mich zuerst.«
Bevor ich Zeit dazu hatte, ein Wort zu erwidern, machte er kehrt und stürmte den Hang hinunter. Er hatte wie üblich seine roten Gummistiefel an, und seine weiße Haarmähne leuchtete hell im Sonnenlicht. Ich sah ihm nach, bis er seinen Viehhof und seinen Stall betreten hatte und dann wieder herausgekommen und ins Haus gestolpert war. Dann sammelte ich die Kastanien auf und ging nach Hause.
Doch Tante Julia und Tante Jenny erzählte ich kein Wort.

Es dauerte zwei Jahre, bis ich wieder nach »Witch Elms« auf Besuch kam, und dabei stellte ich dann fest, daß überraschende Veränderungen stattgefunden hatten. Als erstes holte Jim mich mit einem blitzblanken, nagelneuen Ford-Tourenwagen ab. Ich traute kaum meinen Augen. Wurden meine Tanten modernisiert? Ehrlich gesagt, kam ich mir in jenem Jahr ziemlich erwachsen und erhaben vor, und ich hatte mich nur ungern damit einverstanden erklärt, noch einmal nach Hackley Falls geschickt zu werden. Und so, wie ich es heute sehe, war der Ford ein sehr raffinierter Schachzug von seiten meiner Tanten Jenny und Julia. Möglicherweise hatte auch mein Vater sich mit ihnen abgesprochen. Wie dem auch sei, der Anblick des Fords heiterte mich jedenfalls sogleich auf. Der Sommer würde gar nicht so schlimm werden. Und es ging mir noch viel besser, als Jim mir sagte, ich würde fahren lernen, um anschließend der Familienchauffeur zu werden. Das wurde mir um so verständlicher, als ich sah, daß Jim sich in dem Wagen ausgesprochen unwohl fühlte. Es war offensichtlich, daß er seine Peitsche vermißte. Er hatte auch (wie ich belustigt feststellte) die alte, ehrwürdige Melone aufgegeben und durch eine Tweedkappe ersetzt, in der er außerordentlich närrisch aussah. Auch das war, so nahm ich an, ein Zugeständnis an das Moderne.

»Na, Jim«, sagte ich, »was gibt's Neues? Den Tanten geht's vermutlich gut?«

»Na ja, 's ist ihnen sehr gutgegangen, Billy, 's ist ihnen letzten Winter sehr gutgegangen, bis auf Miß Jennys Gicht, die ihr ein bißchen zu schaffen gemacht hat. Aber 's wird ihr wohl wieder gutgehn, wenn das Wetter warm wird.«

»Und Captain Phippen?«

»Nu – so wie immer halt.«

»Er sitzt wohl noch immer mit diesem Fernglas da.«

»O ja, sicher! Für ihn ist das praktisch wie im Kino. Mit dem Glas entgeht dem Alten nicht viel!«

Jim fuhr sehr langsam, und es dauerte einige Zeit, bis wir an dem Steg, der zur Willard-Farm führte, vorbeikamen. Ich blickte mich nach dem Haus um, das noch unglaublicher verfallen war denn je. Die Schindeln begannen sich vor Fäulnis zu wellen. Eine große Laubkrone des Trompetenjasmins war von den Westgiebeln herabgestürzt und hing so zerzaust zu Boden, wie der Wind sie zurückgelassen hatte. Der vordere Zaun des Viehhofes war ebenfalls eingestürzt und liegengeblieben, wo er hingefallen war. Ansonsten war es genauso, wie ich es in Erinnerung hatte – die Fensterläden waren alle bis auf einen geschlossen. Aber auf dem Hang an der Rückseite des Hauses waren keine Kühe mehr.

»Wo sind die Kühe?« fragte ich.

»Hast du's nicht gehört?«

»Was gehört?«

»Na, der Alte, der alte Isaak, der hat doch einen Schlaganfall gehabt.«

»Einen Schlaganfall? Du meinst, er ist tot?«

»O nein – schön wär's! Nur gelähmt. Querschnittgelähmt.«

»Großer Gott! Wann ist das passiert?«

»Letztes Jahr – vor anderthalb Jahren. Die Strafe Gottes obendrein, so heißt es. Er verprügelte gerade Miß Lydia, als er vom Schlag getroffen wurde.«

»Was du nicht sagst!«

»Ja! Er lag zwei Wochen lang bewußtlos wie ein Holzklotz da; man glaubte, er wäre endgültig hinüber. Aber dann ist er wieder zu sich gekommen. Das sieht ihm ja auch ganz ähnlich! Jetzt liest er seine Bibel in einem Rollstuhl, und nach dem, was ich so höre, bekommt er wohl das, was er längst verdient hat, vom Weibervolk.«

»Was willst du damit sagen, Jim?«

»Na, daß eben heutzutage *sie* vermutlich *ihn* verprügeln. Das sagt jedenfalls der junge Hal Greene. Er hat gesagt, daß er den Alten Zeder und Mordio hat schreien hören, als er einmal hingegangen ist. Geschieht ihm ja auch ganz recht! Die Hölle ist noch zu gut für Isaak. So ein gemeiner Hundesohn –«

Mehr bekam ich aus Jim nicht heraus; aber als ich eine Woche später zum erstenmal mit dem Ford souverän den Berg zu Captain Phippen hinauffuhr, spürte ich schon, daß in der Situation etwas sehr Unheimliches und Gefährliches lag. Captain Phippen nahm es erstaunlich ernst.

»Weißt du, was ich glaube, Bill?« fragte er.

»Was?«

»Ich glaube, diese Vogelscheuchen werden ihn umbringen. Das ist jedenfalls meine Meinung. Ich glaube, sie werden ihn umbringen.«

»Warum?«

»Die sind so verrückt wie ein Sack Flöhe. Meiner Ansicht nach hätten sie alle schon vor Jahren eingesperrt gehört. Herrgott noch mal! Denk doch nur, was der alte Teufel sie hat durchmachen lassen! Man könnte es ihnen nicht einmal vorwerfen... Nicht etwa, daß ich für ihn auch nur einen Funken mehr übrig hätte als für diese Weibsteufel. Aber trotzdem bekommt man irgendwie eine Gänsehaut, wenn man sich vorstellt, daß er mit seiner Bibel in einem Rollstuhl dasitzt und diese zwei Hexen geradezu darauf brennen, ihm die Gurgel durchzuschneiden! ... Stimmt's etwa nicht?«

Das ließ die Situation in einem neuen Licht erscheinen.

»Doch«, sagte ich.

»Und ob das stimmt!«

»Ließe sich da nicht etwas machen?«
»Versuch's doch mal, mein Junge! Nicht einmal Mr. Perkins, der Pfarrer, traut sich auch nur in die Nähe des Hauses zu gehen.«
»Wie leben sie denn?«
»Das wissen die Götter! Aber irgendwie leben sie.«
Ich kehrte mit einem neuen Gefühl von bevorstehendem Unheil nach Hause zurück; doch weder ich noch sonst irgend jemand hätte vorhersehen können, welche Gestalt es annehmen oder wie schrecklich es werden sollte.
Auf »Witch Elms« war es jedoch schwer, sich wegen in der Ferne möglicherweise drohenden Unheils Sorgen zu machen; und als ich mich einmal mehr in das ruhige Leben mit Tante Julia und Tante Jenny einfügte, dachte ich immer weniger über die Willards nach. Ehrlich gesagt, hatte sich meine jungenhafte Begeisterung für sie erschöpft. Auch wenn sich in jenem verlassenen, alten Haus tatsächlich eine Tragödie anbahnen sollte, so schien sie mir keine gewaltigen Ausmaße mehr zu besitzen. Mein früheres Entsetzen und Erstaunen kamen mir nun kindisch vor, und ich fuhr zweimal am Tag an dem Haus vorbei und würdigte es kaum eines Blickes. Und außerdem hielten meine Tanten mich auf Trab. Das Auto war ein neues Spielzeug, und sie konnten nicht genug davon bekommen. Durch den Wagen und das neue Telefon und das Grammophon hatte sich der Lebensrhythmus auf der Farm verändert; und die Tage verflogen wie Minuten. Eigentlich verging kaum ein Tag, an dem wir nicht eine lange Fahrt unternahmen. Meine Tanten waren selten weiter als fünf Kilometer aus Hackley Falls hinausgekommen, und es war unheimlich aufregend für

sie, nach Rutland, Burlington, Bellows Falls oder über den Mohawk Trail nach Fitchburg chauffiert zu werden. Wir übernachteten sogar einmal in Windsor, und ich werde nie vergessen, mit welch mädchenhafter, freudiger Erregung Tante Jenny und Tante Julia zum Abendessen in den großen, vergoldeten Speisesaal des Hotels Green Mountain herunterkamen. Sie waren so errötet wie Debütantinnen und ebenso kokett, und sie bestanden darauf, alle Gerichte in einem gewaltigen Table-d'hôte-Menü durchzuprobieren. Ich glaube sogar, sie hätten mit mir getanzt, wenn ich es vorgeschlagen hätte – obgleich Tante Julia »diese modernen sogenannten Tänze« ausgesprochen verachtete.

Inzwischen erlebte Hackley Falls eine neue, ganz besondere Aufregung. Ein Erweckungsprediger war in die Stadt gekommen – etwas, das es in der Stadt noch nie zuvor gegeben hatte. Ich hörte davon zuerst durch Mr. Greene auf dem Postamt; er sei überrascht, daß ich nichts davon gewußt habe. Der Prediger sei bereits seit drei Tagen da und die gesamte Landbevölkerung ganz versessen auf ihn. Farmer und deren Familien kämen aus einem Umkreis von mehreren Kilometern angefahren. Da seien Büßerbänke, eine Sägemehlspur und alles, was sonst noch so dazugehöre, sagte Mr. Greene. Und Reverend Soundso Boody, ein Südstaatler, sei ein toller Bursche, ein wahrer Meister der alten Schule im Umgang mit Schwefel und Höllenfeuer. Der lasse einen so richtig im eigenen Saft schmoren, sagte Mr. Greene, und rede genau wie ein Nigger... Mr. Perkins, der Gemeindepfarrer (der ein Jahresgehalt von eintausend Dollar bekam), sei außer sich. Er habe in seiner letzten Sonntagspredigt etwas Gemeines über Reverend Boody gesagt... Doch Reverend Boody nehme weiterhin Geld ein.

Noch am selben Nachmittag, als ich gerade die Tanten von einer Ausfahrt nach Manchester zurückbrachte, sah ich es zum erstenmal. Es war ein Rundzelt, ungefähr so groß wie die auf den Jahrmärkten, mit einer kleine Spitze oben, und es war auf einem Acker der Hammond-Farm, einen dreiviertel Kilometer vom westlichen Stadtrand entfernt, aufgestellt worden. Am anderen Ende des Ackers, der von Füßen und Hufen und Rädern aufgewühlt und braungetrampelt worden war, stand eine bunte Ansammlung von Autos, Fuhrwerken, Einspännern und angebundenen Pferden. Ich fragte mich, was der Schielende Hammond wohl dafür bekäme. Das Zelt selbst war rundherum mit prächtigen Plakaten geschmückt. Scharlachrotleuchtende Buchstaben beschworen uns: Macht euch auf den Sägemehlweg!, Kommt zu Jesus!, Bereuet, Bereuet!, Suchet euer Heil im Herrn!, Haltet euch an Jesus! und so weiter. Ich hielt den Wagen an und lud die Tanten ein, mit hineinzugehen. Wir konnten die ein wenig kläglichen Klänge eines Kirchenliedes hören. Doch sie lehnten ab, und ich fuhr weiter und beschloß, später allein zurückzukommen.

Der nächste Tag brachte einen typischen, nach Nordosten ziehenden Regensturm mit sich. Bei solchen Gelegenheiten schienen die Wolken nebelgleich direkt bis ins Tal herunterzukommen, und vernünftige Leute blieben daheim. Meine Tanten hatten kein Verlangen nach dem Wagen, also beschloß ich, ihn selber zu benutzen. Am Vormittag holte ich die Post ab und fuhr anschließend zum Zelt hinaus und stellte, wie ich es hätte vorhersehen können, fest, daß das Wetter für den Großteil von Mr. Boodys Publikum eine zu große Zumutung gewesen war. Nur ein halbes Dutzend Fahrzeuge stand auf dem Feld, und vom Zelt her konnte ich keinen Ton hören, obgleich der Wind in meine Richtung blies. Ich stieg aber dennoch aus und überquerte das Feld und betrat das Zelt durch eine Flügeltür. Beim Eintreten wurde meine ganze Aufmerksamkeit zunächst vom Zelt an sich beansprucht, das unmittelbar vorm Einsturz zu stehen schien. Es schaukelte wie ein Baum im Sturm. Ich war kaum hineingekommen und hatte den Sägemehlweg vor mir gesehen, als auch schon ein heftiger Windstoß die ganze Konstruktion fast in die Höhe hob. Mit einer Reihe von scharf knallenden Schlägen, die sich wie Kanonendonner anhörten, blähten sich die Zeltbahnen auf der Leeseite nach außen, um dann, als der Druck nachließ, wieder nach innen zu klatschen. Die Seile knirschten, ein feuchter Wind schlug mir über das Sägemehl hinweg entgegen, und im Zeltdach pfiff es leise vor sich hin. Und ich konnte die gegen die Elemente erhobene schrille Stimme Reverend Boodys hören.

»Wer will den Herrn mißbilligen?« rief er. Und nach einem Augenblick antwortete er dann selbst: »*Niemand!*«

Und gerade als ich mich hinten in eine Bank schlich, stand der Rest der winzigen Gemeinde auf und sang im Chor:

»Amen!«

Ich erhob mich hastig und setzte mich wieder, als sie sich setzten.

»*Wer* will den König der Gerechtigkeit verhöhnen?«

rief er – und nun sah ich ihn, einen kleinen, X-beinigen, rundlichen Kerl mit einem Gehrock und feuchten Augen. Und wieder antwortete er selbst streng: »*Niemand!*« Und wieder erhob sich die kleine Gemeinde und sang ein endlos langgezogenes »Amen« ... »*Wer* will den Herrn der Heerscharen zum Narren halten? ... *Nie*mand.«

»A-a-a-a ... me-n-n-n-n!«

Ich dachte mir gerade, daß diese ständige Aufsteherei und Hinsetzerei sehr bald lästig werden könnte, als Mr. Boody mit einer Ansprache loslegte, die so eine Art Predigt zu sein schien. Auf seinem kleinen, musselinverkleideten Podest ging er, die fleischigen Hände hinter dem Rücken verschränkt, auf und ab und begann unzusammenhängende Satzfetzen herauszuschreien.

»Abraham! Abraham und Isaak auf dem Berg! ... Und Abraham stand des Morgens früh auf und gürtete seinen Esel und ging hin an den Ort, davon ihm Gott gesagt hatte!«

Er hielt inne und blickte seine Zuhörer finster an, und genau in diesem Augenblick sah ich zum erstenmal die Willards, Mrs. Willard und Lydia. Sie saßen ganz allein am äußersten linken Rand der zweiten Reihe, so daß ich sie im Profil sehen konnte. Sie trugen beide Weiß, hatten schwarze Hüte auf und beugten sich aufmerksam vor. Ihre Nasen waren groteskerweise genau gleich.

»Und Abraham nahm das Holz zum Brandopfer und legte es auf seinen Sohn Isaak; er aber nahm das Feuer und Messer in seine Hand! ...«

Eine Reihe laut knallender Schläge von der Zeltwandung her unterbrach ihn, und mit erhobener Hand wartete er die Stille ab. In diesem Moment wandte Lydia Willard sich um und blickte durch Zufall genau auf mich. Sie hatte die wilden, schwarzen Augen ihrer Mutter, die gleiche dünnlippige Anspannung und Blässe; aber was mir an ihrem Gesicht am meisten auffiel, war, wie ungewöhnlich klein es war: Es war fast ein Puppengesicht oder das eines Affen, klein, hart und konzentriert. Mir kam es so vor, als hätte es überhaupt nichts Menschliches an sich.

»Und Abraham reckte seine Hand aus und faßte das Messer, daß er seinen Sohn schlachtete ... Meine Brüder und Schwestern in Christus« – Mr. Boody legte wieder eine Kunstpause ein und starrte zornig von einem zum anderen seiner Zuhörerschaft –, »was bedeutet das für uns? Was sagt uns diese großartige Geschichte? Zweierlei ... *zweierlei!* ... Erstens, daß wir auf Gott vertrauen müssen. Sein Wille ist unser Wille. Zweitens –« Wirkungsvoll hielt er wieder inne. Und dann zeigte er plötzlich mit einem zitternden Finger geradewegs auf Mrs. Willard, die aufschrak und dann starr dasaß: »Was ist das zweite? Daß wir bereit sein müssen, Gott in heiligem Opfer selbst das darzubringen, was uns das Liebste ist. Was Er verlangt, müssen wir geben. Wenn Er von uns unsere Kinder verlangt, so müssen wir sie Ihm geben ... Ja, ist uns Gott denn weniger lieb als unsere Kinder? Ist Sein Wort geringer als unser Gesetz? Verstehen wir Ihn? Können wir denn ... *können* wir denn sagen, wir wissen, was Sein Ziel ist? Nein!«

Er begann sich langsam zu erhitzen. Er schritt auf seinem kleinen Holzpodest rasch hin und her und blieb ab und zu einen Augenblick stehen, um mit der Faust auf den Kiefertisch zu schlagen. Ich aber meinte, ich hätte genug davon; und ein wenig später ergriff ich die Gelegenheit, die sich durch eine weitere Reihe erschütternder Explosionen vom Zelt her bot, und schlich mich zum Wagen hinaus und fuhr nach Hause. Mir schien es eine recht dürftige Vorstellung gewesen zu sein.

Der Wind wehte den ganzen Nachmittag und brachte immer wieder plötzliche heftige Regenschauer mit sich. Einmal wurde es so dunkel, daß wir die Lampe im Wohnzimmer anmachen mußten. Blickten wir in solchen Momenten aus den nach vorn gelegenen Fenstern, so konnten wir kaum weiter als bis zur rotüberdachten Brücke sehen; der Teufelsberg war von Wolken verschluckt worden. Dann lichtete sich auf einmal der weiterziehende Regen, und ein schneller Strahl milden Sonnenlichts zeigte uns den angeschwollenen Fluß, der, braun vor Schlamm, westwärts durch das durchtränkte Tal dahinbrauste. Die unbefestigte Straße war eine einzige Wasserfläche.

Es war kurz nach fünf, als das Telefon klingelte. Ich hörte Captain Phippens Stimme.

»Bist du's, Bill?«

»Ja.«

»Hallo, Bill? ... Bei den Willards drunten ist irgend etwas faul.«

Seine Stimme verhallte plötzlich.

»Was haben Sie gesagt?« fragte ich.

»Kannst du mich hören? ... Ich habe gesagt, drunten auf der Willard-Farm ist irgend etwas *faul.* Könntest du wohl in deinem Ford mal schnell heraufkommen und mich abholen?«

»Aber sicher... Sicher, ich bin gleich oben!«

Tante Jenny legte ihre Zeitschrift weg und blickte mich scharf an.
»Was will 'n der Captain?« fragte sie.
»Ach, wohl nur Gesellschaft.«
»Gut, bring ihn zum Abendessen mit zurück – er schuldet uns einen Besuch. Und sag ihm, es gibt Eierkuchen.«
»Mach' ich, Tante Jenny.«
Ich griff mir Hut und Regenmantel und lief zur Scheune, um den Wagen zu holen. Es hatte fast zu regnen aufgehört – oben in den Wolken war ein Loch –, aber der Nordosten sah noch immer schwarz aus.
Was in aller Welt ging da vor sich?
Ich erfuhr es noch früh genug. Captain Phippen wartete auf mich auf seiner Veranda in seinem Ölzeug. Er hatte sein Fernglas in der Hand.
»Ich wollte dir keinen Schrecken einjagen, Bill«, sagte er, »aber guck nur mal selbst! Irgendwas stimmt da nicht.«
Ich lief die Holzstufen hinauf, nahm das Glas aus seiner Hand und richtete es auf die Willard-Farm. In dem Augenblick konnte ich das Haus sehr deutlich sehen. Ein Strahl fahlen Sonnenlichtes erhellte es hervorragend gegen das dahinterliegende düstere, regenfarbige Land. Und es sah genauso aus wie immer. Doch als ich das Glas nach rechts zum Viehhof hin schwenkte, erstaunte mich das, was ich sah. Über dem Rest des noch vorhandenen Bretterzaunes (wo wir Jahre zuvor immer beobachtet hatten, wie die Hörner des Viehs hin und her schwankten) konnte ich deutlich die Köpfe und Schultern der beiden Frauen erkennen. Daran war nichts so Bemerkenswertes. Das Bemerkenswerte war die Art und Weise, wie sich die

Köpfe und Schultern verhielten. Sie glitten flink hin und her, bald nach rechts und bald nach links – und von Zeit zu Zeit kam es mir so vor, als wären ihre Arme erhoben –, aber sie kamen immer wieder auf dieselbe Stelle zurück. An dieser Stelle verschwanden dann die Köpfe und Schultern manchmal völlig, nur um im nächsten Augenblick wieder ganz in die Höhe zu springen, genau wie Marionetten. Es sah so aus, als ob die zwei Frauen irgendeinen idiotischen Tanz aufführten. Ja, es war sogar so absurd, daß ich lachte.

»Es ist verdammt komisch«, sagte ich.

Captain Phippen gab keine Antwort. Er nahm mir das Glas ab und richtete es nach Westen.

»Was meinst du, sollen wir da runtergehen, Bill?« Er legte das Messingteleskop auf das Verandageländer.

»Sicher, wenn Sie meinen!«

»In Ordnung.«

»Sie denken, da stimmt was nicht?«

»Genau das mein' ich. Siehst du den Stuhl auf der Veranda?«

»Nein.«

»Guck noch mal«

Das tat ich dann auch, und tatsächlich konnte ich auf der kleinen Seitenveranda neben dem Viehhof den auf der Rückenlehne liegenden Rollstuhl erkennen, dessen Räder in der Luft standen.

»Das ist seltsam«, sagte ich.

»Und gar nicht so komisch! ... Laß uns da runterfahren!«

Bis zum Willard-Steg brauchten wir ungefähr zehn Minuten. Der über die Ufer getretene Fluß befand sich fast auf gleicher Höhe mit der Brücke; und als wir vorsichtig die schlüpfrigen Planken entlanggingen, hör-

ten wir ein verrücktes Geschrei vom Viehhof her. Zunächst konnten wir wegen der niedrigen, wuchernden Fliederhecke, die quer zur Vorderseite des Viehhofes verlief, nichts sehen. Doch als wir diese Barriere passiert hatten, blieben wir baß erstaunt stehen.
Die beiden Frauen waren völlig verrückt geworden.
Ich bin sicher, daß sie uns gesehen hatten, als wir näherkamen; doch selbst wenn dem so war: Sie beachteten uns nicht. Rings um den Viehhof herum, der halb mit Schlamm und halb mit Wasser bedeckt war, tanzten sie grotesk humpelnd im Kreis, wie zwei Vogelscheuchenbacchantinnen. Sie waren von Kopf bis Fuß vom Regen und vom Schlamm so durchnäßt, daß sie kaum wiederzuerkennen waren. Indem sie die Arme hoben und schwangen, riefen sie unaufhörlich und unzusammenhängend etwas, das sich wie »*Beug* dich, Isaak! *Beug* dich, Isaak!« anhörte; und als wir vorwärtsliefen, konnten wir sehen, daß das Knäuel im Schlamm, das zu treten sie hin und wieder in ihrem Tanz innehielten, der alte Isaak war, der sich aber kaum mehr von dem Schmutz, in dem er lag, unterscheiden ließ. Die roten Gummistiefel zeigten mit der Spitze stumm zum Fluß hin. Es muß wohl bei deren Anblick gewesen sein, daß Captain Phippen den beiden Frauen etwas Barsches zurief; und mit einemmal zum Schweigen gebracht, wichen sie ein kleines Stück vor uns zurück und starrten uns mit dem teilnahmslosen, eigenartigen Ausdruck von überraschten Tieren an. Widerspruchs- und wortlos, ja beinah interesselos, sahen sie (an einer Ecke der Veranda stehend) uns dann zu, wie wir den triefenden, leblosen Körper aufhoben und ins Haus trugen. Zuerst dachte ich, Isaak sei tot. Es schien unglaublich, daß so

ein formloser Klumpen – voller Wasser und Schlamm und Blut – noch am Leben sein konnte. Beim Anblick seines Gesichtes – das nicht mehr als das eines Menschen zu erkennen war – wurde mir übel. Aber Captain Phippen, abgehärteter als ich, öffnete die tropfnasse Weste und entdeckte, daß Isaaks Herz noch schlug … Ich ließ mich nur allzugern nach dem Arzt schicken.

Nichtsdestoweniger starb der alte Isaak zwei Tage darauf, ein Opfer des Herrn. Die mit der Untersuchung des Todesfalls beauftragte Kommission und deren Vorsitzender gaben betreten als offizielle Todesursache »einen durch Überanstrengung hervorgerufenen Gehirnschlag« an. Während dieser Zeit und auch noch einige Tage danach ließ man Mrs. Willard und Lydia, die beide plötzlich sehr sanftmütig geworden waren, in Frieden; die örtlichen Behörden waren sich nicht im klaren, was mit ihnen geschehen sollte. War es ein Mord? Oder falls nicht, was war es dann? … Die staatlichen Behörden waren entschlossener. Eine Woche später hörten wir, daß man Lydia und ihre Mutter in die Irrenanstalt hatte ver»schwinden« lassen, wie die Zeitungen es ausdrückten.

Und am selben Tag verließ Reverend Boody überstürzt die Stadt. Mr. Perkins hatte ihn (anscheinend) auf der Kanzel der Kongregationskirche wieder erwähnt. »Die unmittelbare Folge des Gefasels von diesem primitiven und räuberischen Fanatiker …«, sagte Mr. Perkins unter anderem …!

Doch war es nur das? Ich möchte den armen Mr. Boody nicht in Schutz nehmen; aber mir erschien die Sache nicht ganz so einfach. Obgleich es anscheinend sehr wohl stimmte, daß mehrere Leute die beiden Frauen kurz vor der Tragödie von der Erweckungsversammlung hatten zurückfahren sehen, »als wären sie vom Teufel besessen«. Und selbst dann (sagte Mr. Greene) »haben sie gesungen!«

Deutsch von Egon Pöllinger

Hallo, Taxi

Die beleuchtete Normaluhr auf dem Bürgersteig vor dem lichtdurchfluteten Schnellimbiß zeigte auf fünf Minuten vor zwölf. Es begann heftiger zu regnen, ein kalter Februarregen, der in Schnee überzugehen drohte. Unter den schwarzen Regen gemischt fielen ein paar matschige Schneeflocken. Der Imbiß war fast leer. Die Theaterbesucher waren nach der Vorstellung gekommen und wieder gegangen, hatten auf den breiten Armlehnen der Sitze schmutzige Teller, leere Schüsseln und Tassen mit hochgestellten Löffeln hinterlassen sowie auf den Boden geworfene zusammengeknüllte Papierservietten und nasse Zeitungen. Selbst die Unordnung wirkte noch bunt und malerisch; und es war warm. Die Schüsseln mit Früchten auf den Marmorplatten, die mit Salaten und Kuchen vollgestellten Glaskästen erweckten den Eindruck eines geradezu tropischen Überflusses. O'Brien, ein Taxifahrer, der dabei war, seine Schüssel mit Cornflakes und Sahne und eine Tasse Kaffee zu leeren, blickte schläfrig um sich. Er mochte das – die Wärme und die Farbe ließen ihn fast einschlafen. Er war so müde, daß er kaum essen konnte. Ein schwerer Tag; aber ein einträglicher; er freute sich darauf, ins Bett zu kommen. Eine stetige Folge von kurzen Fahrten vom Mittag bis sechs; und dann einer von diesen verrückten Aufträ-

gen, ein Mann vor dem Touraine, der in den sechs Stunden bis Mitternacht nach Plymouth und zurück wollte. Heiliger Strohsack, was für ein Abend! Es war eine zermürbende Fahrt gewesen, stockdunkel, alles ertrank im Regen. Der Scheibenwischer arbeitete hektisch, machte Überstunden. Die Scheinwerfer ließen nur noch einen geisterhaft wirbelnden, mit Schnee vermischten Regentanz erkennen und ein nichtendenwollendes Inferno von Pfützen, Wasserströmen und Schlamm. Seine Augen schmerzten. Wenn er nur die Fahrt zur Garage nicht mehr vor sich hätte – noch drei Kilometer... Danach brauchte er allerdings nur noch fünfzehn Minuten, um in den Federn zu liegen. Er schob seinen Kassenbon und das Wechselgeld dem Kassierer über die Theke, stellte den Kragen hoch und ging hinaus. Mitternacht.
Er hatte sein schlammbespritztes Taxi mit heruntergeklapptem Freizeichen in einer verlassenen Gasse ganz in der Nähe vom Schnellimbiß abgestellt. Dort gab es keine Parkzeiten, die Polypen würden keinen Ärger machen. Heiliger Strohsack, was für eine miese Nacht! Er trat in eine unsichtbare Pfütze, kaltes Wasser drang in seine Schuhe. Patsch, patsch. Zur Hölle damit! Er kroch ungelenk auf seinen Sitz und betätigte den Anlasser. Rrr – rrr – rrr – rrr – rrr – er sprang nicht an. Mausetot. Zündung an – Handgas gezogen – er drückte noch einmal. Rrr – rrr – rrr – rrr – rrr – rrr. Teufel auch, wahrscheinlich zu kalt. Er spritzte etwas Benzin ein und wollte es gerade noch einmal versuchen, als ihn ein Mädchen hochschrecken ließ, das von hinten herangekommen sein mußte und ihm plötzlich ins Ohr sagte: »Hallo, Taxi!« Ihre Hand lag auf seinem Ärmel, und sie lachte, als sie ihn zusammenzucken

sah. Sie schien leicht angetrunken zu sein. Lachend entblößte sie im Licht der Straßenlaterne etliche Goldzähne. Ihr Hut war vom Regen durchweicht, der Pelzkragen um ihren Hals triefend naß, ihr feuchtes Gesicht glänzte.

»Was soll der Blödsinn«, sagte O'Brien, machte seinen Arm brüsk frei und drückte noch einmal auf den Anlasser. Rrr – rrr – rrr! ... Keine Reaktion. Er hörte, wie seine Tür zuschlug, und entdeckte, als er sich umwandte, daß das Mädchen eingestiegen war. Er war wütend. »Also, ich will –« Er hämmerte an die Trennscheibe, fuchtelte mit dem Arm und rief: »Machen Sie, daß Sie rauskommen!« Sie rührte sich nicht. Er konnte sie lachen hören. »Herr im Himmel!« brummte er. »Was soll das?« Einen Augenblick lang saß er verdutzt da; die Sache schien fast über seine Kräfte zu gehen, es war grotesk, entsetzlich. Es machte ihm seine abgrundtiefe Müdigkeit nur noch deutlicher. Er kroch aus seinem Sitz und öffnete die Tür. Regen peitschte seine Wangen, der Türgriff war naß.

»Jetzt komm, Liz«, sagte er. »Steig aus.«

Als sie keine Antwort gab, steckte er seinen Kopf hinein und starrte sie an. Ein Duft von feuchtem Gesichtspuder. Sie saß bewegungslos in der entfernten Ecke, lächelte und entblößte dabei einen Goldzahn.

»Jetzt komm«, wiederholte er. »Du kannst nicht mit mir fahren.«

»Ich habe nicht gesagt, daß ich mit dir fahren will, oder?«

O'Brien war verblüfft.

»Also, was soll das? Willst du mich auf den Arm nehmen?«

Sie lachte schallend auf, hob vor Vergnügen die Füße vom Boden.
»Na klar nehme ich dich auf den Arm«, kicherte sie. »Ich will mich nur ein wenig setzen!«
»Ach, willst du das wirklich! Du willst dich nur setzen und in Papas Taxi eine nette kleine Pause einlegen!«
»Süßer Papa!« flötete sie. »Komm rein und setz dich. Du läßt die kalte Luft rein.«
»Raus mit dir, bevor ich dich rausschleife!«
»Oh, ist der vielleicht grob!«
»Eins – zwei –«
»Wenn du mich anfaßt, schrei' ich, bei Gott, das werde ich! ... Untersteh dich! ... Aua, du Mistkerl, laß meinen Arm los! Laß los« ... Sie schrie auf, wie zur Probe, ihre blauen Augen strahlten ununterbrochen vor Belustigung. Überrascht ließ er ihren Arm fallen. Und dann, während er sie schweigend anstarrte, nahm sie ihren nassen Hut ab, schüttelte ihr blondes, kurzgeschnittenes Haar und fügte hinzu: »Du solltest nicht so grob sein, Charlie – sonst krieg' ich einen blauen Fleck auf dem Arm ... Und jetzt, wo du drin bist, mach um Gottes willen die Tür zu! Es ist kalt.«
»Bist du betrunken?« Er setzte sich wie für einen Augenblick auf die Sitzkante, wußte nicht recht, was er tun sollte.
»Na klar bin ich betrunken. Man muß sich doch wenigstens *manchmal* gut fühlen, oder?«
»Also, du solltest dich schämen.«
Sie schlug ihm leicht auf die Wange, erteilte ihm so einen zärtlichen Verweis. Er ergriff ihr Handgelenk und drehte es brutal herum. Sie kreischte auf. Ihr Gesicht wurde hart und zornig.

»Hör mal, was zum Teufel machst du da!« ... Sie riß ihre Hand weg, führte das Gelenk an den Mund und saugte versunken daran, so als ob sie ihn völlig vergessen hätte. In der Stille hörte er, wie der Regen in Wellen auf das Taxidach prasselte. Eine Wolkendusche. Er hatte das Gefühl, gleich einzuschlafen, starrte sie verständnislos an, ihn fröstelte ein wenig.

»Komm schon, Kleine«, sagte er und änderte den Ton. »Du weißt, daß du hier nicht bleiben kannst. Ich bring' die Kutsche jetzt heim in die Garage. Ich bin hundemüde und will in die Falle.«

»Wer hält dich denn auf? *Ich* halte dich nicht auf!«

»Also gut, wo wohnst du?«

Sie beäugte ihn mißtrauisch, mit einem harten, kindlichen Lächeln.

»Wozu willst du das wissen? Pah, du machst mich krank.«

»Wenn es an meinem Weg liegt, setze ich dich dort ab.«

»Ach, wirst du das wirklich! Sehr freundlich von dir, in der Tat... Keine Chance, Charlie, dafür bin ich zu schlau!«

»Wovon redest du, zum Teufel? ... Komm jetzt, sei ein braves Kind und steig aus.«

Sie blickte ihn lächelnd an. In einer Wolke von Parfüm lehnte sie sich zu ihm hinüber, neigte ihr blasses Gesicht etwas zur Seite und lächelte einschmeichelnd. Sie legte ihre Hand mit einem protzigen Ehering auf sein Knie und drückte es sanft.

»Magst du mich denn nicht, Charlie?« zwitscherte sie.

Er legte ihr blitzschnell den Arm um die Taille – sie war klatschnaß – und hob sie in die Höhe. Sie schrie.

»Laß mich los, du Saukerl! Laß mich los, oder ich schlag' dir jedes Fenster in deinem verdammten Wagen kaputt!« Sie setzte sich zappelnd zur Wehr. Als er versuchte, sie zur offenen Tür zu zerren, schlug sie ihm ins Gesicht, trat um sich und kam schließlich auf die glänzende Idee, ihm wiederholt mit ihrem nassen Samthut auf die Augen zu schlagen. Regenwasser brannte in seinen Augen, machte ihn blind. Er ließ sie wieder auf den Sitz fallen. Ihr Pelzkragen war herabgeglitten, unter ihrem bis zu den Knien hochgeschobenen und verrutschten Kleid kamen ein blaßblauer Satinunterrock und mit Schlamm bespritzte Beine in grauen Seidenstrümpfen hervor.

»Oh, wie stark du bist, Charlie. Ein richtiger kleiner Neandertaler. Aber versuch's nicht noch mal, sag' ich dir! Oder ich schlag' dir die Scheiben ein.« Leicht außer Atem zog sie sich wieder in die Ecke des Rücksitzes zurück und lächelte furchtsam. Dann fügte sie hinzu: »Oh, verflixt, man sieht ja meinen Unterrock!« Sie kicherte und gab ihrem Rock einen Schubs in dem erfolglosen Versuch, ihre Beine zu bedecken. »Es macht dir doch nichts aus, meine Beine zu sehen, nicht wahr, Charlie? Da kann man unbesorgt draufgukken... Sag mal, mein Rock ist schrecklich naß – ich glaub', ich zieh' ihn aus und häng' ihn zum Trocknen auf...«

»Was hast du vor, willst du mich ins Gefängnis bringen?« O'Brien zog die Tür zu und setzte sich hin. »Du bist vielleicht ein hartnäckiges Schätzchen!« ... Er lehnte sich zurück und machte einen Moment die Augen zu. Mit geschlossenen Augen sah er, wie sich ihm eine lange Straße entgegenwälzte, mit schillernden Pfützen, Wasserströmen und einem Lichtkegel voller Regen.

»Na klar bin ich hart! Ich bin so hart, daß ich Nägel spucke! Ha, ha!« Das amüsierte sie unendlich, vor Lachen schaukelte sie hin und her, blickte ihn mit listigen blauen Augen von der Seite an.

»Also, du solltest dich schämen, so etwas zu sagen, ein junges Ding wie du! ... Und so blau wie ein alter Stabsfeldwebel ... Heiliger Strohsack! ... Wo hast du das Zeug her? Wer hat es dir gegeben?«

»Das geht dich einen Dreck an, wer es mir gegeben hat. Man hat mir schon Schlimmeres gegeben, kann ich dir sagen! ... Ein Freund von mir hat's mir gegeben.« Sie war trotzig und grob.

»Also, das muß schon eine lausige Art von Freund sein, der dich erst mit miserablem Whisky vollaufen und dann wie eine alte Katze im Regen stehenläßt! Ein schöner Freund.«

»Wenn ich deine Meinung über meine Freunde brauche, werde ich dich fragen!«

»Ach wirklich?«

»Ja wirklich! ... Und mein Freund ist ein Polyp – das kannst du dir in die Pfeife stecken und rauchen. Du gehst mir auf den Wecker.«

»Ein Polyp! ... Das kannst du deiner Großmutter erzählen.«

»Ich sagte, ein Polyp! Du bist wohl schwerhörig!«

»Dann und wann.«

»Also, dann ist dies wohl eins von den Wanns ... Sag mal, Charlie, du hast nicht vielleicht eine Zigarette?« Schmeichelnd schob sie ihren Arm unter seinen und legte ihre Wange an seine Schulter. Er sah sie schläfrig an, rührte sich nicht. So blieben sie einen Moment, lauschten dem Regen auf den Seiten und dem Dach des Taxis – ein zartes, unregelmäßiges Prickeln wie von Nadelspitzen. Dann und wann trudelte eine Schneeflocke breit und schwer an einem der Fenster vorbei ... Er riß sich zusammen, mühte sich vom Rand eines Traumes zurück. Er fischte für sie eine Zigarette hervor, riß ein Streichholz an. Zisch – zisch. Das Streichholz flammte ein-, zweimal auf, erhellte ein Paar klare blaue Augen, die Pupillen verengt, unter blaßgoldenen Augenbrauen, die so grazil geschwungen waren wie die Fühler eines Nachtfalters. Die weiße Nase mit einem Anflug von Grausamkeit, doch fein geschnitten.

»Danke, Charlie ... Bist ein netter Junge! ... Kuschel dich ran, wir machen's uns gemütlich!« Sie rückte ein wenig hin und her, ließ ihren Arm weiter unter seinen gleiten. Ihre linke Hand, die mit dem Ring, legte sich auf seine, die auf seinem Segeltuchmantel lag. Sie krümmte die Finger und schob sie vorsichtig tastend in seinen Ärmel. Er rührte sich nicht, schwankte nur ein wenig.

»Wirklich, mein Freund ist ein Polyp«, fuhr sie mit gleichbleibender Stimme fort ... »Glaubst du mir nicht?«

»Oh, mir kann man alles erzählen!« Er lächelte.

»Aber ich war heute abend nicht bei ihm ... Ich konnte ihn nicht finden.« – »Du hast ihn gesucht?«

»In der ganzen Stadt – überall. Verflucht kalt und naß dazu! Ich bin völlig durchgeweicht.«

»Warum hast du ihn gesucht?« Ihm wurde plötzlich bewußt, daß ihm die Augen zugefallen waren und sein Kopf auf den Lammfellkragen gesackt war. Die rauhe Berührung schreckte ihn auf.

»Ich brauchte etwas Geld. Ich bin blank – nicht ein magerer Dime heute abend … Und die Vermieterin hat mir heute morgen den Zimmerschlüssel weggenommen.«
»Ach, wirklich? Du schuldest wohl die Miete?«
»Natürlich nicht, du Einfaltspinsel. Es war wegen der anderen Mieter, die hatten sich beschwert.« Sie kicherte. »Der alte Mann im Zimmer nebenan hat mich wie ein Raubvogel beobachtet. Er dachte wohl – Ha, ha!« … Sie stieß eine Rauchwolke aus. »Ich habe ihm die kalte Schulter gezeigt, weißt du, und gestern abend, als er rauskriegte, daß mein Freund mit mir auf dem Zimmer war, da ist er dann hinuntergegangen, um die frohe Botschaft in der Küche zu verkünden.«
»Hör mal, Kleine, du solltest so was nicht tun! Du wirst Ärger kriegen.«
»Kümmre dich um deine eigenen Angelegenheiten, Charlie!« … Ihr Ton war freundlich, aber scharf … »Ich bin kein Küken mehr.«
»Du nimmst den Mund ganz schön voll, Prinzessin! … Wie alt bist du?«
»Siebzehn.«
»Siebzehn – und eine Bordsteinschwalbe! … Heiliger Strohsack.«
Sie schlug ihm ins Gesicht. Er lächelte töricht, und sie schlug noch einmal zu.
»Du hältst das Maul! So etwas kannst du nicht zu mir sagen … Jedenfalls nicht so.«
Sie rauchte und starrte ihn an. Sie schien ihn zu prüfen, zu taxieren, indem sie ihre blauen Augen nacheinander auf seinem Mund, seiner Nase, seinem Kinn, den Augen und dem Segeltuchmantel ruhen ließ. Die

dunklen Pupillen ihrer Augen waren ganz nah an seinen, ihre Wange lag immer noch an seiner Schulter. Er erwiderte ihren starren Blick düster und ausdruckslos. Er blinzelte wiederholt, während sich die Lider langsam und ohne sein Zutun senkten und gleichzeitig sein Kopf mit ruckweisem Nicken nach vorn fiel. Mit jedem Nicken und Blinzeln stürmte die Straße auf ihn ein, ein verschwommener, grenzenloser Sturzbach, der funkelte und brodelte. Jedesmal, wenn er die Augen wieder öffnete, um die Vision auszusperren, lächelte er das Mädchengesicht an, das so erschreckend nah war, lächelte entschuldigend.

»Wie heißt du, Kleines?«

»Flora, Flora des Neiges.«

»Oh, du bist 'ne Kanadische.«

»Seh' ich so aus?«

»Nein – eigentlich nicht.«

»Meine Mutter war Schottin. Daher hab' ich mein hellblondes Haar.«

»Ich schätze, du hast es aus einer Flasche gekriegt.«

»Von wegen! Das ist vierzehn Karat. Echt Gold bis in die Wurzeln.«

Sie schüttelte es gegen seine Wange, lächelte und entblößte einen spitzen, goldenen Eckzahn.

»Na gut – wann bist du hier angekommen?«

»Im Oktober. Ich bin weggelaufen. Mein Paps hat einen Bauernhof in Vermont . . .«

Er schien nicht zuzuhören. Er sah aus dem Fenster, unter die Straßenlaterne, beobachtete das Durcheinanderwirbeln von Schnee und Regen – jetzt war da schon mehr Schnee. Urplötzlich drehte er sich um und sagte: »Also gut, Flora, was hast du vor? Wo wirst du heute nacht schlafen? . . .«

»Ich? Wie steht's denn hiermit?«
»Ach ja! Und angenommen, hier kommt irgendein Polyp vorbei? Das sähe hübsch aus, nicht wahr! Und der Richter würde es auch nett finden, nicht wahr! ... Nein, das würde er nicht!«
Er sagte es voller Hohn, aber gleichzeitig war er abgrundtief träge, entspannt. Die Wärme des Mädchenkörpers war angenehm, und die Klammer ihres Daumens und Fingers um sein rechtes Handgelenk hatte eine seltsame Wirkung auf ihn. Er rührte sich nicht, verspürte keine Lust, sich zu rühren. Sein Geld war sicher genug. Sie konnte es nicht nehmen, ohne ihn aufzuwecken. Angenommen – nur mal angenommen –, er gäbe ihr ein paar Dollar, damit sie ginge – aber wohin würde sie gehen? Nicht in ihr eigenes Zimmer. Nein... auch kein Hotel. Sie sah zu jung aus... Angenommen – nur mal angenommen – woran dachte er denn eigentlich? Sie mit aufs Land nehmen? Nach Concord oder Framingham? Braune Wasserströme schnitten ihm die Sicht ab, und er starrte in einen riesigen, rotgerandeten Lichtkegel voller Regen... Das Mädchen sagte gerade: »Hier kommen bis fünf Uhr keine Polypen vorbei. Wir könnten vorher einen kleinen Ausflug in die Parks machen. Raus nach Jamaica Pond oder so...«
»Sicher... Weck mich um fünf! Wenn du wachbleibst, sag mir früh genug Bescheid!«
Er würde das in der Garage erklären müssen. Eine Panne irgendwo. Hanover Four Corners...
»...Mein Freund, ich meine, der, mit dem ich weggelaufen bin, hat in Cambridge in einem Drugstore gearbeitet, Sodas gemixt. Er hat mich sitzenlassen. Das hat mir nicht viel ausgemacht, weil er meine Fahrkarte

hierher bezahlt hat, und das war die Hauptsache. Also, der hatte eine feine Art zu reden! Wie der mit Wörtern jonglieren konnte! ...«

»Diese komischen Typen gehn mir auf den Wecker.«

»Sei nicht so ein Miesepeter, Charlie! ... Man könnte fast glauben, dies wäre die Beerdigung deiner geliebten Mutter.«

»Ach, du gehst mir auf den Wecker.« Er schüttelte sich fröstelnd und schloß die Augen.

»Schläfst du ein, Schätzchen? Leg deinen Kopf runter, hierher. So ist's gut.«

Er lehnte seine Wange an ihren Kopf, fühlte, wie ihre Hand über seine Stirn strich. Hanover Four Corners war eine kuriose Prozession von Sandwichmännern auf Stelzen. Sie schritten forsch aus, schwenkten herum, schwangen ihre langen Stelzen, ihre länger und länger werdenden Stelzen, ihre Wolkenkratzer-Stelzen, ein schnatternder Wald von Wolkenkratzer-Stelzen, endlos lang, und hoch oben zwischen ihnen, nicht mehr sichtbar, waren die kleinen weißen Gesichter, die »Hanover Four Corners, Hanovorners!« sagten.

Das Mädchen drückte seine Zigarette auf der Fensterkante aus und rückte sich bequem zurecht, ließ den Arm in den seinen verschränkt und die Hand auf seinem Handgelenk. Einen Augenblick lang starrte es brütend geradeaus durch die Frontscheibe in den Regen. Die Unterlippe sank ein bißchen herab, entspannt und schmollend. Herr im Himmel! dachte sie. Herr im Himmel... Schnee auf dem Taxidach, wie eine Hochzeitstorte! ... Einen Augenblick später war auch sie eingeschlafen.

Deutsch von Peter Böbbis

Blumenfeld

Summend band er sich seine grün-schwarz gestreifte Krawatte um, indem er sie von links nach rechts zwischen den weichen, weißen Kragenspitzen durchzog. O weh! Seine Lieblingskrawatte, und sie begann allmählich – unverkennbar – abgetragen und zerknittert auszusehen. Er strich den festen Knoten mit Daumen und Finger glatt und trat von dem staubigen Spiegel zurück, um die Wirkung aus einer größeren Entfernung, in einem nicht ganz so kritischen Licht, zu begutachten. Hm, so la la. Ein wenig ausgeblichen noch dazu. Aber wenn er nun seinen grauen Schal recht eng um den Hals trüge – könnte es ja doch vielleicht noch ein Weilchen unbemerkt bleiben ... Er ging zur Frisierkommode zurück und nahm seine Bürsten zur Hand. Gott sei Dank – sein Haar war genau im richtigen Zustand, wie immer am Tag nach einer Kopfwäsche: nicht zu locker und andererseits auch nicht zu stumpf. Gwendolyn hatte eine Bemerkung darüber gemacht. Was für wunderschöne Schattierungen darin sind, hatte sie ausgerufen, als sie mit ihrer kleinen Hand darüberstrich – mein lieber Tithonus, was für wunderschöne Schattierungen! Wie Kupfer und Gold! Wie Kupfer und Gold ... Tra-la-la-la – la-la – la-la. Die Sonne kam eben heraus und ließ die vom Regen dunklen Häuserfassaden gegenüber schwach

wässerig schimmern. Es würde zu Gwendolyns Abreise doch noch ein schöner Tag; ein milder Frühlingstag im November. So ein Tag, an dem Krokusse aus dem Boden schießen und wie Lerchen singen und Lerchen am Firmament wie Krokusse gleißen. Die feuchte Erde bricht auf und dampft, und das plötzliche Grasheer schwingt drohend sein Meer von grünen Speeren. Tra-la-la-la – la-la. Und die Stare knarren wie verrückt.
Doch nun war da dieses schwierige, schwierige Problem des Geschenks für Gwendolyn: ein (besonders in Anbetracht seiner Armut, die Gwendolyns unerwarteter Besuch katastrophal beschleunigt hatte) nahezu unlösbares Problem. Ein Buch? Nein. Unangemessen. Nicht ausreichend dekorativ. Nicht aufwendig genug. Und auch nicht ganz das Romantische und Sentimentale. Aber was dann? Selbstzufrieden summend stieg er die Treppe der Pension hinunter: diese Treppe, die er und Gwendolyn keine sechs Stunden zuvor verstohlen hinabgeschlichen waren. Keine Post heute morgen – verdammt. Was ist schon ein Morgen ohne Post! Es nimmt dem Tag den ganzen Reiz – nimmt ihm wirklich den ganzen Reiz. Höchste Zeit außerdem, daß er vom New Yorker Musikverlag wegen des *»Nocturne in Schwarz und Elfenbein«* hörte. Ah, jene Arpeggio-Passage, die Gwendolyn mit einem Sprühregen verglichen hatte, den man durch einen späten Strahl goldenen Sonnenlichts betrachtet! Wie schön sie darüber gesprochen hatte! Beinahe schön genug, um ihre – um ihre – nun ja, um ihre allgemeine Gleichgültigkeit gegenüber seiner Musik aufzuwiegen. Seltsam, daß ihr seine Musik nicht besser gefallen hatte. Und dazu all die Jahre der Trennung – man hätte doch meinen

können, schon das allein würde sie ein wenig mehr dafür begeistern. Der Nostalgieeffekt. Hätte ihre reine Freude darüber, ihn zu sehen und von ihm geliebt zu werden, eigentlich nicht bewirken müssen, daß sie ihr ein wenig besser gefiele? Wirklich nicht? ... Aber sie war ja auch solch ein egozentrisches kleines Biest, so vertieft, so schrecklich vertieft in ihr eigenes, komisches, langweiliges kleines Leben, ihren Ehemann, ihren Country-Club dort draußen in Akron, ihre komischen, langweiligen kleinen bridgespielenden, reitenden Freunde und ihre ernsthafte Gruppe kleiner Denker... Was konnte man anderes von einem solchen Mädchen und einem solchen Leben erwarten?
Wollen mal sehen: vier Dollar. Und ein Scheck in der Brieftasche über weitere zehn. Er würde sich heute morgen eine Grapefruit leisten können; mit einer verschrumpelten Maraschinokirsche. Und Kaffee und Haferbrei... *Haferrbreiii!* brüllte der Mann hinter dem Tresen – das macht zweimal... Du lieber Gott – allein der Gedanke, daß diese zwei Wochenenden mit Gwendolyn fünfzig Dollar gekostet hatten. Fünfzig! Es war wirklich umwerfend. Und sie hatte aber auch gar keine Andeutung gemacht, daß sie ihm vielleicht unter die Arme greifen könnte – nicht eine Bemerkung; obgleich sie doch im Geld schwamm, einfach nur so darin schwamm. Da war es wieder – ja, da war es wieder. Komisch. Vielleicht hatte sie auch nur diese altmodische Vorstellung, daß immer der Mann bezahlt. Vielleicht hatte sie – da sie ja wußte, daß er knapp bei Kasse war – befürchtet, es könnte ihm peinlich sein, wenn sie ihm ihre Hilfe anbot. Peinlich! Hohles Gelächter. Es war eine Art von Peinlichkeit, die man sich sehr wohl leisten konnte. Und da versuchte

er, der nicht einmal hundert Dollar sein eigen nennen konnte, sie so zu unterhalten, wie sie es gewohnt gewesen war! ... Ein höllisches Vergnügen.

Doch nun dieses Problem des Geschenks. Es mußte sein; daran bestand kein Zweifel. Und es mußte etwas wirklich Hübsches sein, etwas recht Ästhetisches; wenn möglich ein Symbol. Aber ein Symbol wofür? ... Ah! *Das* war die Frage. Vor zwei Wochen oder selbst noch vor fünf Tagen hätte die Antwort anders lauten können – *hätte* sie anders gelautet. Denn da – ja, vor so kurzem noch – hatte er geglaubt, er sei verliebt in sie. Dummkopf! Esel! Romantischer Affe! Würde er denn diese verrückte Angewohnheit, Irrlichtern nachzulaufen, niemals überwinden? ... Ja, vor fünf Tagen hatte er gedacht, ein sehr hübscher japanischer Druck wäre vielleicht angebracht – ein wirklich *sehr* hübscher – zum Beispiel einer von denen, in die er sich selbst verliebte. Etwa wie Hiroshiges *Feuerbrand* oder *Affenbrücke.* Nicht zu teuer – wie der *Feuerbrand* es wäre –, aber andererseits auch nicht billig. Jedenfalls ein guter Druck, ausgesucht aus Liebe ...

Aber jetzt? ... Er stand auf, zog aus der langen Glasröhre mit Papptrinkbechern einen heraus, füllte ihn und trank das kalte, nach Wachs schmeckende Wasser. Er füllte ihn wieder auf und trank noch einmal. Nach Wachs schmeckendes Wasser hatte doch irgendwas Gutes und Hygienisches an sich ... Nun? ... Es stimmte – das konnte er ja ruhig zugeben –, daß seine Gefühle undeutlich waren. Ganz entschieden undeutlich. Er kämpfte sich durch die Pendeltüren nach draußen ins morgendliche Sonnenlicht, wo die Helligkeit der lärmenden Straße seine Augen ein wenig blendete. *Tra-la-la-la – la-la.* Ein himmlischer Tag; er würde durch den Park gehen und sich vielleicht fünfzehn Minuten auf eine Bank setzen und die Leute und die Tauben und die Spatzen und die grauen Eichhörnchen beobachten. Es stimmte ja auch noch nach wie vor, daß sie ihn bezauberte; noch so sehr, daß das Geschenk von Herzen kommen sollte. Es war noch immer – nicht wahr? – ein rein spontaner Impuls. Er wollte ihr noch immer etwas Schönes schenken, und es ihr liebevoll schenken. »Ich hab' dir ein Geschenk mitgebracht« – würde er mit einem leichten Lächeln, einem zweifelnd-zärtlichen Lächeln, sagen und es ihr überreichen – »hoffentlich gefällt es dir.« Schweigen: Sie würden einen langen und köstlichen Blick austauschen, halb humorvoll und halb verliebt, und sie würde sich dann vielleicht auf die Lippen beißen und wegsehen – auf jene reizende Art, die sie an sich hatte –, als ob sie wollte, daß er ihr Profil sähe. Ihr wunderschönes Profil... Genau das hatte er geplant; aber jetzt, auf einmal –

Er sank auf die Bank, die etwas feucht war und unter der (wie schmutzig Amerika doch ist!) ein Haufen Erdnußschalen herumlag. Neun Uhr: Er hatte noch eine volle Stunde, um das Geschenk zu besorgen und sich mit ihr am Bahnhof zum Abschied zu treffen. Eine Menge Zeit. Und die Kunsthandlung lag noch dazu auf dem Weg zum Bahnhof. Ein Leichtfuß nur, ein Dollar nur, ein Gelehrter um zehn Uhr... Wäre nur das Ganze – wäre nur das Ganze nicht – wäre nur –! In seiner Seitentasche fand er eine lose, schlaffe Zigarette, aus der die Hälfte des Tabaks herausgefallen war, und zündete sie sich an. Die graue Rauchwolke – köstlich – schlängelte sich auf einem im Sonnenschein abfallenden Streifen von ihm fort, drehte in schnellen Wirbeln auf den Kiesweg zu und verlor sich. Am Anfang war es einfach himmlisch gewesen. Jener reizende Brief, in dem sie seine Einladung, auf einer Schwanengondel auf dem Teich im Stadtpark durchzubrennen, angenommen hatte! »Lieber Lohengrin« – hatte sie gesagt – »halte deine Schwäne bereit... um sechs Uhr abends...« Und sie hatte mit »Elsa« unterschrieben. Wie schrecklich lieb von ihr, und wie genau im richtigen, ja im einzig möglichen Ton! Und dann, als sie ihn auf der kleinen Brücke überrascht und, die zwei kleinen Hände in komischer Verzweiflung auf das Brükkengeländer gestützt, über die Entdeckung, daß es die Schwanengondeln nicht mehr gab, gestöhnt hatte – wie köstlich das gewesen war, und wie jung, wie *jung* sie ausgesehen hatte, trotz jenen sechs enorm langen Jahren. Er hatte gespürt, wie sein altes Herz – sein vorzeitig gealtertes Herz – sich richtig aufschloß da drinnen in ihm, richtig aufbrach wie eine feuerrote Tulpe. Wieder Gwendolyn! Genau dieselbe Gwendolyn, unverändert, nicht gealtert, so lebhaft wie eh und je, und das stolze Köpfchen trug sie immer noch so anmutig wie eine Blume... Das Leben konnte nur wenige solcher Augenblicke bieten. Es schien, als wäre es die Krönung von allem: die endgültige und wahre Kristallisierung alles Vorangegangenen; die sechs Jahre der Trennung und ihre Ehe waren plötzlich einfach ausgelöscht; sie hatten gleichsam ihren Spaziergang durch den Park fortgesetzt und die Unterhaltung genau an der Stelle wieder aufgenommen, wo sie abgebrochen worden war. Ah-ah-ah-ah – er schüttelte den Kopf in einer Art drolliger Bekümmertheit, die nicht eigentlich Bekümmertheit war, nichtsdestoweniger aber auch nicht eigentlich etwas anderes. Warum hatte denn nicht alles so sein können? Warum? Sie war so schön wie eh und je, und sie war wieder ebenso lässig in sein Herz hineinspaziert, wie sie herausspaziert war, und hatte vollständiger denn je zuvor Besitz davon ergriffen; ihre Freude aneinander war so unmittelbar und so unverhohlen gewesen; ihre holzbraunen Augen hatten ihn so herzlich und freundlich angeblickt, während sie komisch abfällige Bemerkungen über ihren Mann machte – »armer Mont«; und dennoch, und dennoch –

Verbittert warf er die Zigarette zu Boden und scheuerte sie unter seiner Schuhsohle platt. Im Leben gab es zu viele Dennochs und Abers; viel zu viele. Er war bereit gewesen, sich zu verlieben – natürlich; aber war sie es denn nicht ebenso gewesen? War es gerecht, Gwendolyn die Schuld an allem zu geben? Und überhaupt, war es in Anbetracht aller Umstände im Grunde nicht sogar besser, daß sie es nicht getan hatten? ... Viel besser; viel besser. Es war ja auch nur die eigene Enttäuschung darüber, daß auf ein so göttlich verführerisches, so ätherisches, himmlisch vollendetes Vorspiel solch ein – nun ja, Absturz folgen mußte. Der erste Abend war all das gewesen, was das Herz nur begehren konnte. Es war wirklich wunderschön gewesen. Dazusitzen, so weit auseinander, so höflich und sogar distanziert zueinander, aber nichtsdestoweniger in einem so köstlichen Zustand der Spannung – nur zu reden, reden, behutsam die Unterhaltung auf das verbotene Thema hin zu manövrieren; unzählige Zigaretten zu rauchen; um schließlich, etwas schüchtern und aufgeregt, langsam den verbotenen Boden zu betreten ... Ah-ah-ah-ah – er schüttelte wieder traurig den Kopf, als er daran dachte – es war so überaus schön gewesen, so überaus schön. Und dann, als sie gesagt hatte, sie müsse gehen, und er all seinen Mut zusammengenommen und sie geküßt hatte – lieber Himmel, wie wunderbar das gewesen war! Sie war überrascht gewesen – und doch auch wieder nicht überrascht; war nur einen kurzen Augenblick lang zurückgewichen; hatte das Köpfchen einen Moment hängenlassen, als ob sie traurig gestimmt und zugleich schlagartig in entzücktes Erstaunen versetzt worden wäre; und hatte dann, das Gesicht von ihm abwendend und die Augen schließend, einfach nur gesagt: »Wenn man bedenkt, daß *du* es bist!« …

Was genau hatte sie damit sagen wollen? … Daß sie sich schon lange einen Liebhaber erhofft hatte, einen wirklichen Liebhaber, und über die unverhoffte Güte der Vorsehung, ihr *ihn* zu bieten, sich nun wunderte? Natürlich hatte sie ihn schon immer ein wenig für eine Art höheres Wesen gehalten – sie war eine rechte Künstlerverehrerin. Das mußte es gewesen sein. Das arme Kind – all diese sechs Jahre mit diesem lächerlichen, wohlmeinenden, kleinen Ehemann hatte es sie nach Liebe gehungert, nach Liebe und Leben gehungert. Zum Teil war sie freilich selbst schuld, denn sie hatte ja ganz bewußt des Geldes wegen geheiratet. Aber durfte man von irgendeinem Menschen so viel verlangen? Sie war ihrem armen Mont rührend treu gewesen – doch durfte man erwarten, daß diese Art von Treue ewig fortbestünde? Nein – nein – nein – unmöglich. All die Poesie in ihrer Natur war erstickt worden – früher oder später hätte sie hervorbrechen müssen; sie wäre zwangsläufig aus Akron entschlüpft wie der Schmetterling dem Kokon; und es war also nur natürlich, daß sie, als Umstände sie nach Boston führ-

ten, darauf gekommen war, *ihn* aufzusuchen ... Aber warum hatte sie es für nötig gehalten, darüber so unaufrichtig zu sein? Warum hatte sie dann – nach dem Kuß – sich solche Mühe gegeben, den Eindruck zu erwecken, diese Wendung der Dinge wäre für sie völlig überraschend gekommen, ja hätte sie gar schokkiert? ... Verdammt! Genau da – genau an diesem Punkt – gerade, als sie seinen hoffnungsvollen Fragen danach auswich – haargenau da hatte er begonnen – nun ja, irgend etwas Unstimmiges zu spüren. Konnte man ihr also doch nicht trauen? Verhielt sie sich ihm gegenüber nicht ehrlich? Hatte es – vielleicht – andere vor ihm gegeben? ... Verflucht noch mal – als ob das im Grunde eine besondere Rolle spielte! Nichtsdestoweniger spielte es aber eine Rolle. Etwas Unbestimmbares, irgendein ätherischer und überaus flüchtiger Duft, war auf der Stelle unwiderruflich verlorengegangen. Ihr nicht trauen zu können! Und bei so einer Angelegenheit der feinen Gefühlsabstimmung war eben leider nur die reinste und vollkommenste Ehrlichkeit am Platze. Mit weit aufgerissenen Augen hätte sie sofort gestehen sollen: »Ja, ich dachte *wirklich* – ich hoffte *wirklich* – als ich dir schrieb –, daß unsere Begegnung so eine himmlische Wendung wie diese jetzt nehmen könnte ...«
Doch das hatte sie nicht getan. Und sogleich wurden – für ihn zumindest – subtile Schranken zwischen ihnen spürbar. Zunächst einmal war sie nicht ganz so – na ja, ganz das, wofür er sie immer gehalten hatte. Ausweichend. Rätselhaft. Möglicherweise eine Art Spiel mit ihm spielend. Ganz bestimmt nicht darauf aus – wie er –, sich wirklich mit Haut und Haaren zu verlieben. Nein; sie sparte sich gewisse Reserven auf, sie wahrte

das Gesicht. Und dann, als sie den Anschein der Treue zum armen Mont so lange aufrechtzuerhalten versuchte – obgleich es doch so offensichtlich war, wie genau sie sich den ganzen Plan für diesen Urlaub zurechtgelegt hatte –, hatte er einfach ärgerlich werden müssen. Er hatte ein wenig die Beherrschung verloren – hatte sie etwas schroff auf ihre Heuchelei dabei aufmerksam gemacht. Verflucht noch mal – wie schade! Und das ganze Märchengebilde, all dessen elfenhaftes Gewirke, war zerstört worden; es hatte allmählich so ausgesehen, als ginge es ihr nur darum, einen Seitensprung zu machen, um sich in die zynisch lachenden Reihen der Untreuen einzuordnen. Ihre Freundinnen hatten *ihre* Ehemänner betrogen – sie hatten ihr alles darüber erzählt –, warum sollte sie den ihren nicht betrügen? Und wenn sie vielleicht einen vielversprechenden jungen Komponisten als ihren Partner erobern könnte, wäre das nicht um so besser? ... Es würde eine hübsche Geschichte auf der Veranda des Country-Clubs abgeben, zwischen dem Abendessen und einer Partie Bridge ...
Er stand auf, ohne sich dessen richtig bewußt zu sein, und starrte auf den Staub des Weges hinab, in dem Tauben ein zartes Muster von Fußspuren hinterlassen hatten. Es war Zeit, aufzubrechen. Zeit, aufzubrechen. Er steckte die Hände in die Hosentaschen und ging langsam los ... Ja – dadurch war das Ganze jetzt nur noch eine – nur noch eine *Passade*. Vom Erhabenen zum Selbstverständlichen. Er hatte es bitter übelgenommen. Freilich nicht etwa, daß eine *Passade* nicht auch angenehm wäre – zumal mit jemand so Bezauberndem wie Gwendolyn. Aber schließlich nach all diesen Jahren herausfinden zu müssen, daß Gwendo-

lyn nun einmal genau so war! Herauszufinden, daß sie ihn gar nicht wirklich liebte, nicht an Liebe interessiert war, ja nicht einmal an *ihm* besonders interessiert war! ... Da war sie wieder – diese komische, schwerblütige, zurückhaltende Selbstsucht von ihr. Ihr Widerwille, oder vielleicht war es auch Unvermögen, ihm, psychologisch gesehen, auf halbem Wege entgegenzukommen. Eine Atmosphäre von Gleichgültigkeit hatte sie umgeben; eine Atmosphäre von Passivität; von Unnahbarkeit und Distanziertheit. Sie war in sich versunken geblieben, hatte den starren Blick während seiner Liebkosungen abgewandt, so, als hätte seine Identität an sich nicht die geringste Rolle für sie gespielt. Bloß ein Mann; bloß eine Annehmlichkeit. *Seine* Bedürfnisse, *seine* Wünsche waren für sie nicht von Belang. Und als ein Ausruf von ihm sie schließlich etwas davon hatte ahnen lassen und von der eigenartigen Kluft, die sich plötzlich zwischen ihnen aufgetan hatte, war sie vollkommen überrascht gewesen. Das war, als sie vor der Schneewand im Museum gestanden hatten. Ein entsetzlicher Abgrund war da zwischen ihnen aufgeklafft; und sie hatten sich beide elend, hilflos gefühlt, gerade so, als ob sie sich besser trennen sollten. »Wenn du so darüber denkst« – hatte sie gesagt –, »meinst du nicht, wir sollten uns tagsüber lieber gar nicht mehr treffen – da wir uns gegenseitig ja doch nur irgendwie frustrieren –, sondern uns statt dessen nur noch nachts treffen? ...« Mit welcher Qual sie sich daraufhin angesehen hatten! Mit welch bitter forschenden Blikken und welch leidenschaftlichem Verlangen, sich mit den Händen festzuhalten! Ah-ah – es hatte fast unerträglich geschienen. Es war ihr Gethsemane

gewesen. Und danach hatten sie sich, wie sie es vorgeschlagen hatte, nur noch nachts getroffen.
Nun gut! Es war wirklich schade gewesen – und infolgedessen hatte das Ganze bereits begonnen, ausgesprochen unwirklich zu erscheinen. Es fiel bereits schwer zu glauben, daß sie tatsächlich zusammen in Portland gewesen waren – es war eher so, als wäre er allein dort hingefahren. Was war daran schon erinnernswert gewesen? Nichts, außer ihren lustigen Bemerkungen über die Fresken im Speiseraum – da, einen Augenblick lang, war die Szene wirklich und köstlich geworden. Im übrigen konnte es ebensogut nie stattgefunden haben; das ganze Erlebnis war über seine Seele so spurlos hinweggegangen wie Wasser. Sie war gekommen und gegangen – sie war eigentlich schon für immer weg. Weg – weg – weg – weg. Und in dieser Hinsicht, im Hinblick darauf, schien es wirklich eine Spur anachronistisch, noch daran zu denken, ihr ein Geschenk zu kaufen. Wofür? Wäre es, unter diesen Umständen, nicht fast eine Ironie? Wäre sie vielleicht nicht – sogar noch – gekränkt? So ein Unsinn! Natürlich nicht. Keine Frau ist gekränkt, wenn man ihr ein sentimentales Geschenk macht. Sie würde sich vielleicht an dieses Zeichen der Erinnerung nur um so glücklicher klammern, weil sie spürte, daß ihre Affäre ein Fehlschlag war. Denn natürlich teilte sie mit ihm, teilte sie doch wirklich mit ihm dieses traurige Gefühl, kläglich versagt zu haben.
Er betrat den kleinen Laden und stieg die gewundene, altertümliche Treppe zum Raum mit den Drucken hinauf und machte sich daran, die großen Mappen japanischer Drucke durchzublättern. Die Utamaros waren viel zu teuer – und die Hokusais ebenso; aber trotzdem

hielt er sich für ein Weilchen mit ihnen auf. So etwas Herrliches, dieser Utamaro mit den drei Fischerinnen in ihren rosa-grauen Kittelschürzen und dem Weidenkorb auf dem blassen Sand neben einem Seestern und dem im Dämmerlicht fahlen Wasser! Himmel – Himmel – Himmel! Man fühlte sich in eine andere Welt versetzt, wenn man seinen Blick darauf ruhen ließ – eine Welt der Heiterkeit und Vollendung, des Schönen und des Unvergänglichen. Aber zwanzig Dollar! ... Er schloß die Mappe und öffnete die nächste, die die Hiroshiges enthielt. Schlechte Drucke, die meisten davon – die späten Hochformate, und in schreienden Farben: zuviel Anilinpurpur und Giftgrün. Und die vereinzelten guten – einige aus der Tokaido-Straßen-Folge – waren kostspielig. Fünfzehn – fünfundzwanzig – zehn – sieben – zwölf –: alles unerschwinglich für ihn. Da war ein Druck für zwei Dollar – aber das war eine recht alltägliche und oberflächliche Fischerbootszene, und viel zu grell. Er wendete ein Blatt nach dem anderen um, wobei sein Blick zuerst immer die Preisangabe unten rechts auf jedem Druck suchte; und dann wurde seine Aufmerksamkeit plötzlich von einer Hiroshige-Landschaft im Hochformat gefesselt, die mit dem Vermerk »ein Dollar« ausgezeichnet war. Du lieber Himmel! War es möglich? Konnte es möglich sein? Es war ein Druck, den er noch nie zuvor gesehen hatte – mit dem Titel *Blumenfeld.* Und es war exquisit – es war wie ein Gedicht – es war wie ein Musikstück von Debussy. Es war blau, und es war doch nicht blau – grün, und doch nicht grün – schillernd – ein Feld von Narzissen und Osterglocken im Frühling mit einer grauen Eiche, die sich über einen gewundenen Pfad wölbte. Großer Gott! Allmächtiger Gott! Seine Hand

zitterte förmlich, als er es hielt. Die ätherische Auflösung, mit der diese Wiese sich in die Ferne verlor, wie ein Himmel in der Dämmerung, an dem man sich der Sterne nur halb bewußt ist! Und diese winzigen Schmetterlingsdamen, die unter dem Baum zum Plaudern stehengeblieben waren, als hätte der Wind sie dort nur für einen Augenblick verweilen lassen! ... Er starrte und starrte; und dann: »Ich nehme diesen hier«, sagte er zu dem wartenden Verkäufer.
Ein Fund! ... Ein wahrer Fund! ... Er stürzte wieder nach draußen in den strahlenden Sonnenschein, als ließe er jenes verzauberte Blumenfeld hinter sich (obgleich er es in Wirklichkeit liebevoll unterm Arm trug), und blinzelte ins grelle Licht der Straße. So was Erstaunliches – ein solcher Druck für einen Dollar – für einen einzigen Dollar! Ein Hiroshige, der förmlich in seinem Herzen sang, der ein Tor zum unmöglichen, zum unerreichbaren, zum ungreifbaren, zum unfühlbaren Azur der Seele aufstieß! Es war genau das Wunder, auf das er gehofft hatte. Es war genau das, was seinen Ansprüchen gerecht wurde. Es war genau – haargenau – ah! Er hielt in seinem Schritt inne, zögerte, gehemmt durch die starke Intensität seines Gedankens. Denn stimmte es etwa nicht? Ja, es stimmte; es war genau das, was die Affäre mit Gwendolyn hätte sein sollen und nicht gewesen war...
Er blieb am Randstein stehen und wartete darauf, daß der Verkehrsstrom vorüberzöge, und als er, in Gedanken versunken, so dastand, spürte er, wie in ihm ein herrlicher und verräterischer Entschluß zitternd auf dem Sprung stand, Gestalt anzunehmen. Diesen Druck zu verschenken – ihn Gwendolyn zu schenken –, hieße das nicht, gerade das Eigentliche zu ver-

schenken, das Kostbare und Unbestimmbare, den Duft seines Idealismus, den Gwendolyn nicht verdient hatte? War er denn im Grunde nicht berechtigt, genau das zu behalten? Wäre es letzten Endes nicht die allerfeinste poetische Gerechtigkeit, daß Gwendolyn diese Schönheit verpaßt hätte, sie nicht gesehen hätte und daß er selbst sie bewahrte und behütete? ... Es war erst Viertel vor zehn. Es würde ihm noch genügend Zeit bleiben, es auf sein Zimmer zu bringen, wenn er anschließend in einem Taxi zum Bahnhof eilte. Tun oder Nichttun. Der Verkehrsstrom nahm ein Ende; man konnte jetzt die Straße überqueren, doch er überquerte sie nicht. Er kehrte wieder um, seltsamen Jubel im Herzen, und eilte auf sein Zimmer zu.

Deutsch von Egon Pöllinger

Gehenna

Wie leicht doch unsere kleine Welt in die Brüche gehen kann! dachte Smith oder Jones oder Robinson oder wie immer er heißen mochte. Und im übrigen natürlich auch die große Welt; denn die große Welt ist nichts anderes als wir selbst im großen Maßstab, sie ist bestenfalls nicht mehr als eine Projektion unseres eigenen Denkens, der Ordnung beziehungsweise Unordnung unseres eigenen Denkens. Eine augenblickliche Vermutung veranlaßt ein Genie zu schreiben, Genie und Wahnsinn lägen dicht beieinander; die Nähe zum Wahnsinn ist kein ausschließliches Privileg des Genies; sie ist Privileg und natürliches Bedürfnis eines jeden Bewußtseins, gleich welchen Ranges. Smith und Robinson schweben genauso prekär im Leeren wie Shakespeare persönlich. Wie wir wissen, können sogar die Tiere verrückt werden. Wir wissen, daß eine Ameise, die an einem Gehirntumor leidet, kreisförmig herumläuft, ihre Gefährten beißt und sich in jeder Hinsicht anomal verhält. Ihre innere Ordnung oder Gewohnheit hat sich verändert – und eben dies Faktum hat die äußere Ordnung zunichte gemacht. Jenes unvorhersehbare Zufallsmoment hat Götter (vielleicht) entthront, Sterne aus ihrer Umlaufbahn gerissen, Monde in Weckuhren verwandelt. Auf diese Weise neu gesetzt wird die makellose Seite der

Welt zu einem brillanten aber sinnlosen Wirrwarr von typografischen Fehlern.
Und genauso ist es mit mir, dachte Smith oder Jones oder Robinson. In eben diesem Augenblick hat vielleicht ein winziges Teilchen an einer schmalen Kreuzung in meinem Gehirn die falsche Richtung eingeschlagen. In meinem Gedankenfluß hat sich vielleicht ein unendlich kleines welkes Blatt an einem unendlich kleinen Zweig festgesetzt; und das wird möglicherweise unabsehbare Folgen haben. Von jenem welken Blatt von Faktum, Gefühl oder Gedanke wird der gesamte Ablauf meines Lebens bestimmt. Unversehens wird es so scheinen, als wäre ich durch dies zarte, glänzende Gespinst der Erscheinung, auf dem ich mich mit solch offenkundiger Sicherheit bewege, hindurchgetreten und in ein höchsteigenes Chaos gestürzt; denn dieses Chaos mit seiner Smith-artigen Unordnung wird so vertraut und erkennbar mein eigenes Chaos sein, wie die gegenwärtige Welt mit ihrer Smith-artigen Ordnung meine Welt ist. Alle Bestandteile meines Lebens werden darin versammelt sein, jede Neigung und Abneigung, jede Sehnsucht oder Abscheu, von den kleinsten zu den größten; alle Schirme meines Lebens – sozusagen –, all die gestempelten Briefmarken und abgebrannten Streichhölzer, die geschnittenen Fingernägel, die Liebesbriefe, Kalender und Sonnenaufgänge; doch allesamt miteinander vertauscht und (durch den Austausch) mit dämonischer Kraft begabt. Mit einem einzigen Schritt werde ich in eine abgrundtiefe und möglicherweise grenzenlose Hölle gestürzt sein, die an keinem Punkt etwas anderes sein wird als Smith. Die schirmschwingen-

den Dämonen dieses Chaos werden einzig auf den Namen Smith hören.
Mitternacht ist vorüber – dachte Smith oder Jones oder Robinson –, und dies Apartmenthaus mit all seinen seltsamen Bewohnern liegt im Schlaf. Der Hausmeister hat die Außentür verschlossen; die Reihe der elektrischen Knöpfe aus Perlmutt (einer für jeden Bewohner) bleibt ohne Bewegung, weil kein suchender Finger ihren Stromkreis schließt; die messingnen Briefkästen gähnen im Dunkel nach dem abwesenden Briefträger; der Aufzug hat sich für die Nacht im vierten Stock eingerichtet, zu dem ihn um zwölf Uhr dreiundvierzig ein Spätheimkehrer hinaufgefahren hat. Selbst das Wasser in den unzähligen Leitungen hat sich zur Ruhe begeben, ist schal und träge geworden. Und ich gehe hier in meinem Zimmer auf und ab und denke darüber nach, wie leicht ich all das ändern könnte. Vielleicht würde ich es allmählich bewirken, Schritt für Schritt, so wie ich auf den vier Perserteppichen hin und her gehe, die den Boden bedecken; Stück um Stück würde ich die erhabene Erfindung niederreißen, die derzeit mein Ich und die Welt bedeutet, und Stück um Stück eine neue aufbauen. Genau so, wie man ein Wort so lange anstarren kann, bis es bedeutungslos wird, kann ich beginnen, die Welt anzustarren. Was um alles in der Welt bedeuten diese Teppiche? Was um alles in der Welt bedeuten diese Wände, dieser Fußboden, die Bücher auf dem Kaminsims, die drei abgewetzten hölzernen Stühle, die aufgereihten Bleistifte auf meinem roten Tisch? Gruppierungen von Atomen? Wenn das zutrifft, so sind sie allesamt in ständiger Bewegung; die gesamte Erscheinung ist in Wahrheit ein chaotischer Fluß, ein Wirbelwind einander

widerstrebender Kräfte; sie und ich treiben gemeinsam in einem widersinnigen Strom, werden hilflos einem unbekannten Geschick entgegengetragen. Ich selbst bin vielleicht nur ein flüchtiges Funkeln auf der schnellen Oberfläche dieses widersinnigen Flusses. Mein Bewußtsein ist lediglich ein Zufall; und darüber hinaus ist mein Bewußtsein weniger wahrhaft mein Ich als dieser Strom, der mich trägt und aus dem mein Gedankenfunkeln für eine kleine Weile aufgestiegen ist. Und wie leicht – wiederum –, in eben diesen Fluß zurückzutauchen, in jene tiefere Strömung, jenes primordiale Chaos, das mein Ich in Wahrheit darstellt! Heute wie eh und je erwartet mich da drinnen meine eigene Hölle mit all ihren Schrecken und all ihrer Herrlichkeit.
Beim Fenster bleibe ich stehen und schaue zu der Reihe verschneiter Dächer auf der anderen Straßenseite hinüber, über denen die Sterne schweben, ich zünde eine Zigarette an der andern an und wedle den Rauch mit der Hand weg. Und nun laßt mich mit einer Geste mentalen Wedelns (was anders als eine Geste ist der Gedanke?) dies Apartmenthaus wegwedeln. Bei der bloßen Vorstellung hat es bereits etwas von seiner Realität eingebüßt. Ist der Polarstern einzig zu dem Zweck an der Mastspitze der Welt festgemacht worden, daß an einem bestimmten Tag in einem bestimmten Jahr die Wände dieses Zimmers mit einer häßlichen Tapete bekleistert werden sollten? Bedeutet Evolution lediglich eine Entwicklung vom Sublimen zum Lächerlichen? Warum muß diese sonderbare Konstruktion aus Ziegeln und Holz mit ihrem bleiernen Gedärm und ihren kupfernen Nerven, mit ihren horizontalen Reihen von kleinen Höhlen, ihren Treppen,

ihrem Lift und ihrem Herzen aus Metall, das durch metallene Adern überallhin Wärme schickt – warum muß sie so sein, wie sie ist? Augenblicklich wird sie zum Albtraum. Und auch ihre Bewohner, diese anderen Smiths und Robinsons, die in kleinen, dunklen Höhlungen liegen und schlafen, mit über den Bettrand herunterhängenden Händen, geschlossenen Augen und offenem Mund; die sich so feierlich ihrer abnehmbaren Haut entledigen, ihre Uhren aufziehn, die Zähne putzen, den Handspiegel hin und herdrehn, um zu sehn, ob ihr Haar dünner geworden ist oder die Ringe unter den Augen größer geworden sind – auch sie werden zum Albtraum. Wie schmachvoll, daß ich ihnen gestattet habe, mit mir gemeinsam diese phantastische Fiktion zu errichten, wie schmachvoll, daß ich mich diesem Gruppenpostulat in bezug auf so vieles, das nicht postuliert werden kann, gefügt habe! Träumen diese Ungeheuer mit geschlossenen Augen und offenem Mund vom Polarstern, der hoch oben an unserer Mastspitze schwebt; wagen sie es, mit heroisch-zerstörerischer Hand, mit der Absicht der Vernichtung nach diesem Funkeln der Bewußtheit zu greifen? Kommt ihnen auch nur einen Augenblick lang der Gedanke, durch ihre eigenen Augen im Spiegel in die gloriose Hölle hinabzublicken, die wir verkörpern?

Doch nehmen wir einmal an – während ich zwischen den Kermanteppichen auf- und abgehe und zuweilen eines der Bilder an der Wand betrachte und dann ein anderes –, nehmen wir an, ich stürzte mich statt in schrittweiser Annäherung an die Vernichtung mit einem einzigen Sprung hinein wie Empedokles in den Ätna. Könnte ich nicht durch eine reine Willensanstrengung verrückt werden? Könnte ich nicht wie ein Uhrmacher in momentaner Erbitterung einen brutalen Stoß mit der Scherenklinge in das Herz des zerbrechlichen Mechanismus führen? Natürlich nicht mit etwas so Simplem wie einem rein körperlichen Akt, sondern vielmehr mit einem Akt des Geistes gegen sich selbst. Vermutlich würde es ein Akt des Vergessens sein müssen. Ich würde vergessen müssen, wer und was ich bin, warum ich hier bin, was das für ein Zimmer ist, was für Bilder, was für ein Fußboden, auf dem ich hin und her gehe – weshalb das Zimmer eher rechteckig ist als sphärisch, warum ich selbst diese Gestalt habe und keine andere –, und damit zugleich auch jedes Gefühl für Einheit und Kontinuität. Sollte das nicht möglich sein? Angenommen, ich konzentrierte mich, während ich nun meine Vorbereitungen fürs Zubett- und Schlafengehen treffe, mit außergewöhnlicher Intensität der Vorstellungskraft auf ein ganz bestimmtes Detail. Ich bin also beispielsweise im Bad und bemerke, während ich mir die Zähne putze, wie der Knauf der Tür hinter mir im Spiegel reflektiert wird. Es ist ein ganz gewöhnlicher Türknauf aus Messing. Ganz oben seitlich spiegelt er das elektrische Licht als stecknadelkopfgroßes Leuchten wider. Unten sieht man das dunkle Schlüsselloch und auf der einen Seite den gläsernen Handtuchhalter, über dem zwei gebrauchte Handtücher hängen. Das alles wirkt plötzlich absurd; doch ich wähle den Türknauf, um meine Vorstellungskraft daran zu üben, weil ich bereits ahne, daß er gewissermaßen der prädestinierte Schlüssel für die gesamte Situation ist. Die Augen zusammenkneifend, starre ich auf den Türknauf, und ich gewahre gleichzeitig mein Abbild im Spiegel und etwas in meinem Gesichtsausdruck, das schon eine sonderbare Mischung von Wahnsinn und Furcht darstellt. Ich habe aufgehört, mir die Zähne zu putzen; die Zahnbürste in der erhobenen Hand, starre ich den Türknauf an; kalt kriecht mir ein Schauder des Entsetzens über den Rücken und scheint dann wie eine winzigkleine, kalte Rakete irgendwo in der Gegend meiner Schädelbasis zu zerbersten.

Denn jetzt ist mir mit brennender Schärfe und mit einem dunklen Entsetzen, das beinah schon an unheilbaren Wahnsinn grenzt, bewußt geworden, daß dieser kuriose kleine runde Gegenstand aus Messing das einzige mir verbliebene Mittel ist, zu entkommen – nicht allein aus diesem Raum, sondern dieser Vorstellung, die gegenwärtig gleichbedeutend mit meinem Ich ist. Ich stehe am Rande des Chaos. Nur ein winziger Schritt noch, und ich bin verloren. Wenn ich noch fünf Sekunden lang auf diesen Türknauf starre, meine Augen noch weiter verenge (und eben damit mein Bewußtsein noch weiter verenge), werde ich nicht mehr wissen, wozu dieser Knauf dient, und werde auf der Stelle entdecken, daß ich in der Falle sitze, mit einer Art animalischer Raserei verrückt werde. Ich werde gegen diese Wände anrennen, schreien, erschöpft niederfallen; und indem ich falle, werde ich auf ewig aus Zeit und Raum fallen und in meine höchsteigene Hölle stürzen.

Doch statt dessen senke ich den Blick. Ich führe das Zähneputzen zu Ende. Nicht als ob ich wirklich Angst hätte, die Halluzination weiterzuverfolgen (sofern es sich wirklich um eine Halluzination handelt), doch ich habe eine hellsichtige Vorstellung von dem, was geschehen wird, wenn ich mich weiter diesem Test aussetze. Ich habe jenen schreckensvollen Augenblick vorhergesehen, in dem ich, bevor ich die Tür öffne, die Hand ausstrecke und das Licht ausknipse. Wieder zerbirst die kleine, kalte Rakete langsam in meinem Schädel und streut ihre kleinen Todeskeime; unter mir pfeift die Leere; ich bin gänzlich allein in einer Welt, deren einziges dauerhaftes Gesetz der Schrecken ist. Ein letztes Mal schaue ich mich im Spiegel an, gelassen, gleichgültig, ohne die geringste Spur von Mitleid oder Belustigung. Da bin ich: mit der Narbe auf der Stirn, den rostroten, buschigen Augenbrauen, den spinnwebfeinen roten Äderchen, die meine Wangen durchziehn, und meinen Händen, die auf der Marmoreinfassung des Waschbeckens ruhen. Heiße ich Smith? Doch wie albern. Was in aller Welt ist ein Smith? Ob mich wohl der Polarstern kennen würde? Ob die Plejaden vor mir den Hut ziehn würden, oder ob eine Jury aus Molekülen mich als eine Einheit definieren würde? Kurz gesagt, ob wohl das Universum zugeben würde, daß es mich hervorgebracht hat, oder nur die geringste Verantwortung für mich übernehmen?

Nein, über diese Frage kann man nur lachen, kaum daß sie gestellt ist. Es ist offenkundig genug, daß diese Smiths ein unglücklicher Zufall sind, eine Mißgeburt, eine Absurdität, nichts weiter als ein schlechter Traum. Vor Billionen von Jahren, während irgendeiner unbedeutenden interstellaren Kollision oder einer stromartigen, absichtslosen und furchtbaren Katalyse unvorstellbarer Nebel, begab sich eine flüchtige Schöpfung dieser drolligen kleinen Smiths; das Prinzip, das mich erschuf, ist bereits tot; ich bin lediglich das postume Leben dieser Konzeption. In Wirk-

lichkeit war ich schon tot, bevor ich geboren wurde. Verspätet sehe ich mich im Spiegel, erkenne meine Einfältigkeit, habe noch eben Zeit, über mich zu lachen, und schon bin ich dahin.
Also knipse ich das Licht aus. Ich stehe im Stockdunkel. Kann nicht das geringste erkennen. Und plötzlich strecke ich mit einem ungewöhnlichen Gefühl von Kraft und Einsicht eine automatische und exakt bewegte Hand aus, berühre und drehe den Knauf und bin erlöst. Und dem einen Höllenschlund entkommen, bewege ich mich, ohne zu zögern, auf den nächsten zu; denn nun strecke ich mich im Bett aus, knipse wiederum kühn ein Licht aus, schließe die Augen und sinke allmählich durch träge Tumulte von Klang und Empfindung in einen Traum. In diesem Traum stehe ich vor einem kleinen, rechteckigen gläsernen Aquarium von der Art, in der man Goldfische hält. Ohne überrascht zu sein, bemerke ich, daß nur die eine Hälfte mit Wasser gefüllt ist, die andere hingegen nicht. Und obwohl es keine Trennwand gibt, bleibt das Wasser unverändert hoch in der einen Hälfte des Behälters stehen, so daß die andere Hälfte leer bleibt. Noch seltsamer jedoch ist das maritime Lebewesen, das am Grunde des Aquariums liegt. Auf den ersten Blick sieht es aus wie ein Laib Brot. Doch als ich mich hinabbeuge, um es näher zu betrachten, sehe ich, daß es lebt, daß es empfindungsfähig ist und versucht, sich zu bewegen. Sein eines Ende ist ganz nahe der Linie, an der das Wasser aufhört und die Luft beginnt; und jetzt begreife ich, daß das arme Geschöpf versucht, und das verzweifelt, an die Luft zu gelangen. Und außerdem sehe ich, daß die auftauchende Oberfläche wie aufgeschnitten ist und bloßliegt; sie ist auf

erschreckende Weise empfindlich; und plötzlich begreife ich entsetzt, daß das Ganze nichts anderes ist als – das Bewußtsein. Es versucht, dem Medium zu entkommen, aus dem es entstand. Wenn es ihm doch nur gelänge –! Doch ich weiß, daß es ihm niemals gelingen wird; mit seiner qualvollen Empfindsamkeit ist es bereits ans äußerste Ende seiner Möglichkeiten gelangt; mit winzigen und ergreifenden Zuckungen reckt es sich vorwärts, doch vergebens; und mit einemmal erschrecke ich derart über die Vorstellung eines Bewußtseins, das nichts ist als nur Leiden, daß ich aufwache ... Die Uhren schlagen zwei.

Deutsch von Marguerite Schlüter

Der Jünger

1

Vom Kirchturm, an dem er vorbeiging, schlug es vier Uhr – die weiten erzenen Klangringe senkten sich vermischt mit feinem, pulvrigem Schnee auf ihn herab. Er sah auf seine Uhr – wie absurd! – und stellte fest, daß die Kirchturmuhr ganz genau ging. Diese Kleinigkeit trieb sein Gelangweiltsein auf die Spitze, und als wäre er dadurch dazu angereizt, verließ er den stillen Platz, unter dessen schwachen Laternen sich weiße Flecken auszubreiten begannen, zwischen denen hier und da eine schwarze Fahrspur sichtbar war, und ging lustlos auf das Geschäftsviertel zu. Warum bloß bin ich nicht gegangen? dachte er und machte dabei eine kaum wahrnehmbare Handbewegung in die Richtung der imaginären Bestimmung oder Schicksalsfügung. Und dann: Das mittlere Alter ist eine Kreuzigung auf Raten. Und dann wieder, während er sich den Schnee vom Mantel klopfte: Ich kann diese verdammte Einsamkeit nicht mehr lange ertragen. Doch jetzt waren da die Schaufenster, eine lange, juwelengleich funkelnde Kette, die ihren bunten Lichterschein auf das verschneite Pflaster warf und die Horden fieberhaft gestikulierender Fußgänger, die auf Kundschaft lauernden Taxis, die vorsichtig dahinkriechenden käferähnlichen Limousinen und die nassen Flanken der Pferde gleißend beleuchtete. Langsam wie ein schwerfälliger Nachtfalter bewegte er sich von einem Schaufenster zum andern. Er zupfte an seinem Schnurrbart, er gaffte, stampfte mit den Füßen, verschlang mit ungerührtem Blick alles, was er sah – Halsketten aus Opal, goldne Zigarettenetuis, Schirme mit Krücken aus geschnitztem Elfenbein, Scharlachstickereien, Operngläser, Mikroskope – du meine Güte! Was für eine seltsame Ansammlung. Er hatte das Gefühl, gewissermaßen seine Seele mit all diesem Kram zu inkrustieren – er kam sich vor wie eines jener ihm aus seiner Kindheit vertrauten sonderbaren Kästchen, die ganz und gar mit winzigen Muschelschalen besetzt waren, hart, rauh und glänzend. Ja, genau so, und das Kästchen selbst war leer. Muschelschalen – Muschelschalen. Er dachte mit großem Wohlgefallen an Muschelschalen und dann ans Meer, an die dämmrigen Talgründe der See, die seltsamen weichen Bäume, die dort wachsen, und dachte sich selbst als irgendwie zu den Bewohnern dieser Talgründe gehörig – als was genau? Eine mit Rankenfußkrebsen inkrustierte Schildkröte, kaum zu unterscheiden von ihrem Bett aus Muschelschalen, undenklich alt und weiß. Ja, etwas derart ...

»Ich möchte gern etwas Ausgefallenes ansehen«, sagte er zu dem jüdischen Ladeninhaber mit dem geröteten Gesicht, »zum Beispiel einen Satz Schachfiguren.«

»Etwas Ausgefallenes? – Ja.«

»Ein Hochzeitsgeschenk, unter besonderen Umständen. Etwas sehr –«, er wedelte mit der Hand.

»– Seltenes?«

»– Altes.«

Ein chinesisches Set mit Drachen, ein Hindu-Set mit Elefanten, ein japanisches Set aus geschnitztem

Kirschbaumholz, Daimyos, Priester... Nein, das war alles nicht ganz das Richtige. Unter runzligen, papageienähnlichen Lidern hervor sah der Jude ihn eindringlich an. Ob seine Zunge auch so hart und trocken und alt war wie die eines Papageis? ... Der Jude zog die Schultern hoch bis fast zu den Ohren.

»Ah – ich glaube, ich weiß, was Sie suchen. Doch man kann es nicht kaufen.«

»Sie wollen sagen –«

»Sie dachten doch zweifellos an das Set der ›Zwölf Jünger‹?«

Erstaunlich! Nie zuvor hatte er von dem Set der »Zwölf Jünger« gehört; und dennoch stand außer Frage, daß er eben das suchte. »Genau das!«

»Ah! Aber es ist verschwunden... Und selbst wenn man es fände, wer könnte es sich leisten, es zu kaufen?«

»Oh! Sich leisten! ...«

»Ah, Sie haben recht, was bedeutet das schon?«

»Und wie ist es, dies Set der Zwölf Jünger?«

»Wie? Es ist – aber wissen Sie das denn nicht?«

An die Vitrine gelehnt, beäugte ihn der Jude irgendwie sonderbar, fand er.

»Wie sollte ich es wissen? Ich habe nie auch nur davon gehört.«

»Aber Sie sagten doch –!«

»Ah – verzeihen Sie – zugegeben, als Sie es erwähnten – wie soll ich sagen – schien es mir irgendwie von fernher – vertraut. Das war alles.«

»Ah. Ich verstehe – ich verstehe! ... Sie glaubten sich daran zu erinnern... Und wenn Sie nachdenken, wenn Sie sich darauf konzentrieren – wenn Sie es vor Ihrem geistigen Auge in volle Beleuchtung rücken –«

»Wie bitte –?«
»– Sie sehen es jetzt nicht deutlicher?«
»Aber nein – wie sollte ich?«
»Oh ... Aber das Set ist – als Schnitzerei – ganz alltäglich. Nichts Besonderes.«
»Und warum ist es dann so wertvoll?«
»Vielleicht, weil es allgemein als mythisch gilt.«
»Als mythisch? ... Es existiert also letzten Endes gar nicht? ...«
»Manche Leute sind dieser Ansicht. Was mich betrifft –«
»Sie glauben daran?«
»Ich glaube daran ... In meinen Träumen habe ich es sogar gesehen.«
Er ertappte sich dabei, wie er den Juden nach dieser Aussage anstarrte, als habe der ihm eine Art von geheimnisvollem Wunder enthüllt. Ja, das Set von Schachfiguren erschien in Träumen; diesem Juden erschien es im Traum. Einen Augenblick lang schien es auf seltsame Weise greifbarer, ein schwacher Schein ging von ihm aus, und es kam näher. Eine Kerze warf ihr Licht auf zweiunddreißig Figuren aus Elfenbein, sie standen eng beisammen, und eine war umgefallen. War er es, der das geträumt hatte? Es war wirklich, und wirklich war die Hand, die er nach der Gruppe ausstreckte, um die gefallene Figur aufzurichten. Die gefallene Figur jedoch war störrisch, widersetzte sich, wurde schwer... Er nahm seine Hand von der gläsernen Vitrine und trat zurück. Er hatte das Gefühl, einer Versuchung widerstanden zu haben, und das nur um Haaresbreite und mit einer Anstrengung, die ihn erzittern ließ, einer Versuchung, deren Stärke durch ihre Unbegreiflichkeit nicht im geringsten gemindert

wurde. Mit dem Gefühl, einem obskuren kleinen Ausläufer dieser Versuchung nachzugeben, fragte er dann mit bewußter Scherzhaftigkeit, die seine Erregung nicht verbarg: »Und die gefallene Figur – welche ist das?«

2

Diese Frage hatte eine außergewöhnliche Wirkung. Übergangslos beschleunigte sich das Tempo des Abenteuers – denn unzweifelhaft und zutiefst war es ein Abenteuer. Der Fluß, auf dem sie dahingetragen wurden, schien nicht nur breiter und schwindelerregend reißend geworden, sondern zudem – und das ebenso unvermittelt – in eine phantasmagorische Dunkelheit hinabgetaucht zu sein. Insbesondere sah er sich einem Juden gegenüber, der irgendwie verändert war – er war jetzt weniger der Ladeninhaber, ja sogar weniger das menschliche Wesen, sondern mehr – etwas anderes. Doch was genau? Imposanter? Das zweifellos; und überdies, seltsamerweise, strahlender – es ging von ihm ein Licht aus, und seine niedergeschlagenen Augen schienen auf die sanfteste Weise anzudeuten, daß dieses Licht als Führung zu begreifen war. Was der Jude sagte, verstand er nicht. Es war ein kurzer, undeutlicher Ausruf, gefolgt von einem Lächeln und einem intensiven Blick, in deren Andeutung einer außerordentlichen Intimität etwas Erschreckendes lag. Danach schien es, als werde jeder Schritt mit noch größerer Sorgfalt getan, um dem nachfolgenden Gespräch die nötige Abgeschirmtheit und Vertraulichkeit zu sichern. Rasselnd wurden die eisernen Jalousien vor dem Fenster heruntergelassen und

verriegelt, die Tür wurde verschlossen, die Schaufensterbeleuchtung ausgeschaltet, und die angehäuften Schmuckstücke, Ausgefallenheiten, Seidenwaren und Schnitzereien versanken im Dunkel. Aus der abendlichen Dunkelheit draußen, in die sich das gedämpfte Geräusch der Straße mischte, kam, noch gedämpfter und zart, ein Glockengeläut, langsam und wie aus sehr großer Höhe ... Als er seinem Führer über einen Gang und die Treppe hinauf gefolgt war – eine emporgehaltene große Kerze warf Kaskaden von Geländerschatten auf die reich ornamentierte Wand – und das über dem Laden gelegene Zimmer betrat, geschah es mit dem vagen Gefühl, eine unglaubliche Entfernung durch Raum und Zeit zurückgelegt zu haben – weit weg schien die Straße, fern schien der verschneite Platz, auf dem mit Sicherheit nur eine Viertelstunde zuvor die Uhr vier geschlagen hatte; und am allerfernsten schien seine eigne kärgliche Behausung, wo das Feuer vermutlich hätte nachgelegt werden müssen. Hatte er sich nicht auch eine weite Strecke von sich selber entfernt – war sein Name noch immer Dace? ...
»Die gefallene Figur!« sagte der Jude mit einem kurzen Auflachen. Er hatte die Kerze auf das Kaminsims gestellt, wo ihr Schein, durch den staubigen Spiegel verdoppelt, hinreichte, ein verblichenes, mit allerlei Krimskram vollgestopftes Zimmer erkennen zu lassen. »Das ist raffiniert – wirklich raffiniert. Das reicht in der Tat bis auf den Grund der Dinge ... Sie haben es also die ganze Zeit über gewußt!«
»Was gewußt? ...«
»Sie haben mich lediglich ausgeholt, mich immer weiter gelockt! Alle Achtung! Das war wirklich geschickt gemacht.«

Dace begegnete dem bedeutungsschweren Blick des Juden mit höflich-sanfter Gelassenheit.
»Wie kommen Sie darauf zu glauben, ich wüßte Bescheid?«
»Also, mein Bester! ... Sie scherzen wohl! ... Es war natürlich Ihre Anspielung auf Judas.«
»Oh, ich verstehe – meine Anspielung auf Judas ...«
»– Die gefallene Figur, wie Sie es so hübsch formulierten!«
»Ach die! ... Die also ist Judas? ... Doch ich habe das, ehrlich gesagt, keineswegs gewußt. Ich habe überhaupt nichts gewußt!«
Dazu lächelte der Jude mit übertriebener Höflichkeit, doch langsam schwand sein Lächeln.
»Aber – wie außerordentlich! ... Sie haben wirklich nichts gewußt?«
»Wenn ich es doch sage – nicht das geringste.«
»Doch was um alles in der Welt hat Sie dann veranlaßt, von der gefallenen Figur zu sprechen?«
Über dieser Frage tauschten sie einen langen Blick, so als wäre sie (absurd! fand Dace Zeit, zu sich selbst zu sagen) irgendwie von unerhörter Bedeutung. Doch unzweifelhaft *war* sie von unerhörter Bedeutung. Es schien nicht sonderlich wichtig, ob der Mann nun verrückt war oder nicht – und im ersten Augenblick formulierte Dace bei sich ganz klar diese Möglichkeit –, oder ob er selbst sich am Rande des Wahnsinns befand. Das Erstaunliche und Unheimliche war vielmehr die Art und Weise, auf die ihre Zurechnungsfähigkeit oder Verrücktheit sie in jedem Gedanken zusammenführte. Wie ließ sich diese seltsame Vision der Schachfiguren erklären? Er wandte in Gedanken seinen Blick zu ihr zurück und sah sie jetzt deutlicher

denn je. Er sah das Gewirr der Schatten zwischen den Figuren, er sah tief eingeschnitzt in die Krone des Königs, der ihm zunächst stand, die Buchstaben I. N. R.- (und unzweifelhaft war das zweite I von ihm abgekehrt); und am linken Rand des Brettes lag Judas, offensichtlich im Begriff, abzustürzen. Er streckte einen Finger vor, versuchte ihn aufzurichten – er war unbeweglich, wie festgeleimt. Doch er *mußte* ihn bewegen! Er spürte, wie in seinem Innern eine mächtige Welle von Energie anschwoll, die einzig darauf gerichtet war, das unbezwingbare Hindernis in einem riesigen Sturzwall zu zerschmettern ... Dann nahm er seine Hand vom Rand des kleinen Taburetts (das er kaum wahrgenommen hatte) und lehnte sich in seinem Stuhl zurück, auch diesmal mit dem Gefühl, in Versuchung gewesen zu sein und ihr widerstanden zu haben. Doch wiederum fand er die nächsten Worte, indem er einem leisen, schwachen Winken, einem flüchtigen, fernen Zeichen folgte.

»Also wirklich«, sagte er und lachte ein wenig unbehaglich, »ich kann das einfach nicht erklären. Doch kaum hatten Sie davon gesprochen, daß Sie die Schachfiguren im Traum sähen, da erlebte ich selber auf der Stelle eine Art Wachtraum. Und gerade eben hatte ich ihn wieder. Ich habe nicht *alle* Figuren deutlich gesehen – doch die Figur, von der Sie sagen, sie sei Judas, war deutlich genug, und ebenso deutlich war die Inschrift auf der Krone des einen Königs.«

»Sie meinen die Buchstaben –?«

»I. N. R. I.«

»Ach ja. Genau ... Rex Judaeorum ... Wie außerordentlich!«

»Das ist sehr gelinde gesagt!«

»Wie bitte? ... Oh, das meine ich nicht.«
»Aber was, bitte, meinen Sie denn dann?«
Der Jude sah ihn forschend an; Dace hatte das Gefühl, langsam bis auf den Grund ausgelotet zu werden, und gab sich willig an das Erlebnis hin. Er begriff, daß er stillhalten müsse, damit der Senker nicht von der geraden Linie abwiche.
»Ich meine«, sagte der Jude bedächtig, »obwohl Sie ohne Hilfe so viel sehen – ja, doch – ganz ohne Hilfe –, so sehen Sie doch nicht *alles.*«
»Alles?«
»Ja, und das eben finde ich erstaunlich ... Als Sie mich im Laden unten plötzlich fragten, ›Und die gefallene Figur – welche ist das?‹ – mußte ich doch annehmen, Ihre Identifikation sei perfekt ... Ich habe Sie akzeptiert, wie Sie wissen. Und nun behaupten Sie, Sie hätten die Figur keineswegs als Judas erkannt! Das ist doch wirklich sehr sonderbar. Alle Begleitumstände veranlassen mich nichtsdestoweniger zu der Vermutung, daß Sie selbst den Namen Judas genannt hätten, wenn Ihnen mehr Zeit geblieben wäre. Ja, das ist zweifellos die Erklärung.«
Der Blick, den der Jude auf Dace richtete, leuchtete geradezu von Arglosigkeit und Vertrauen, und er erwiderte ihn mit feierlichem Nicken. Die Argumentation war einleuchtend – oder etwa nicht? Und dennoch: Es war etwas in den Worten des Juden, das ihn verwirrte, sich seinem Begreifen entzog; langsam wiederholte er sie in Gedanken, in der Gewißheit, daß da irgendwo in dieser einleuchtenden Wortfolge ein Wort war, das nicht eigentlich als »Sperre« wirkte, sondern eher wie eine »Öffnung« – es drang ein Licht hindurch, das auf beunruhigende Weise einen Raum

jenseits des Raumes ahnen ließ, eine unter dem festen Grund gähnende Tiefe, eine Welt, die, wie er es schließlich formulierte, »anders« war. Es dauerte nicht lange, bis er das Wort gefunden hatte – »Identifikation«, das war es. Er klopfte es gründlich ab. Was in aller Welt hatte er damit gemeint? ... Es war ganz einfach ein Abgrund, ein Schimmer, nichts weiter. Und doch beschloß er, ohne zu wissen, warum, sich seiner Herausforderung nicht zu stellen, jedenfalls nicht sofort. Vermutlich war es sinnvoller, es ganz einfach eine Weile zu betrachten, so wie man vor einem erleuchteten Fenster verweilt, um schließlich herauszufinden, was genau sich dahinter bewegt. Und vermutlich war es notwendig, in jedem Detail auf den Fingerzeig des Juden zu warten.
Deshalb stand er aus seinem Sessel auf, so als wolle er sich nur umsehen. Er hatte dabei das zwingende Gefühl, unbedingt verzögern, auf irgendeine Weise Zeit gewinnen zu müssen. Der Raum, in dem er sich befand, war ungewöhnlich – ein Museum im kleinen. Die Kerze auf dem Kaminsims aus weißem Marmor, wacklig postiert zwischen einer hohen, vielfigurigen Uhr und einem Han-Pferd, erhellte das Zimmer nur gerade so weit, um Fülle und Unordnung, die es prägten, erkennen zu lassen. Der einzige freie Raum war der unmittelbar vor dem Feuer, wo die beiden Sessel einander auf dem abgetretenen Perserteppich schräg gegenüberstanden: überall sonst verliefen schmale Gassen zwischen einem Chaos aus Möbeln und Einzelstücken, das im Dunkel erstaunlich dschungelhaft wirkte. Stühle standen auf Tischen, Elfenbeinarbeiten und Bilder balancierten auf Stühlen, Schilde, Schwerter und Kettenpanzerrüstungen hingen neben Gobe-

lins und chinesischen Rollbildern an den Wänden. Ein halbes Dutzend Uhren, von denen nur eine sichtbar war, tickte durcheinander. Und überall lag Staub, dicker, sandiger Staub, Ablagerung von Jahrzehnten – auf dem Kaminsims, auf der Uhr, auf dem Fußboden, auf den Tischen, hier und da von Fingerabdrücken markiert. Selbst der Spiegel war staubig. Und Dace, der die Blicke des Juden in seinem Rücken spürte und in das Spiegelglas über der Kerzenflamme schaute, um den Ladeninhaber in Muße zu betrachten, konnte in dem verhüllenden Dunkel nur schattenhaft seine Umrisse erkennen. Er wandte sich um und sah seinem Gesprächspartner ins Gesicht.

»Sie haben einige exquisite Dinge hier«, murmelte er. »Dies Pferd da, zum Beispiel.«

Der Jude reagierte nur zögernd. Er schien zu wissen, daß Dace ihm auszuweichen versuchte. Einen Augenblick lang starrte er ihn an, dann senkte er den Blick.

»Ach ja – das kleine Han-Pferd.«

Das Pferd interessierte ihn nicht, soviel war klar; und er hatte keine Lust, darüber zu reden. Doch als Dace mit einem Seufzer in seinen Sessel zurücksank, neigte sich der Jude unvermittelt zu ihm hin und lächelte. Etwas in diesem Lächeln rührte Dace – es war ungewöhnlich sanft und freundlich, ein wenig demütig. Weshalb nur schienen es nichtsdestoweniger die Augen auf so seltsame Weise Lügen zu strafen? In diesen Augen mit den Papageienlidern nämlich flackerte etwas Beunruhigendes.

»Sie trauen mir immer noch nicht ganz, nicht wahr?« sagte der Jude, noch immer lächelnd.

Dace lachte geradeheraus, doch nicht mit voller Über-

zeugung. Er versuchte gewissermaßen immer noch, Zeit zu gewinnen.
»Ihnen trauen? Aber weshalb um alles in der Welt sollte ich das nicht? Ist es eine Frage – hm –«
»O nein, nicht des Geschäfts! Bestimmt nicht ... Bei uns geht es nicht ums Geschäft ... Handelt es sich nicht vielmehr«, er senkte die Stimme, »um etwas von weit größerer Bedeutung?«
»Bedeutung?«
»Ja. Geht es nicht letzten Endes ganz einfach um die Frage, ob wir einander vertrauen – *ganz und gar* vertrauen?«
Dace starrte unverwandt in diese kleinen Augen, die vor Bedeutungsschwere zu glühen schienen.
»Ach das!« rief er freundlich aus. Er starrte blicklos ins Feuer, bemüht, seine Verwirrung zu verbergen. Wohin um alles in der Welt führt mich das? rief er bei sich. Er empfand einen leichten Schwindel, doch es gelang ihm, Gelassenheit zu heucheln. Ob nun der Ladeninhaber ein Irrer war oder ein Prophet, schien für den Augenblick eine gänzlich irrelevante Frage.
»Das setzen wir doch als selbstverständlich voraus – nicht wahr?« fuhr er fort. Und fügte dann hinzu, ganz so, als wären es nicht seine eigenen Worte, sondern als würden sie ihm irgendwie *eingegeben*, »ich will damit sagen – ist es nicht ein hinlänglicher Beweis für unser gegenseitiges Vertrauen – oder jedenfalls unsere Sympathie –, daß wir bislang trotz der Ungewöhnlichkeit unserer Unterhaltung einander so leicht und fast fehlerlos zu *folgen* vermögen?« Er war zufrieden mit dieser Formulierung und zeigte es, indem er etwas weniger gezwungen lächelte als zuvor, und auch durch ein entspanntes Zurücklehnen in seinen Sessel.

Der Ladenbesitzer war ebenfalls zufrieden. Auf die gleiche sonderbare Art, die Dace schon unten im Laden aufgefallen war, schien er sich erneut vor seinen Augen zu verwandeln; es schien, als gewänne er an Bedeutung, als würden alle seine Farben leuchtender und satter, als sei gewissermaßen eine verborgene schwache Flamme in seinem Innern plötzlich zu voller Leuchtkraft gebracht worden. Die runzligen Lider hoben sich ein wenig, und sein Gesicht war erleuchtet von Worten, deren Umriß Dace beinahe im voraus ahnen zu können glaubte.

»Ah«, murmelte er befriedigt. »Ganz recht. Das ist schon ein ganzes Stück besser, nicht wahr? Wir beginnen zu erkennen, wo wir halten. Und ist es nicht wichtig, daß Sie mit mir einig sind, da Sie das Wort ›folgen‹ gebrauchen, daß *ich Ihnen* ebenso mit Erfolg *folge,* wie *Sie mir* folgen? Ich habe nicht die Absicht, Sie zu drängen oder zu nötigen – nein – nein. Aber es ist dies, meine ich, wenn Sie mir die Formulierung gestatten, es ist, hm – eine Frage –«

»Von entscheidender Bedeutung? Ja – das ist es, glaube ich. Sie meinen –«

»Ich meine, daß Sie zu all dem Erleben, das wir miteinander teilen oder miteinander zu teilen im Begriff sind, ebensoviel beitragen wie ich – und zwar ohne die mindeste Hilfestellung von meiner Seite. Oder anders ausgedrückt, daß es Ihnen ebenso freistand, meine Identifikation als komplett anzuerkennen, wie es mir freistand, die Ihre anzuerkennen oder abzulehnen. Die Verantwortung liegt nun auf beiden Seiten.«

»Die Verantwortung?«

Das Gesicht des Juden verdüsterte sich.

»Das ist vielleicht nicht das treffendste Wort«, erklärte

er ein wenig mühsam. »Natürlich kann hier nicht ernsthaft von Verantwortung die Rede sein. Verantwortung für was?« Er lachte. »Nein, das können wir beiseite lassen ... Obwohl es im nachhinein gut sein mag zu wissen, daß es gesagt wurde.«

Dace war klar, daß der Jude mit Verantwortung die Verantwortung für ihre wechselseitige Täuschung meinte. Und es konnte ja bestimmt nicht schaden, wenn er scheinbar einräumte, seinerseits Anteil an der Hervorbringung dieser Täuschung zu haben.

»Nun ja – ich will das gern einräumen, wenn Sie es tun – warum nicht?«

Daces freundschaftlichem, möglicherweise leicht väterlichem Lächeln begegnete ein ebenso freundschaftliches. Sie verharrten so eine Weile, lächelten und lächelten wie beim Austausch von etwas Geheimem und Köstlichem. Dann fuhr Dace entschlossen fort – –

»Doch wir haben uns ziemlich weit von dem Set der Zwölf Jünger entfernt, nicht wahr? Wie steht es damit?«

»Ach, mein Lieber! Sind Sie wirklich entschlossen, sich darüber lustig zu machen?«

»Mich lustig zu machen? Natürlich nicht.«

»Aber es muß Ihnen doch klar sein, daß wir die ganze Zeit über von nichts anderem geredet haben!«

»Oh! O ja! Ich sehe.«

»Aber mein Bester – sehen Sie wirklich? ...«

Die Stimme des Ladeninhabers klang nun überraschend laut und erregt. Sie sehen also wirklich! ... Oder sollte ich mich am Ende auf so abscheuliche Weise geirrt haben?«

»Aber wieso sollten Sie sich geirrt haben?«

»Ach ja – wie sollte ich? Es ist absurd ... Sagen Sie mir« – fuhr er langsam fort, so als taste er sich mit höchster Sorgfalt vor –, »wenn Sie an dies Set denken, wenn Sie es in Gedanken ins volle Licht rücken – spüren Sie dann irgendwie einen auf diese Figuren bezogenen Impuls?«
Dace war bestürzt. Impuls? Natürlich spürte er den. Doch war es bei gründlicher Überlegung klug, das zuzugeben? Was hatte dieser seltsame Ladeninhaber im Sinn? ... Die Schnelligkeit, mit der das Geschehen ablief, hatte ihn verwirrt. Doch es war nichtsdestoweniger notwendig – ja, es war sogar unumgänglich, in diesem transzendentalen Dunkel eine Art Umriß zu erkennen, eine Absicht oder einen Plan zu erahnen. Gewiß schien die Vermutung, der Jude sei wahnsinnig, nicht überspannt; und ebensowenig war es überspannt zu spüren, und er vermeinte es fast mit Sicherheit zu spüren, wie der Jude langsam, methodisch und sorgfältig darum bemüht war, die Illusion zu einem dauerhaften Gespinst zu verweben und als ihren wesentlichen Bestandteil sowohl sich selbst als auch, wichtiger noch, Dace hineinzuverweben. Dunkler war die Antwort auf die Frage, ob der Jude sich dessen bewußt war. Als er so eindringlich und spitzfindig über den Punkt der geteilten, ihrer gemeinsamen Verantwortung für die Täuschung doziert hatte – wenn es denn eine Täuschung war –, hatte es fraglos den Anschein gehabt, als sei ihm, mochte er auch verrückt sein, durchaus bewußt, was er tue. Er hatte ganz deutlich die Befürchtung erkennen lassen, Dace könne etwas argwöhnen. War dieses sonderbare Etwas, das er so sorgsam bedacht im unklaren ließ, im Grunde nichts anderes als eine schwache Art von Hypnose?

Doch wenn dem so war, wozu diente sie dann? ... Dace blickte angestrengt auf dieses Knäuel. Er konnte weder Anfang noch Ende erkennen und fand keinen Ansatzpunkt, von dem aus er mit einiger Klarsicht hätte beginnen können, es zu entwirren. Am meisten beunruhigte ihn seine Unfähigkeit, mit seinem eigenen Verstand den Teil jener wachsenden, schimmernden gegenseitigen Täuschung zu erkennen, der ganz authentisch und, wie der Jude gesagt hatte, ganz »ohne die mindeste Hilfestellung« sein persönlicher seltsamer Beitrag sein mochte. Doch war *irgend etwas* davon sein eigen? ...

Dies zugeben hieß, eine von zwei Möglichkeiten zugeben, und keine von beiden war erfreulich. Es hieß entweder zugeben, daß er am Rand einer Art von Wahnsinn stand, oder aber, daß er unversehens und in verhängnisvollem Absturz durch eine fragwürdige Erdkruste gestoßen und in eine Dimension gelangt war, von deren Existenz er bisher nichts geahnt hatte, die jedoch nichtsdestoweniger auf groteske Weise wirklich war. Aber das war natürlich absurd! Der Mann war zweifellos verrückt. Verrückt, ja, doch es war eine Verrücktheit, der auf geheime und unerforschliche Weise eine außerordentliche Kraft der Beeinflussung innewohnte. Möglicherweise war ja auch er selbst, Dace, aufgrund irgendeines psychologischen Defekts in genau der richtigen Gemütsverfassung, um sich leicht beeinflussen zu lassen? *War* er verantwortlich? ... Sein Zweifel verflog jedoch schnell, und während er jetzt wieder, in diesem stillen, seltsamen Raum, das ätherische Läuten der Halbstundenglocken vom Kirchturm hörte, aus jener Welt, die er draußen gelassen hatte und in gewissem Sinn so weit hinter sich, spürte er noch einmal, vertieft und erneuert, das Gefühl des Abenteuerlichen. Seltsam, seltsam, sagte er bei sich, und er entdeckte, daß er grundlos seine erhobenen Hände anstarrte. Alte Hände; alt und narbenbedeckt. Er starrte sie an, unverwandt, so als wolle er in sie hineinsehn, eine seltsame und vergrabene Offenbarung in ihnen entdecken. Unmittelbar darauf bemerkte er zu seiner Bestürzung, daß der Jude sein Verhalten gespannt beobachtete und seinerseits die Hände in dieselbe Stellung gehoben hatte. Seine Antwort wurde ihm so gewissermaßen im Zustand der Bestürzung entlockt. War also der Jude in eben diesem Augenblick im Begriff, ihn zu hypnotisieren? ...

»Impuls?« fragte er. »Ich dachte, das hätte ich Ihnen gesagt. Ja – ich spüre einen Impuls, einen sonderbaren und sehr starken. Ich glaube, dieser Impuls ist der Grund dafür, daß ich mich soeben dabei ertappte, wie Sie offensichtlich bemerkt haben« – er lachte –, »daß ich so idiotisch meine alten Hände anstarrte ... Jedesmal, wenn ich deutlich dies Set von Schachfiguren mit seinen Königen und dem gefallenen Judas vor mir sah, erlag ich beinahe dem unerklärlichen Impuls, die gefallene Figur *aufzurichten.* Und jedesmal, wenn ich wieder zur Besinnung kam, bemerkte ich, daß ich mich mit aller Kraft anlehnte – unten an die Vitrine und hier an das Taburett. Das ist es doch, was Sie meinen?«

Der Jude nickte.

»Eben das. Und nun –. Doch lassen Sie mich zunächst noch einmal wiederholen, daß Sie – wie soll ich sagen – in dieser Angelegenheit geistig völlig unbeeinflußt sind – oder etwa nicht?«

»Aber gewiß – wieso nicht?« Dace fühlte sich ein wenig unaufrichtig, als er das sagte.
»Schön. Die Frage, die uns interessiert, lautet also – sehen Sie irgendeinen Grund für diesen Impuls? ... Ich will Sie nicht bedrängen – lassen Sie sich Zeit. Versuchen Sie, vor Ihrem inneren Auge sich das Brett noch einmal ins volle Licht zu rücken, wenn Sie mögen. Versuchen Sie festzustellen, ob dieser Impuls, den Sie verspüren, mit einem tiefgehenden Gefühl der Identifikation verbunden ist, oder vielleicht sollten wir lieber sagen, mit einem Gefühl der Anteilnahme... Vielleicht verwirre ich Sie. Ich werde mich umdrehn.«
Der Jude ging zum Kamin hinüber und gab sich, einen Fuß auf den metallenen Vorsetzer gestellt, den Anschein, als starre er in das verglühende Kohlenfeuer. Identifikation! Wieder dieses Wort. Es war wichtig – es bedeutete, daß etwas, etwas sehr Seltsames, von ihm erwartet wurde. Dieserart auf sich selbst gestellt, spürte Dace, daß nun ein entscheidender Wendepunkt erreicht war, und ebenso deutlich spürte er, daß es in seiner Macht stand, »weiterzugehen« oder auch nicht, ganz so, wie er es wollte; es war nicht die Macht, sich zu verweigern oder sich zu fügen, sondern etwas weit Außergewöhnlicheres – die Macht, sich *schöpferisch* zu fügen, wenn er das wollte. Wenn der Mann verrückt war – und zweifellos erweckten der abgetragene und glänzende Rücken seines Rocks, die hochgezogenen spitzen Schultern und der drollig-kahle Kopf den Eindruck unleugbarer Seltsamkeit –, so mochte seine Verrücktheit harmlos sein, und zugleich war sie für Dace – und dies erschien ihm bemerkenswert – vollkommen, potentiell *transparent.* Tatsächlich

spürte Dace, daß ihn jetzt die kleinste Anstrengung (eine Art Anstrengung, die er scharf umrissen vor Augen sah, aber kaum zu analysieren vermochte) instand setzen würde, nicht nur den Mechanismus des Juden so deutlich zu erkennen, wie man den Mechanismus einer Uhr mit Glasgehäuse erkennt, sondern ebenso genau, was dieser Mechanismus in seiner Motorik und Exzentrik von *ihm selbst* forderte. Und auch das war noch nicht alles. Denn traf nicht auch zu, daß er etwas von sich selbst würde hingeben müssen, wenn er erst einmal diesen Weg auf sich nahm? ... Gab er sich nicht ganz eindeutig diesem Juden in die Hand? ... Ganz unzweifelhaft gelang es ihm lachhaft leicht, vor seinem inneren Auge einmal mehr das Schachbrett wachzurufen, das seltsame Set von Schachfiguren – er vermochte das ohne die mindeste Anstrengung. In Wahrheit war es bereits da – er mußte es lediglich anschauen. Wenn sich auch nur die geringste Spur von Beunruhigung aus diesem Faktum ergab – dem Faktum nämlich, daß er beinah hätte sagen können, daß er in seinem Denken gewissermaßen *besessen* war –, so verwarf er diese Hypothese sofort wieder. Noch einmal betrachtete er dann das imaginäre Schachbrett. Es war jetzt näher gerückt denn je, bedrückend deutlich und real. Ganz zweifellos konnte er, wenn er nur wollte, die Hand ausstrekken und es berühren – ganz zweifellos konnte er seine Hand zwischen die Figuren schieben, vorbei an dem weißen König (dessen Krone die Buchstaben I. N. R. trug), und den gefallenen Springer aufrichten, der Judas war. Und eben das wollte er tun – er streckte die Hand aus, und während er es tat, wurde ihm zum erstenmal klar, wie außerordentlich wichtig ihm diese

Handlung war. Die gefallene Figur widersetzte sich ihm jedoch nach wie vor, widerstand seinen Gedanken, wollte nicht anders begriffen werden denn als gefallen. Doch sie *mußte* aufgerichtet werden! Er zerrte an dem Trugbild, bot eine ganze Welt von Schemen dagegen auf. Er konzentrierte seine ganze Existenz einzig darauf. Die Figur ließ sich nicht fassen, rührte sich nicht von der Stelle. Es war so, als versuche er – ja – einen Teil seiner selbst aufzurichten – ein Symbol –
Die Offenbarung überkam ihn so plötzlich, daß er zutiefst erschrak. Der kalte Schweiß brach ihm aus, und er konnte kaum dem Impuls, aufzuspringen, widerstehen. Noch war Zeit, »umzukehren« – doch es erschien ihm als ein sehr weiter Weg und in gewisser Weise mit Feigheit verbunden. Es bedeutete die Rückkehr in die Langeweile – hatte er es nicht, auf dem verschneiten Platz, die Kreuzigung auf Raten des mittleren Alters genannt? Dies hier konnte eigentlich nicht schlimmer sein; obwohl er jetzt wußte, mit einem Bewußtsein, das eher umfassend war und weit denn präzis, daß es gefahrvoll war. Mit gebotener Vorsicht konnte er jedoch auch jetzt noch weitergehen. Einen *kleinen* Teil seines Verstandes würde er für sich behalten – noch immer unabhängig und allein ihm zu eigen. Er spürte es, er war ein Widerpart für – nun ja, für diesen Juden. Über einen bestimmten Punkt hinaus bedurfte er keines Einflusses. Oder doch? …
Er öffnete die Augen, die er während seines Wachtraums geschlossen hatte, und stand auf. Der Jude drehte sich um. Einen Augenblick lang sahen die beiden Männer einander schweigend an, die Stille wurde einzig vom dünnen, fieberhaften Ticken unsichtbarer Uhren unterbrochen. Als der Ladeninhaber schließ-

lich sprach, tat er es in einem Ton, der ohne ersichtlichen Grund eine höhnische und leicht despotische Färbung angenommen hatte. Die Ellbogen auf den weißen Marmorsims hinter sich gestützt, lehnte er sich zurück und fragte: »Nun?«

Dace war gelassen – er gestattete sich ein kleines ironisches Lächeln.

»Sie hatten ganz recht«, sagte er laut. Dann fuhr er, das eigentümliche Funkeln in den Augen des andern aufs sorgfältigste taxierend, mit absichtsvoller Ruhe fort, die vielleicht dazu dienen sollte, sein Gegenüber zu provozieren –: »Ja, ich identifiziere mich mit einer der Figuren auf dem Brett – wie Sie so scharfsinnig suggerierten ... Ich identifiziere mich mit Judas.«

»Ich habe es nicht suggeriert« – rief der Jude. »Ich habe es nicht suggeriert! Gott ist mein Zeuge ... Glauben Sie nur das nicht!«

Dace war erstaunt über die Heftigkeit dieses Ausbruchs. Ihn erstaunte auch das gewandelte Erscheinungsbild des Juden. Hochaufgerichtet und steif stand er da, die Fäuste seitlich geballt, sein Gesicht war weiß wie der Marmor, und sein grotesk aufgerissener Mund war in tragischem Leidensausdruck erstarrt wie der Mund der tragischen Maske. Er war absurd – Dace spürte sogar flüchtig den Wunsch, ihn zu »treten« –, doch zugleich war er wunderbar.

»Ich glaube, Sie haben mich mißverstanden«, fuhr Dace fort; er versuchte ohne Erregung zu sprechen. »Sie haben lediglich suggeriert, daß ich in diesem Wachtraum ein Gefühl der Anteilnahme empfinden könnte – das stimmt doch? Nun, und jetzt sage ich Ihnen, daß es zutrifft. Weiß Gott, wieso Sie es geahnt haben!« Er lachte entschuldigend. »Und ich gehe ganz eindeutig über Ihre Suggestion hinaus, wenn ich Ihnen sage, daß in diesem Traum *Judas und ich ein und dieselbe Person sind* ... Ist es nicht ganz und gar außerordentlich?!«

Der Jude rang nach Luft. Dann löste sich seine Spannung, und er sank wie in plötzlichem Schwächeanfall in einen Sessel, barg das Gesicht in den Händen und begann seinen großen dunklen, löckchenumkränzten Kopf auf absurde Weise hin und her zu wiegen wie in rasendem Schmerz. »O mein Gott«, flüsterte er, ohne aufzusehen, durch seine Hände. »O mein Gott, mein Gott!«

Wenn Dace von dem Anblick befremdet war, so ließ er es jedenfalls nicht merken. Er beschränkte sich darauf, dies unkontrollierte und unerklärliche Verhalten mit dem versunkenen Entzücken eines Kindes zu beobachten, und lächelte. Der Schädel des Juden mit seiner kahlen, von Löckchen gerahmten Platte erschien ihm in seinem schlangengleichen Hinundherwiegen mit jener speziell den Kamelen eigenen wellenförmig-weihevollen Schwingung ganz einfach als komisch.

3

Er war jedoch gleichzeitig ein wenig angewidert. Und so fragte er nach einer kleinen Weile einigermaßen streng:

»Fühlen Sie sich unwohl?«

Der Ladeninhaber hörte auf, den Kopf hin und her zu wiegen. Er hielt jedoch weiter das Gesicht in den Händen verborgen, und es dauerte einige Zeit, bis er sich aufsetzte; er sah ungewöhnlich mitgenommen und bleich aus, und sein Mund hing immer noch tragisch

schlaff. Als er endlich zu sprechen begann, hatte sich seine Stimme verändert, sie war rauh, dunkel, gequält, unsicher geworden – »biblisch«, wie Dace bei sich festzustellen Zeit fand.
»Sie bestehen darauf, frivol zu sein«, schrie die Stimme. »Sie kennen keinen Ernst. Sie erlauben sich, von dem allem lediglich amüsiert zu sein. Und Sie besitzen die Dreistigkeit, mich zu fragen, ob ich unwohl bin, obwohl ich, wie Sie unschwer hätten bemerken können, lediglich von Mitgefühl überwältigt bin. Mein Gott! Begreifen Sie denn nicht, daß dies hier ernst ist, daß es tragisch ist – daß wir gemeinsam den ganzen Schrecken der Welt ausloten?« Er starrte Dace mit unerwarteter Wildheit an. Und dann, ehe Dace Zeit für irgend etwas außer einem Aufwall von Bestürzung blieb, sprang er auf, ging mit drohender Gebärde auf Daces Sessel zu, beugte sich über ihn und zeigte mit einem dicken weißen Finger, der mit drei Ringen bestückt war, auf ihn.
»Sie sind Judas, und Sie geben es zu. Tun Sie nicht länger so, als wären Sie sich nicht restlos klar darüber. Für solche Narreteien ist jetzt keine Zeit mehr. Sie sind Judas. Sie wußten es, bevor Sie hier hereinkamen – Sie kamen herein, um es mir zu sagen. Sie kannten das Losungswort – Sie fragten nach dem Set der Zwölf Jünger. Ach, ich weiß alles, Sie versuchten mich zum Narren zu halten, aber es gelang Ihnen nicht – ich durchschaute Ihre Maske von Anfang an –, ich wußte, Sie würden heute kommen. Wie sollte ich es nicht wissen? Es ist Ostersamstag, Sie wissen ebensogut wie ich, daß wir uns immer am Ostersamstag treffen! –«
Dace saß da wie hypnotisiert, den glasigen Blick auf die dicken welken Lider des Juden gerichtet. Er fürch-

tete sich und hatte Mühe, seine Stimme unter Kontrolle zu halten.
»Wieso, was meinen Sie damit?« stammelte er.
»Was ich meine? Sie fragen mich, was ich meine? O du mein Gott! Soll ich denn alles und jedes auf diese Weise aus Ihnen herauspressen? Haben Sie denn kein Ehrgefühl, keinen Ernst, keine Bußfertigkeit? Sie sind Judas. Sie sind auf der Insel Karioth geboren. Sie haben Ihren Vater gemordet und Ihre Mutter zum Weibe genommen. Pilatus! Pilatus! Hören Sie mir zu? Sie waren der Buchhalter des Pilatus. Sie haben ihn betrogen. Und dann machten Sie sich auf die Suche nach Jesus, weil Sie dachten, Er könne Ihnen den Inzest vergeben. Ha! Und Sie betrogen auch Ihn; Sie bestahlen Ihn. Sie hielten die Gelder zurück. Die Leidenschaft übermannte Sie – Sie gierten nach Gold und Silber. Sie bestahlen die Hirten auf dem Markt – Sie bestahlen die andern Jünger. Und schließlich, da Sie die Finger juckten, verschacherten Sie Jesus. Was für einen Sinn hat es, zu leugnen? Ich sehe doch, daß Sie sich erinnern – Sie haben es die ganze Zeit über gewußt. Es ist Ostersamstag – und Sie sind wieder zurückgekommen. Ich wußte, Sie würden kommen – ich weiß alles.»
Mit einer Geste des Triumphs trat der Jude zurück und ließ die Hand sinken. Wie in einem Paroxysmus von Gerechtsein vor Gott straffte er seine hochgezogenen spitzen Schultern. Sein häßliches Gesicht leuchtete – verklärt.
»Also gut«, sagte Dace leise, doch deutlich, »angenommen, ich *bin* Judas – angenommen, ich gebe es zu. Angenommen sogar, ich gebe zu, daß ich es wußte, ehe ich hierherkam, und daß ich einzig in der Absicht

herkam, mich Ihnen zu offenbaren. Sie wissen alles – also nehme ich an, muß ich auch zugeben, daß ich wußte, daß das Set der Zwölf Jünger das Losungswort war – das wir, soweit ich verstehe, auf diese ungewöhnliche Weise an jedem Ostersamstag auszutauschen gewohnt sind. *Ist* heute Ostersamstag? Ich wußte es nicht. Ich nehme an, daß ich am Ostersamstag Ausgang aus der Hölle habe – ist es so? ... Aber angenommen, all das ist wahr – was soll's?«

»Ach«, rief der Jude, »Sie sind unverbesserlich... Warum machen Sie es mir immer aufs neue so – schwer! Wenn Sie doch nur einmal, ein einziges Mal, alles zugeben – mir alles ganz aufrichtig erzählen – mir helfen wollten, den ganzen Schrecken der Welt auszuloten, statt mir dies Ausloten allein zu überlassen! Nur einmal!« Er sank in seinen Sessel, warf den Kopf zurück und betrachtete Dace mitleidsvoll wie aus ungeheurer moralischer Entfernung.

»Hören Sie!« sagte Dace. »Ich möchte, daß Sie mir glauben, daß ich nicht versuche, Sie zu täuschen oder es Ihnen schwerzumachen. Ich versuche ganz ehrlich, Ihnen alles zu sagen, was ich weiß. Wenn es da ein paar Dinge gibt, die ich nicht weiß, die ich aber Ihrer Ansicht nach wissen müßte – nun, so ist der Grund dafür eine Art Sperre, die ich nicht begreife, eine Art Sperre. Verstehn Sie? ... So sollte ich, nehme ich an, beispielsweise wissen – nachdem wir uns so oft begegnet sind –, wer Sie sind. Doch ich weiß es nicht! Wer sind Sie?«

»Ich bin Ahasver – der Ewige Jude.«

»Oh! Sie sind – ich verstehe. Und wir treffen uns immer am Ostersamstag?«

»Immer am Ostersamstag.«

»Sie sind ewig – natürlich, ich habe von Ihnen gehört. Was mich betrifft, so nehme ich an, daß ich nur für den Augenblick wiedergeboren bin.«

»Wiedergeboren.«

»Daran liegt es vermutlich, daß Sie sich an mich erinnern können, ich mich dagegen an Sie nicht erinnern kann.«

»Sie *müssen* sich erinnern!«

»Tu' ich aber nicht. Ich erinnere mich an gar nichts.«

»Versuchen Sie es! Denken Sie an letztes Jahr.«

»Ich erinnere mich nicht an letztes Jahr.«

»Salt Lake City! In Salt Lake City war es. Erinnern Sie sich?«

»Nein, ich war niemals in Salt Lake City.«

»Sie waren dort – letztes Jahr waren Sie dort. Mein Geschäft war in der Myrtle Street. Wir begegneten uns vor der Tür, genau in dem Augenblick, als es sechs Uhr läutete. Sie rauchten eine Pfeife. Als ich Sie fragte, wer Sie seien, sagten Sie, Ihr Name sei O'Grady.«

»Ach! Sagte ich das?«

»Ja. Zunächst sagten Sie, Sie wollten etwas versetzen – Ihre Uhr. Sie sahen ganz anders aus. Sie hatten einen Bart. Als wir dann im Laden waren und die Tür geschlossen war –«

»Ah! Ich fragte nach einem ausgefallenen Satz Schachfiguren!«

»Sie erinnern sich! Sie erinnern sich! ... Und das Jahr zuvor war es in Buenos Aires ... Mein Geschäft war im ersten Stock, über einer Kolonnade. Draußen hatte ich ein Schild hängen – mit meinem Namen drauf, Juan Espera en Dios ... Sie waren ein kleiner portugiesischer Jude namens Gomez – Ihre Haut war sehr gelb, Sie litten an Gelbsucht. Erinnern Sie sich?«

»Nein – ich war niemals in Buenos Aires. Niemals.«
»Ach, Sie schamloser Lügner! ... Lügner! ... Sie lügen einzig, um mich leiden zu lassen. Tun Sie es nicht! Und das Jahr davor –«
»Mein lieber Freund, erinnern Sie sich an jedes einzelne Jahr?«
»An jedes einzelne. Es war am Ponte Vecchio – mein Name stand über der Tür, Butta Deus. Es war ein ganz kleiner Laden, mit Armbändern und Halsschmuck aus Filigran. Ach, Sie waren sehr komisch damals – und sehr schäbig, arm. Ein armer Schneider, Sie sagten, Ihr Name sei Fantini. An der linken Hand fehlte Ihnen der Daumen, und Sie sagten, es behindere Sie nicht bei Ihrer Arbeit – Sie zeigten mir, wie beweglich und geschickt Ihre Finger waren. Und o mein Gott, wie verstockt Sie waren, wie Sie leugneten! Doch Sie leugnen es immer ab, immer quälen Sie mich ... Es ist meine Strafe.«
Der Jude bedeckte mit einer Hand seine Augen und versank in ein ganz in sich konzentriertes Schweigen. Es sah aus, als bete er. Dace erforschte ihn voller Erstaunen – er nahm die farblosen Haarbüschel in seinen Ohren wahr, das graue, spärliche Bartgekräusel unterhalb der Kinnbacken, den schmierigen altmodischen schwarzen Stehkragen unter dem gesenkten Kinn. Drei schwere goldene Ringe saßen an seinem Ringfinger, einer davon war besetzt mit einem ungeschliffenen rosafarbenen Achat ... Irgendwo hinter ihm in dem kunterbunten Raum schlug eine Uhr mit zartem, süßem Klang sieben, danach eine andere, näher postierte, kräftiger und lauter, und dann gleichzeitig zwei andere, deren Stimmen, metallisch die eine und schrill die andere, sich harmonisch vermischten.

Sieben Uhr? Doch für Dace schien die Welt zeitlos; und er fühlte mit einer seltsam leuchtenden Durchsichtigkeit, die ihn körperlos machte, wie er gleichzeitig losgelöst in Salt Lake City, Buenos Aires, Florenz – und wo noch? existierte. Er hatte den Eindruck, sich ganz deutlich als O'Grady zu erkennen – er war groß und bärtig, rauchte eine Pfeife und ging in der warmen, durchsichtigen Dämmerung in die Myrtle Street, wo ihn ganz zweifellos der Jude erwartete. Wie aber hieß der Jude dort? Er hatte vergessen, es zu sagen... Zweifellos, als Gomez hatte er Gelbsucht gehabt, als Fantini den linken Daumen verloren. Absurd! Und dieser gespenstische multiple Lebensweg reichte eintausendachthundertfünfunddreißig Jahre zurück, gequält, leidenschaftlich, erfüllt von unheimlichen Echos. Und während dieses ganzen Possenspiels war Judas das unveränderliche Geheimnis, das er in sich trug! Diese Hände waren Judas' Hände – die Hände des Vatermörders, des Diebes, des Verräters... Und was wollte der Jude von ihm in diesem ganzen erstaunlichen Albtraum, der doch zugleich so wirklich war? Mitleid? Gegenseitiges Verstehen? ... Er versuchte sich zu erinnern, was der Jude getan hatte, für welches Vergehen ihm die Strafe der ewigen Wanderschaft auferlegt war. Wenn er die Augen schloß, würde es ihm vielleicht einfallen. Es war etwas Frevelhaftes, etwas Empörendes – da war eine Menge – Jesus ging vorüber, er trug etwas –, und der Ladeninhaber – Ahasver? –, was tat er? Er stand in der Menge, er beugte sich vor, spie auf Jesus und sagte irgend etwas – das war es. Etwas Haßerfülltes.

»Was haben Sie gesagt?« fragte Dace.

»Auf dem Ponte Vecchio?«

»Nein, auf Golgatha.«
»Ah, ich werde es nicht wiederholen – jedesmal verlangen Sie, daß ich es wiederhole! Dabei wissen Sie es ebensogut wie ich!«
»Ich weiß, daß Sie etwas sagten – doch ich weiß nicht, was.«
Mit zornflammendem Gesicht sprang der Jude auf. Mit den gehöhlten Händen machte er eine Gebärde in Richtung auf Daces Kehle, so als wolle er ihn erwürgen.
»Heuchler! Da sitzen Sie und geben vor, nichts zu wissen – Sie, mein einziger Freund! Nun gut, ich will Ihnen sagen, was ich tat – ich spie in Sein Angesicht, das habe ich getan! Jawohl! Ich beugte mich vor und spie mitten in Sein Angesicht und sagte laut und niederträchtig: ›Los! Geh doch schneller!‹ Und Er blieb stehen und sah mich an – ah, sehen Sie Ihn vor sich, wie er stehenblieb – und antwortete: ›Ich gehe, und du sollst warten, bis ich wiederkomme.‹ ... Das ist es, was sich begab, Judas! ... Und Sie, wo waren Sie? Auf dem Ölberg, mit einem abgewetzten Stück Seil, einem Eselshalfter! Doch es hat Ihnen nichts genutzt. Nein. Sie haben nur getan, was Sie danach immer und immer wieder tun mußten. Denn auch für Sie galten die Worte: ›Einige unter euch, die ihr hier steht, werden den Tod nicht finden, bis daß sie sehen, wie des Menschen Sohn Einzug hält in Sein Reich!‹«
»Also sind wir Freunde«, murmelte Dace. »Wir sind Freunde!«
»Wir sind die ältesten Freunde der Welt. Und doch quälen Sie mich.«
»Ich will Sie nicht quälen. Ich versuche nur zu verstehen.«

»Ich vergebe Ihnen, mein Freund – ich vergebe Ihnen.« Und plötzlich neigte sich der Jude herunter und berührte mit seiner weißen weichen Hand Daces Rechte, die auf der Sessellehne ruhte; eine einschmeichelnde, unerträgliche Berührung. Tränen standen in seinen Augen. Mit grotesker und ekelhafter Zärtlichkeit tätschelte er zweimal Daces Hand und lächelte; dann sagte er, sich aufrichtend:

»Niemand sonst vergibt uns – warum sollten nicht wir einander vergeben? Gott hat uns vergessen – Er erinnert sich unser nur, um uns zu vergessen! Lassen Sie uns einander so lebhaft im Gedächtnis behalten, wie wir nur können, und einander aus ganzem Herzen vergeben. Verstehn Sie jetzt, warum ich so unerträglich danach verlange, so unerträglich, daß Sie sich meiner erinnern? Auf ewig ausgestoßen zu sein, gehaßt von Gott und den Menschen, einer, dem man nicht vergibt, von niemandem geliebt zu werden – Gott für Seine eigenen unerforschlichen Zwecke gedient zu haben und dennoch auf ewig dafür bestraft zu sein! Vielleicht will Gott, daß wir einander ein Trost sind. Vielleicht will Er uns auf diese Weise belohnen – indem Er uns zur Vergeltung die größte, tiefste, älteste Freundschaft gewährt, die Menschen je erfuhren.«

»Ja«, sagte Dace schwach, »warum nicht? Warum nicht? Vielleicht will Er das.«

»Ich bin dessen ganz sicher, mein Freund – Judas, ich bin dessen ganz sicher! Uns vereint ein Band, das engste aller Bänder. Jeder von uns hat eine in ihrer Art beispiellose Sünde begangen. Niemand sonst hat die Tiefen ausgelotet, die wir ausloteten. Auf dem Tiefpunkt der Welt, in dem elendesten Gehenna aller Gehennas begegnen und umarmen wir einander. Zweifellos bedeutet das etwas! Ja, ich glaube, es bedeutet den Beweis für Gottes vollkommene Güte und Weisheit und Gnade. Ich tue Ihm unrecht, wenn ich sage, Er habe uns vergessen! Er hat uns nicht vergessen. Ist es nicht vielleicht wahrhafter zu sagen, daß wir ein Teil Gottes sind, jener Teil von Ihm, der böse ist und der leidet? Was für eine Vision! Wie stolz dürfen wir mit Recht darauf sein, wir selbst zu sein! In uns konzentrieren sich das schmerzlichste Leiden, das tiefste Dunkel, das schrecklichste Grausen der Welt... Lassen Sie uns sie teilen, alter Freund – an diesem einen Tag im Jahr, an dem wir einander begegnen, in diesen wenigen ungewissen Stunden in einer Unendlichkeit der Qual, lassen Sie uns miteinander unseren Gram und unseren Stolz teilen und einander unsere Herzen aufschließen.«

Dace war von dieser Rede außerordentlich bewegt; doch hätte er kaum zu sagen gewußt, ob er mehr beeindruckt war oder entsetzt oder amüsiert. Dort also befanden sie sich – auf dem Tiefpunkt der Welt, auf dem Grund des bodenlosen Abgrunds. In der Tat, was für eine Vision! Und er selbst und dieser widerwärtige Ladeninhaber umarmten einander leidenschaftlich im verfluchten Qualm der Hölle, eine zweifache finstere Verkörperung alles Bösen auf der Welt. Der Verrat küßt die Widerlichkeit! Ein Lachen hätte ihm Erleichterung gebracht, doch er empfand mit merkwürdiger Beklemmung den Augenblick als ungeeignet. Lauerte nicht noch immer irgendwo in all dem eine Gefahr? Da war etwas, was der Jude gesagt und was ihn beunruhigt hatte; doch er konnte es jetzt nicht erinnern. Ganz zweifellos mußte er seine fünf Sinne beisammenhalten.

»Ja«, erwiderte er zögernd, mit abgewandtem Blick, »wir sind alte Freunde, unsere Seelenverwandtschaft sollte unvergleichlich sein. Wir sitzen, wie Sie sagen, im selben Boot – sofern es nicht frivol ist, es auf so schlichte Weise zu formulieren. Wir kennen einander, nicht wahr?«

»Ah«, sagte der Jude, »aber ob Sie mich ebenso kennen wie ich Sie? Das ist die Frage, die mich quält, die mich unablässig quält! Sie sind so unschlüssig, so unsicher! Sie peinigen mich so sehr mit Ihren Fragen und Ihren Gedächtnislücken! Wenn wir doch einander *genau* gleich wären und Sie jedes Jahr all das erinnerten, was ich erinnere!«

»Es ist ein Jammer – es ist ein Jammer.«

»Eher eine Tragödie! – Für mich eine Tragödie . . . Doch ich darf nicht selbstsüchtig sein. Das ist die mir bestimmte Rolle, mich zu erinnern, die Erinnerung zu sein. Ich muß sowohl Ihr Leid erinnern als auch das meine. Es ist mein Privileg, Sie zu erinnern. Korfù zum Beispiel! Erinnern Sie sich an Korfù?«

»Korfù? Nein.«

»Heute abend steinigt man Sie auf Korfù. Hören Sie!« Der Jude hob gebieterisch den Finger, befahl Schweigen. Dace lauschte angestrengt, so als erwarte er wirklich, etwas zu hören; doch nichts außer dem Ticken der Uhren, ihrer beider Atem und dem Zusammenfallen der Kohlen im Kamin störte die abgeschiedene Stille des Raumes. Warum in aller Welt Korfù? Eine Insel im Adriatischen Meer – oder etwa nicht?

»Ich höre nichts«, sagte er.

»Auf Korfù steinigt man Sie regelmäßig am Abend des Ostersamstags. Alle Fenster stehn offen, und leidenschaftlich werden altes Geschirr, Steine und Holz-

scheite auf die Straßen geschleudert. Ich höre es. Ich sehe die zornigen Gesichter. Ich höre die Haß- und Triumphschreie. Und ach, ich elendes mitleidsvolles Geschöpf, ich spüre die Steine auf meinem Körper, in meiner Seele ... Spüren Sie sie? Hören Sie sie?«
»Nichts dergleichen – nichts.«
Der Jude schien verletzt, bestürzt. Er starrte auf den Boden.
»Nein – Sie hören nichts, Sie spüren nichts ... Ich nehme an, Gott wollte es so ... Und doch scheint mir, man sollte Sie vorbereiten. Eine Warnung wäre ein Akt der Gnade. Nichts zu erinnern, die Tragödie jedesmal aufs neue zu erleiden! Entsetzlich.«
»Eine Warnung? Was meinen Sie damit?«
Der Jude sah Dace unverwandt in die Augen. Was war das für ein seltsames Licht, das da, den Schleier verwirrter Empfindungen durchdringend, hervorbrechen wollte? Mitgefühl? Verschlagenheit? Doch die Lider senkten sich, der Jude wandte den Blick ab. Dann sagte er tonlos:
»Ich meine damit, daß Sie sich aufhängen.«

4

In diesem Augenblick spürte Dace, daß sein Herz aufgehört hatte, zu schlagen. Sein Bewußtsein zerrann wie ein Nebelstreif, einen endlosen Augenblick lang erfuhr er eine völlige und schreckliche Auslöschung. Dann begannen seine Ohren zu klingen, in seinen Schläfen hämmerte es wie von Becken, seine Arme zitterten heftig. Er nahm den Raum wieder wahr, doch er war im Licht der Kerze jetzt kleiner, wirklicher und schäbiger; und der Jude vor ihm, der gedankenverloren in seinem Sessel saß, wirkte ebenfalls unerklärlicherweise schäbiger und kleiner. Dace fühlte eine leichte Übelkeit.

»Oh«, fast ohne Beben, »ich soll mich aufhängen?«

»Ach, mein lieber Freund!« wimmerte der Jude, »mein lieber Freund!« Er rang die Hände.

»Aber hier – in diesem Zimmer?«

»Es ist besser so – nicht wahr? Es geschieht immer so.«

»Oh, ich verstehe, es geschieht immer so ... Und O'Grady, was ist mit O'Grady?«

»O'Grady? Was meinen Sie damit?«

»Er hat sich aufgehängt, für Sie, in Salt Lake City?«

»Nicht für mich – nicht für mich! Für Gott!«

»Und Gomez – und der Schneider, Fantini?«

»Ja«, flüsterte der Jude. »Auch sie. Alle. Jedes Jahr... Mein armer Freund! Ich fürchtete, fürchtete, daß Sie sich nicht erinnern würden; ich habe für Sie getan, was ich konnte. Ich habe versucht...«

»... es mir schonend beizubringen? Jawohl! Das haben Sie. Ich danke Ihnen von ganzem Herzen.«

Die beiden Männer starrten einander an. Schließlich war es Dace, der fortfuhr.

»Da wäre die triviale, rein praktische Frage des Stricks«, sagte er. »Ich nehme an, Sie haben ihn.«

»Ja. Ich hole ihn für Sie. Es ist derselbe.«

»Der Eselshalfter?«

»Ja.«

Seufzend erhob sich der Jude, nahm die Kerze und ging zu einem hohen Schrank in der zur Straße gelegenen Ecke des Zimmers neben dem jalousieverschlossenen Fenster. Nachdem die Tür geöffnet war, beleuchtete die hochgehaltene Kerze im Innern ein großes Kruzifix; die Gestalt Christi war aus einem

blaßgrünen Stein gemeißelt. Unter dem Kruzifix, auf dem Schrankboden, stand eine irdene Schale. Dace kam der Gedanke, daß die Schale möglicherweise Opfermale trüge. Der Jude nahm ein kleines Seil vom Haken, schloß den Schrank und kehrte zu Dace zurück.
»Da!« sagte er. »Nehmen Sie es.«
Dace stand auf, aber er nahm das Seil nicht. Statt dessen nahm er seinen Hut vom Taburett. Als er des Juden Blick voll erschreckter Ungläubigkeit sah, lachte er.
»Nein«, sagte er dann. »Ich werde es nicht nehmen – ich muß gehen. Es ist schon spät.«
»Gehen?« stammelte der Jude. Dann schrie er aufs neue schauerlich auf mit seiner biblisch-prophetischen Stimme: »Gehen, ohne ...«
»Gewiß doch. Ich gehe, ohne mich aufzuhängen. Erwarten Sie allen Ernstes, daß ich mich Ihnen zuliebe aufhänge?«
Wieder lachte er. Und dann, als der Ladeninhaber zornflammend einen Schritt nach vorn tat, machte er seinerseits einen Schritt nach vorn, trat ihm entgegen.
»Hören Sie zu«, schrie er, »Sie sind wahnsinnig! Wahnsinnig! Und Sie wissen es.«
Das Gesicht des Juden entspannte sich in einem Ausdruck von Trostlosigkeit und Grausen – die Kinnbakken sackten ab, der große Mund öffnete sich. Er setzte sich, hielt noch immer den Strick.
»So ist's recht – setzen Sie sich. Und wagen Sie ja nicht, auch nur eine Bewegung zu machen, ehe ich das Haus verlassen habe – hören Sie mich? Bleiben Sie sitzen! Oder ich erstatte Anzeige gegen Sie.«
Er nahm die Kerze und ging langsam durch den schmalen Gang zwischen den verstaubten Möbeln zur

Tür. Bei der Tür angelangt, kam ihm ein plötzlicher Einfall. Er setzte die Kerze nieder, holte eine Visitenkarte hervor, kritzelte etwas darauf und legte sie auf einen Tisch.

»Hier haben Sie Namen und Adresse«, sagte er. »Schicken Sie mir morgen früh das Set der Zwölf Jünger! ... Leben Sie wohl!«

Der Ladeninhaber, den er in dem nun fast unbeleuchteten Wust von Antiquitäten nur noch unklar zu erkennen vermochte, gab keine Antwort. Dace wandte sich um, ging die Treppe hinunter, stellte die Kerze auf den Boden und öffnete sich selbst die Tür.

5

Nachdem drei Tage vergangen waren, ohne daß ihm der Jude irgendein Zeichen gegeben hätte, beschloß Dace, ihn aufzusuchen. Das Unternehmen konnte nur enttäuschend sein, dachte er; doch es gab da eine oder zwei Möglichkeiten, über die er genau Bescheid wissen wollte. War es nicht beispielsweise vorstellbar, daß sich der unglückliche Mann in einer obskuren Art von religiöser Ekstase etwas angetan haben könnte? ... Diesmal überquerte er den Platz bei strahlendem Sonnenlicht. Er bog in das Geschäftsviertel ein – es war kurz vor Mittag. Einen Minutenbruchteil lang fand er den kleinen Laden nicht, und wiederum ergriff ihn Erregung – es kam ihm nicht zu unwahrscheinlich vor, daß der Laden und dessen sonderbarer Inhaber möglicherweise niemals existiert hatten. Doch da war er.

Es bestürzte ihn, daß der Jude ihn nicht erkannte; keine Spur eines Erinnerns. Er hatte beim Eintreten nicht gegrüßt, sondern lediglich den Ladeninhaber angesehen in der Erwartung, daß dieser aufschreien würde. Doch der Jude sah nur von seiner Glasvitrine auf, deren Rückseite geöffnet war – er schien ein kleines Samttablett mit Jadesteinen und Korallen zu arrangieren –, sah mäßig, doch höflich interessiert auf. Und als Dace ihn überrascht anstarrte, war es der Jude, der als erster sprach.

»Guten Morgen!« sagte er. Sein Ton war freundlich – nicht vertraulich und nicht servil. »Gibt es etwas, das ich Ihnen zeigen kann?«

Dace blickte eindringlich in diese grünen Augen unter den müden Lidern.

»Ich suche nach etwas Ausgefallenem, zum Beispiel einem Satz Schachfiguren.«

Der Ladeninhaber zeigte zuvorkommendes Interesse.

»Schachfiguren? Gewiß ... Haben Sie eine bestimmte Vorstellung?«

Daces Herz machte einen Sprung.

Gelassen räumte der Jude seine Jadesteine in die Vitrine.

»Nun – was ich wirklich gern hätte, ist ein Satz Figuren, von dem ich als von den Zwölf Jüngern gehört habe ... Wissen Sie zufällig etwas darüber?«

Spielerisch trommelte der Ladeninhaber mit den Fingern auf die Glasplatte.

»Nein, ich weiß nichts darüber. Zwölf Jünger! Nein ... Sehr eigenartig ... Wissen Sie, woher das Set stammt?«

Dace beugte sich vor und über die Vitrine.

»Nein, das weiß ich nicht; nein ...« Eindringlich sah er den Ladeninhaber an, der ihm ganz dicht gegenüberstand.

»Sagen Sie – sind wir uns nicht schon einmal begegnet?«

Verblüfft gab der Jude seinen eindringlichen Blick zurück.
»Ich glaube nicht – oder doch? Ich habe ein gutes Gedächtnis für Gesichter – ein schlechtes hingegen für Namen. Doch ich kann mich natürlich irren!«
»Das tun Sie in der Tat, in der Tat!« sagte Dace und lachte. »Heute tragen Sie eine Brille – früher taten Sie das nicht.«
»Oh?« Das Lächeln des Juden war freundlich, aber vage.
»Ja ... Erinnern Sie sich nicht, daß Sie mich mit in den oberen Raum genommen haben? Sie zeigten mir ein Kruzifix in einem Schrank.«
»So, hab' ich das?« Der Ladeninhaber lächelte, schüttelte den häßlichen Kopf und zuckte die Achseln. »Oh, dann irre ich mich in der Tat. Wissen Sie, ich nehme so viele Leute mit hinauf, die sich etwas ansehn wollen – Sie müssen mir verzeihen!«
»Aber ja doch, ich verzeihe Ihnen!«
Freundschaftlich und stillvergnügt lachten sie miteinander. Dann kaufte Dace einen Satz chinesischer Figuren aus Elfenbein und wünschte dem Juden einen guten Morgen.

Deutsch von Marguerite Schlüter

Hallo, Miezekatze

Sehr wenig, so gut wie nichts war bei dem Streit herausgekommen, und dennoch hatte er den ganzen Abend überschattet. Ohne ein Wort zu wechseln, waren sie zu Bett gegangen, und – was noch beunruhigender war – sie war nicht aufgestanden, um ihm das Frühstück zu machen; und das, obgleich sie doch wußte, daß er in die Stadt fahren würde, noch dazu mit dem Frühzug. Ganz allein hatte er in der dunklen Küche herumstöbern müssen, nur Squidge, die Katze, hatte sich dabei zu ihm gesellt. Unter unzähligen unbeschrifteten Dosen hatte er nach dem Kaffee gesucht, den Zucker verschüttet und sich bei alledem den Luxus geleistet, sich gründlich zu ärgern. Alles in allem eine dumme Geschichte – verdammt dumm. Und seinen Tag in der Stadt durfte er sich dadurch auch nicht verderben lassen.

Und was für ein Tag das war, was für ein Tag das würde! Ein herrlicher Frühlingsmorgen – ja, ein vollkommener Frühlingsmorgen, wie er im Buche stand. Blau wie Babyaugen. Die Apfelblüten standen eben im Begriff aufzubrechen, die Sperlinge tschilpten in den Fliederbüschen, die Rotkehlchen – überall schien es ihrer Hunderte zu geben – sangen immer wieder ihr lautes und allzu zufriedenes »Tirilar, tirilar, tirilier!« – oder war es »jubilier«? Nun ja, vielleicht war es »jubi-

lier«. Und warum denn auch nicht? Die ganze Welt schien ja vor Wohlwollen zu bersten.
Der kleine Vorortzug, der ihn bis nach Appledore bringen würde, kam ratternd und zischend unter der wackeligen Fußgängerbrücke um die Kurve gefahren. Beim Einsteigen beschloß er, die Lektüre der Morgenzeitung auf die längere Fahrt von Appledore in die Stadt zu verschieben. An einem Morgen wie diesem war das Moor ja auch zu schön, als daß man es sich entgehen lassen durfte. In Sonnenlicht getaucht und mit den letzten Nebelschleiern der Nacht, die sich soeben über den Bächen und in den Schatten verflüchtigten, sah es wunderbar friedvoll aus. In einem Graben zankten sich Krähen um irgendeinen unförmigen, weißen Gegenstand; an einem Teich stand ein Blaureiher unbewegt und pfeilgerade, so regungslos, als sei er aus Erz gegossen. Was für ein Morgen, was für ein Morgen! Und der kleine Zug ratterte und klapperte hindurch, als gehe es einzig und allein darum, das Ganze nicht zu kostbar, zu einsam werden zu lassen.
Ja, es war schade, daß sie nicht aufgestanden und heruntergekommen war, um ihn zu verabschieden, denn sie hätte es genossen. Und das geschah ihr ganz recht. Und alles nur, weil er gesagt hatte – was hatte er doch gleich gesagt? Daß er einfühlsamer sei – ja, das war es, einfühlsam. Du lieber Himmel, das Wort »einfühlsam« hatte wie ein rotes Tuch auf sie gewirkt! War das denn so ungeheuerlich gewesen? Zu behaupten, Frauen seien keineswegs so einfühlsam, wie man annehme, und er sei verdammt viel einfühlsamer als die meisten? Man wußte eben nie, wann man eine Frau in ihrer Eitelkeit verletzte, und genau das hatte er natürlich getan. Es war taktlos gewesen. Als er sah, daß sie

sich darüber aufregte, hätte er ausweichen, das Thema wechseln sollen. Doch sie war sich ja auch so verdammt sicher gewesen, so verdammt selbstsicher, so eingebildet gerade auf ihr Einfühlungsvermögen und so skeptisch dem seinen gegenüber, daß er plötzlich wütend wurde, und schon war der Teufel los. Erstaunlich, wie schnell doch ein Streit aus dem Nichts, dem absoluten Nichts entbrennen konnte! In der einen Minute ist jeder noch vollkommen friedlich und glücklich, in der besten und friedlichsten aller möglichen Welten, und dann – wumms, läßt ein falsches Wort oder ein Blick alles in tausend Scherben gehen. Und da steht man dann und starrt sich wütend an wie zwei ausgehungerte Hyänen. Und obendrein voll schwelenden Grolls, der, so scheint es, kaum je wieder erlöschen wird.

Trotzdem, er hatte vollkommen recht gehabt – es war die reine Wahrheit. Alles Unsinn, diese Vorstellung, Frauen hätten eine Art sechsten Sinn oder so etwas wie ein übermenschliches Zweites Gesicht. So ein Quatsch! Freilich stimmte es, daß eine Frau wohl ein Kind verstehen mochte – aber immer? Selbst das war fraglich. Und was ihr Verständnis für andere Frauen betraf – oder für Männer –; nein, die meiste Zeit dachte sie nur an sich, an ihre eigenen Gefühle und vor allen Dingen an den Eindruck, den sie hinterließ. Sie war nur einfühlsam, wenn es ihr irgendwie zugute kam, damit hatte sich's – und nur sehr selten war sie einfühlsam, weil sie eben gar nicht anders konnte. Nein.

Er freute sich über seine kleine Analyse und lächelte zum Zugfenster hinaus, als sie die mennigrote Eisenbahnbrücke überquerten. Das Wasser stand niedrig; schlammige Ufer zeigten sich, zerfurcht und nackt; ein

Ruderboot hing ganz schräg den schlammigen Abhang hinunter, als fiele es noch im Augenblick; und ein Stück weiter unten, an der Biegung des Flusses, war der alte Bagger in Betrieb. Wie friedvoll, wie ewig das alles schien! Genauso würde es immer weitergehen, daran war nicht zu zweifeln. Schlamm, Sonne und Gezeiten, Tag für Tag, die Brücke, die verrottete, das Moor, das verrottete, der alte Bagger, der verrottete, und die Sonne, die auf alles ruhig niederbrannte – in alle Ewigkeit. Und das war auch gut so ... Der Zug hielt an. Automatisch stand er auf und folgte den anderen zum Bahnsteig der Bahnstation Appledore.

Er ging, die zusammengerollte Zeitung gegen das Knie schlagend, auf dem Bahnsteig auf und ab und betrachtete die Leute am frühen Morgen. Leute am frühen Morgen – genau! Was ließ sie nur so eindeutig nach frühem Morgen aussehen? Nicht allein das ein wenig orangefarbene Licht der Morgensonne auf Gesicht und Händen – obgleich das zweifellos eine Rolle dabei spielte. Nein, es war etwas in ihrer halbverschlafenen, halbwachen Gleichgültigkeit, als seien sie – wenngleich ausgeruht – noch nicht ganz bei Bewußtsein. Die jungen Eheleute, die auf ihren hochgestellten Koffern an der Bahnhofsmauer saßen, beugten sich ein wenig vor, lächelten leise in sich hinein, sprachen aber kein Wort. Es war beinah unanständig, sie dabei zu überraschen – eigentlich waren sie in eben dieser Minute im Begriff aufzuwachen und völlig außerstande, an irgend etwas anderes als an ihr eigenes herrliches Wohlbefinden zu denken. Der große Mann hinter ihnen, der mit hochgehaltener Zeitung dastand, tat nur so, als lese er. Von Zeit zu Zeit sah er über den Rand der Zeitung hoch, blickte auf das lebendige Moor hinaus, als sei dieser Strom der Wirklichkeit dort draußen viel zu mächtig für ihn, viel zu mächtig für so etwas Farbloses wie das gedruckte Wort. Doch die drei Schulmädchen mit ihren zusammengeschnürten Büchern und Pausenbrottaschen – die hatten gewiß nichts Verschlafenes an sich! Sie neckten einander, kicherten, wurden plötzlich ernst, begannen Fangen zu spielen und hörten damit so unvermittelt auf, wie sie angefangen hatten. Dann liefen sie die Auffahrt zur Ladebühne am Ende des Bahnsteigs hinauf, wo die Güterwagen beladen wurden, und rannten, vor Freude jauchzend, den glatten Zementboden hinunter. Lebenskraft – du lieber Himmel, war es nicht einfach herrlich, so voller Lebenskraft zu stecken! Er mußte rasch zur Seite treten, um nicht mit einem der Mädchen, dem kleinsten, zusammenzustoßen – die herumgewirbelte Pausenbrottasche klatschte gegen seine Hand, die blauen Augen blickten verschämt, aber lachend zu ihm auf. Und dann waren alle drei mit einemmal weg, verschwunden, um die Ecke des Bahnhofs herum, doch freilich nur, um im Nu wieder dazusein.

Genau in dieser kurzen Pause, als er lächelnd kehrtmachte, tauchte die kleine Katze auf. Mit aufgestelltem Schwanz und eine weiße Pfote vor die andere setzend, bewegte sie sich mit vergnügter Gelassenheit den Bahnsteig entlang. Und kam sie auch nur zögernd näher, so war der Grund dafür sogleich ersichtlich: Das kleine Geschöpf war über alles und jeden um sich herum offenkundig derart entzückt, einfach derart entzückt, daß es wirklich nicht wußte, wo es beginnen sollte. So viele wunderbare Menschen und Dinge, die es zu erforschen galt! Man konnte geradezu sehen, daß sie das empfand, als sie sich bald hierhin, bald dorthin wandte. Sie mußte unbedingt die Wange an den herrlichen Schuhen, Koffern und Knöcheln des jungen Ehepaars reiben und rollte dabei eigens für sie den Schwanz zu einer schönen Schleife, obgleich die beiden, um ehrlich zu sein, sie kaum bemerkten, so versunken waren sie in ihrer eigenen Welt. Und dann mußte sie zu einer auf dem Bahnsteig liegenden Holzkiste zurückspazieren und sie mit vornehmer Zurückhaltung beschnuppern, um schließlich ihr Lächeln an einer der spitzen Kanten zu reiben. Weniger eine Katze als vielmehr noch ein Kätzchen – nicht einmal halb ausgewachsen – eine gewöhnliche, ganz gewöhnliche graugetigerte Katze mit gelben Augen –, doch bei Gott, nie zuvor hatte es ein Geschöpf gegeben, das so vor Liebe und Wohlwollen überströmte, ja wirklich überströmte!

Er sah ihr zu, wie sie auf ihn zukam, langsam und mit Unterbrechungen, da sie sich an allen Ecken und Enden von Zerstreuungen anlocken ließ. Sie strich dem großen Mann um die Beine, sie besuchte noch einmal das Ehepaar, sie lief zur Bahnhofstür und schaute hinein, während sie die Pfoten wonnevoll gegen den Bahnsteigboden knetete; sie drehte sich nach hinten, sie drehte sich nach vorn – aus lauter Liebe würde das kleine Wesen offensichtlich überallhin gehen, alles tun. Er bückte sich und schnippte mit den Fingern, einmal, zweimal – und tatsächlich kam sie bereitwillig angetrabt, kam angelaufen, als sei sie geradezu entzückt über eine ausdrückliche Einladung, doch zugleich auch nicht im mindesten überrascht davon. Schließlich war das ja das, was das Leben ausmachte, nicht wahr? ... Liebe, nichts als Liebe! Sie wand sich um seinen ausgestreckten Zeigefinger, stellte sich wie eine junge Ziege auf die Hinterbeine, um mit dem Kopf gegen seine Knöchel zu stoßen, während ihr unentwegtes Schnurren einen Höllenlärm verursachte – und dann erblickte sie natürlich die drei kleinen Mädchen, um die man sich unbedingt kümmern mußte. Abermals im Trab lief sie von ihm weg, und abermals war sie ein großer Erfolg. Und das war ja auch nur natürlich.

»Hallo, Miezekatze!«

»Hallo, Miezekatze!«

»Hallo, Miezekatze!«

Alle drei riefen ihren Gruß, alle drei fingen an, sie zu streicheln und zu tätscheln. Einen Augenblick lang ließen Katze und Kinder sich nicht mehr auseinanderhalten; und dann setzte das kleinste der Mädchen – jenes, das mit ihm oder vielmehr beinahe mit ihm zusammengestoßen war – es sich in den Kopf, über die kleine Katze zu hüpfen. Während die anderen Mädchen dazu lachten, hüpfte es hin und her, vor und zurück, und obendrein auch noch so knapp an der Katze vorbei, daß er schon daran dachte, einzugreifen. Doch nein, nie traf es die Katze wirklich, und die Katze, die sich zwar ein wenig über soviel Gewalt wunderte, blieb ganz gelassen und ruhig sitzen und sah den seltsamen Kapriolen mit vollstem Vertrauen zu.

Vollstes Vertrauen – ja! Bei Gott, ja! Und mit einemmal betrachtete er die kleine Katze voller Faszination. Denn dies war, wie er jetzt erkannte, eines jener seltenen Geschöpfe, die im Grunde ihres Wesens so unschuldig und gut und liebevoll sind, daß sie keinerlei Schutz genießen. Dieses kleine

Geschöpf mit seiner ungeheuren Liebe war durch seine eigene wunderbare Einfachheit bereits verloren – jene völlige Vertrauensseligkeit war nichts anderes als eine förmliche Einladung an den Tod. In einer Welt, in der überall Gewalt und Niedertracht herrschten, konnte sie unmöglich leben – oder wenigstens nicht sehr lange –, und ließ nicht gerade diese offensichtliche Unmöglichkeit ihre ergreifende Offenheit und Unschuld so bezaubernd erscheinen?

Und das war ja auch noch gar nicht alles. Denn als er sich umdrehte und über die Gleise hinweg auf das Moor blickte – sich in Wirklichkeit abwandte, um es, sollte die Katze getroffen oder verletzt werden, nicht mitansehen zu müssen –, wurde ihm bewußt, daß ihn und die Katze nun eine einzigartige, ungewöhnliche Beziehung miteinander verband. Die Katze war Unschuld oder Liebe oder beides: das von Grund auf Unschuldige. Und er selbst, der die Natur und Not der Katze so vortrefflich erkannt hatte, war Wissen, göttliches Wissen mit all seiner verborgenen Macht zum Guten oder Bösen. Denn war nicht er der einzige hier auf diesem frühmorgendlichen Bahnsteig, der diese kleine Katze wirklich gesehen und geliebt und ihr tragisches Schicksal vorhergesehen hatte? Die anderen waren vielleicht einen Augenblick lang belustigt oder gerührt gewesen, doch von alledem hatten sie nichts gesehen; für sie war die Katze eben nur irgendeine Katze. Einfühlungsvermögen! Lieber Gott, ja – das hier war ein typischer Fall, es war wirklich *der* Fall. Es war das grundlegende Beispiel für die Macht des Einfühlungsvermögens, die alles umfaßt, alles kultiviert, alles erhält. So gesehen, lag das Leben der kleinen Katze in seinen Händen ...

So etwas Außergewöhnliches! Und so außergewöhnlich beglückend!
Als sich der Zug geschwind, doch geräuschlos der Bahnstation näherte, freute er sich immer noch über diesen Gedankenflug und über sich selbst. Und als er sich daraufhin umwandte, um einen letzten Blick auf die Katze zu werfen, sah er, daß sie die drei kleinen Mädchen verlassen hatte und die schräge Betonrampe am Ende des Bahnsteigs hinaufgelaufen war. Dort saß sie unmittelbar an der Kante des erhöhten Bahnsteigs und blickte – keine fünf Meter von ihm entfernt – auf die Gleise hinunter. Und dann begann sie, die weißen Pfoten an der Mauer hinunterstreckend, zum Sprung anzusetzen, und genau in dem Augenblick, als der warme Schatten der Lokomotive an ihm vorüberfuhr, sprang sie. Geradenwegs in die Gleismitte, und die Lokomotive war über sie hinweggefahren, ohne sie zu berühren. Doch dann sah er den kleinen Körper auf der Suche nach einem Fluchtweg qualvoll von einer Seite zur anderen schnellen, den angstgeschüttelten Rücken und Kopf hin- und herschießen und ein ausgestrecktes, zuckendes Hinterbein durch ein die Sicht versperrendes Rad oder Drehgestell hindurch weiß und verkehrtherum aufblitzen – und dann nichts. Der Zug hatte angehalten; die drei kleinen Mädchen kletterten die steilen Stufen an einem Zugende hinauf, das Ehepaar am anderen; der große Mann war verschwunden. Niemand hatte es gesehen außer ihm – niemand. Es war, als sei nichts geschehen.
Doch als er sich auf die Stufen zubewegte, sah *er* sie wieder. Mit geschlossenen Augen und nach oben gewandtem, sanftem Gesicht, das sanfter wirkte denn je, lag sie ganz still da. Und als er sich zitternd und

elend im Zug hinsetzte und ihm dabei dieses ganze entsetzliche Geschehen noch so schrecklich lebhaft vor Augen stand, als geschehe es *noch immer,* kam er sich wie ein Mörder vor. Er allein wußte, daß sie tot war. Er allein hätte sie retten können.
Für ihn hatte sie gelebt, und für ihn war sie gestorben.

Deutsch von Egon Pöllinger

Die dunkle Stadt

1

Sein größtes tägliches Vergnügen war mit dem Einbruch der Dämmerung verknüpft. Die Lektüre der Abendzeitung im Zug, der ihn aus der Stadt brachte, bildete das Vorspiel. Schon das Aufblättern der fetten, nach Druckerschwärze riechenden Seiten war dank langer Assoziation Teil des Rituals geworden; er spürte, wie er, die dunklen Augen weit geöffnet, zu »grinsen« begann; die niederdrückende Last des Geschäftskrams, gegen die er im Büro den ganzen Tag lang angekämpft hatte, versank augenblicklich. Er las schnell, verschlang gierigen Blickes Spalte um Spalte – New York, London, Paris, Lissabon – Kriege, Revolutionen, Geschäfte mit Regenschirmen, Aquarellausstellungen. Darüber vergingen drei Viertel der Fahrt. Danach sah er zu, wie der Zug der Häuser, Mauern, Bäume in dem weichen, schrägeinfallenden Licht vorbeiwirbelte, und begann schon seinen Garten um sich zu spüren. Unbewußt verfolgte er das Dahinfliegen des Zuges, und wenn er aufstand und zur Tür ging, sobald – unrealisiert – eine bestimmte Baumgruppe in Sicht kam, auf seltsame Weise auseinanderstrebend wie eine Gruppe von Tänzern, die maßloses Entsetzen ausdrücken wollen, so geschah es fast automatisch.
Augenblicklich überkam ihn das Gefühl des Entkommens. Himmel und Erde nahmen ihn machtvoll auf,

der Zug schoß pfeifend in die diffuse leuchtende Unendlichkeit des späten Nachmittags. Sein letztes schwaches Heulen, wenn er in den Tunnel hineinstürmte, kam ihm immer vor wie ein sich über dem Dach kräuselnder weißer Fangarm, der jedoch zu schwach war, als daß man ihn hätte ernst nehmen müssen. In der darauffolgenden plötzlichen Stille begann er den langansteigenden Weg zu seinem Haus hinaufzugehen. Er ging schnell, wobei er abgerissene blaue Rauchwolken über die Schulter blies und seine Gedanken um die Neuigkeiten kreisen ließ, die amüsant genug schienen, um sie Hilda zu berichten; so zum Beispiel, daß Miß Green, die Stenotypistin, die schon eine Zeitlang Neigung gezeigt hatte, mit ihm zu flirten, heute nach Büroschluß, als alle andern bereits gegangen waren, zu ihm gekommen war und errötend gebeten hatte, ihr den Ärmel ihres Kleides zuzuknöpfen. Eine köstliche Szene! Er lächelte über den Stiel seiner Pfeife hinweg, begann dann aber zu lachen, als er durch eine Lücke in der Hecke des Nachbarn spähte und entdeckte, daß er geradewegs in die lasterhaften Augen einer Ziege schaute. Es fügte sich nahtlos an die Episode mit Miß Green, denn diese Augen glichen ganz genau den ihren. Er bog um die Ecke und sah vor sich sein Haus, das wie ein kleines Schiff auf einer langgezogenen grünen Woge auf dem Hügel schwebte. Die drei Kinder spielten mit Gekreisch eine stürmische Partie Krocket. Seine Ankunft verstärkte den Lärm, und während er über den Rasen ging, umtanzten sie ihn plappernd und streitend.

»Paps, Martha will nicht spielen, wenn sie dran ist, und ich hab' ihr gesagt...«

»Marjorie nimmt den schweren Hammer...«

Schrill erklang der Chor rings um ihn, doch er lachte und ging ins Haus, wobei er lediglich rief:

»Aus dem Weg, ich hab's eilig! Die Bohnen sterben, die Tomaten schreien nach mir, die Erbsen strecken ihre Hände aus!«

»Paps sagt, die Bohnen sterben. So was Dummes!«

»Schnell in den Garten, eh Paps kommt.«

Während er die Tür schloß, hörte er, wie das Gekreisch diminuendo um die Hausecke verschwand. Mit einer raschen Bewegung hängte er Hut und Mantel auf und eilte in die Küche. Hilda rührte mit einem langstieligen Löffel im Kakao und blickte sich schweigend nach ihm um.

»Schokolade!« rief er und zog eine Tafel Schokolade aus der Tasche. Er zeigte sich überrascht, rollte die Augen, denn ganz offensichtlich hatte jemand darauf gesessen – »im Zug«. Hilda lachte lauthals. Schnell schob er ihr die Schokolade in die Schürzentasche und lief nach oben, um sich umzuziehen. Er konnte die alten Flanellhosen nicht finden. Nicht im Schrank – und nicht in der Kommode. Einem Impuls folgend, verfiel er in einen komischen Wutausbruch. »Unterm Bett auch nicht!« brüllte er. Er streckte den Kopf aus dem Fenster, das auf den Garten ging, und wandte sich an die Kinder.

»Martha! Bring mir augenblicklich meine Hosen!«

Vor dem Hagel von Antworten, die raketengleich zu ihm hochflogen, zog er den Kopf zurück, ging zur Tür und rief lautstark zu seiner Frau hinunter.

»Ich hab' meine Hosen verloren!«

Dann fand er sie im Wandschrank hinter der Tür und stieg lachend hinein.

2

Er lief durch die seitliche Tür hinaus, unter dem glyzinienbewachsenen Gitter entlang und die glatten Steintreppen hinab zum Gemüsegarten.
»Achtung, da kommt Paps«, kam es schrill von Martha.
Er zündete seine Pfeife an, kniff das linke Auge zu und verhielt in tiefes Nachdenken versunken vor den ordentlichen, würdevollen und ungewöhnlich gut gedeihenden Reihen von Bohnen. Sie standen in Blüte – Bienen taumelten um die zarten, lila-rosafarbenen kleinen Helme, aus denen Duftwolken emporstiegen. Die Grillen begannen sich für den Abend einzustimmen. Die Sonne schwebte über dem schwarzen Wasserturm auf dem fernen Hügel.
Hinter dem Flieder begannen Martha und Marjorie geheimnisvoll zu kichern.
»Meine Hacke!« jammerte er. Aus dem Flieder kam die Hacke geflogen.
»Falls jemand in einem scharlachroten Taxi angefahren kommt und dir erklärt, daß deine Seele frei ist, glaub ihm nicht«, sagte er zu Martha, indem er die Hacke aufnahm.
»Sag ihm, er sei ein Lügner. Führ ihm mich als Symbol der erniedrigenden Sklaverei vor, die alles Leben darstellt. Sag ihm, daß ich der elende Sklave von Weib, Kindern und Bohnen bin – ganz besonders von Bohnen. Ich verbringe meine Tage auf den Knien vor meinen Bohnen.«
»Nichts dergleichen werd' ich tun«, sagte Martha.
Die Hacke unterm Arm, schritt er feierlich durch die Bohnenreihen. Die beiden Mädchen folgten ihm.
»Paps, da ist eine Raupe!«

»Tritt sie tot!«
»Und da noch eine – eine komische grüne mit roten Glitzertupfen auf dem Rücken. Schau sie dir nur an!«
»Du sollst sie nicht anschaun, sondern tottreten.«
»Es quillt aus ihr wie grüne Zahnpasta.«
»Bitte nicht, Martha!« rief er gepeinigt. »Sag nicht solche Dinge! Nimm Rücksicht auf deinen neurotischen Vater.«
Er schauderte sichtlich und ging hinüber zu dem Winkel, wo er die Erbsen gepflanzt hatte. Dort begann er methodisch die Reihen zu hacken und die fette Erde um die blassen Stengel aufzuhäufeln. Hin und wieder klirrte ein Kiesel, dann bückte er sich und warf ihn in die Wiese. Mary, seine Jüngste, rief etwas von der obersten Stufe aus. Martha und Marjorie gingen zu ihr hinüber, und er vergaß sie allesamt.
Das Auf und Nieder des Hackenblattes, das sich glänzendpoliert von der braunen Erde abhob, hypnotisierte ihn, seine Gedanken bewegten sich in einer Art Rhythmus, kamen und gingen ohne sein Zutun. Lächerlich, dachte er, zu denken, daß dieser sonderbare Zweifüßler, den andere Zweifüßler bequemlichkeitshalber Andrew nennen, hier steht und mit einem Stecken an der Rinde dieses betagten Planeten herumkratzt. Was erwartet er sich davon? Der alten Mutter Erde behagt es. Sie reckt und dehnt sich im Dämmerlicht, schnurrt wie eine alte Katze und bringt ihr Vergnügen durch den drolligen und nützlichen Ausfluß von Partikeln zum Ausdruck, den wir Erbsen nennen. Und dieser Zweifüßler trägt Kleider. Man denke nur! Er trägt Kleider; aus Pflanzenfasern und Schafswolle gefertigt, geschickt und häßlich seinen Armen und Beinen angepaßt. In der Tasche – einem kleinen, in

diese eigentümlichen Kleidungsstücke eingearbeiteten Sack – hat er eine Uhr, einen kleinen, glänzenden Gegenstand, in dem er die majestätischen Bewegungen von Sonne, Erde und Sternen auf schwache, aber regelmäßige Jamben reduziert hat. Er holt ihn hervor, betrachtet ihn mit dem Anschein des Begreifens und schiebt ihn wieder zurück. Warum lacht er nicht über sich selbst? ... Er lachte in sich hinein... Dieser Gegenstand sagt ihm, daß ihm vor dem Abendessen noch Zeit bleibt für zwei weitere Reihen. Klirr, klirr. Verflixt, diese Kiesel. Mein anthropoider Affen-Ahn mußte um sie herum latschen, so groß waren sie. Er hockte auf ihnen, knackte Nüsse an ihnen auf, schnatterte mit seiner Familie. Er hatte keine Uhr, und seine Hosen wuchsen wie das Gras... Gott sei Dank, daß es mittlerweile Kiesel sind.

Er seufzte und stützte einen Augenblick lang das Kinn auf den Hackengriff, spähte hinaus zu dem baumumstandenen Flachmoor. Die Baumlaubfrösche begannen mit ihren Elfenschellen zu klingeln. Ein rotgeflügelter Stärling schwebte im letzten Sonnenlicht von einem Apfelbaum zum andern.

Ein Teufelskreis, das Ganze – und in jedem Punkt faszinierend. Gänzlich widersinnig und vergeblich, aber faszinierend.

Er ließ die Hacke fallen und fuhr die Schubkarre an den Rand des Erdbeerbeetes.

»Warum könnt ihr nicht bleiben, wo man euch gepflanzt hat?« fragte er.

»Warum breitet ihr euch überallhin aus?«

Mit einem Hohlspatel begann er die Ausläufer auszugraben und auf die Schubkarre zu werfen. Es entzückte ihn, mit den Fingern die weiche, kühle Erde zu zerteilen und sie feinfühlig um die zartfaserigen Wurzeln zu schließen. Das sanfte unterirdische Zerreißen der Wurzelfasern löste ein köstliches Reuegefühl in ihm aus.

»Es fließt Blut – doch es fließt zu einem guten Zweck; in der besten aller möglichen Welten. Fügt euch mir, Erdbeeren, und ihr werdet Frucht tragen. Ich bin die Auferstehung und das Leben.«

Als er einen ausreichenden Haufen von Pflanzen beisammen hatte, fuhr er die Schubkarre zu dem exquisit vorbereiteten neuen Beet, das reich, warm und einladend dalag. Mit der Hacke grub er eine Reihe von Löchern, senkte dann gebückt die behaarten Wurzeln wieder in den Boden, drückte sanft rings um sie die Erde fest. Dann richtete er sich auf, streckte und dehnte den Rücken und entzündete seine Pfeife, wobei er das linke Auge zukniff und die tanzende Flamme in der Höhlung seiner schmutzigen Hände barg. Der Rauch wölkte empor wie Weihrauch.

»Wasser!« rief er. »Wasser! Wasser!«

Gleich darauf erschien Martha mit der Gießkanne. Sie trug sie mit beiden Händen vor dem Körper.

»Schnell, Martha, ehe sie sterben. Ihre Zungen werden schon schwarz.«

»Unsinn!« erwiderte Martha.

Dann machte das ausgekippte Wasser die Erde um jede einzelne Pflanze dunkler und die benetzten Blätter und Stengel heller.

»Hör mal, Paps, wie sie schmatzen!«

»Sie sind bleich, ihre Augen sind geschlossen, sie greifen verzweifelt nach unten ins Dunkel, um sich irgendwo festzuhalten. Sie tasten und langen nach

winzigen Erdklümpchen, sie zucken zurück vor Kieseln, sie seufzen und erschlaffen.«
»Wenn der Tau fällt, werden sie singen.«
»Ha, ha! Was für Narren wir sind.«
Er warf die Hacke quer über die Schubkarre, die er auf den Geräteschuppen zuschob.
»Bring die Gießkanne mit!«
Martha rannte hinter ihm drein und legte sie in die Schubkarre.
»So ist's recht – meine Last noch vermehren – tu niemals etwas, das du einem andern aufhängen kannst.«
Martha antwortete mit einem Kichern und hüpfte zum Haus. Als sie die steinernen Stufen erreicht hatte, schloß sie die Füße und hopste so mit grimmiger Ernsthaftigkeit Stufe um Stufe hinauf. Er schaute ihr lächelnd zu.
»O du meine Güte, was sind wir für ein Zirkus«, sagte er.
Er schob die rumpelnde Schubkarre und pfiff vor sich hin. Die rote Sonne, die riesig im leichten Dunst schwebte, zerschartete sich selbst grausam an einer Schwarzkiefer. Die Baumlaubfrösche im Moor waren jetzt in vollen, schrill-süßen Chorgesang ausgebrochen, während die Vögel bis auf ein paar kratzende Stärlinge verstummt waren.
»Frieden – Frieden«, sangen die Baumlaubfrösche, Tausende zugleich. Silberglöckchen, zarter als Roter Fingerhut, die unter einem stillen und unendlichen Meer aus Licht läuteten ...
»Frieden – Frieden«, murmelte er. Dann ließ er voll Entsetzen die Schubkarre fallen. »Der Feind!« schrie er. »Martha! Schnell! Martha!« Diesmal schien Martha außer Hörweite, also war er gezwungen, den Feind mit

großer Vorsicht zu umgehen. Der Feind war eine Kröte, die mit Vorliebe bei der Tür zum Geräteschuppen saß: fettleibig, weise und runzlig wie eine chinesische Gottheit.
»Kröte unter kaltem Stein.«
Wunderbarer Zwang des Rhythmus! ... Er schob die Karre in das kühle, angenehm duftende Dunkel des Geräteschuppens und ging zur Küchentür, die Hilda in eben diesem Augenblick öffnete.
»Beeil dich«, sagte sie. Ihre Stimme war in der stillen Luft von köstlicher Milde, was sein bereits überwältigendes Gefühl von Luxus auf eigenartige Weise steigerte.

3

Er schaute von seinem Pudding auf und zu dem Hokusai-Druck über dem Kaminsims.
»Der Gedanke allein kann einen mit Scham erfüllen! Da sitzen wir wieder einmal und schlagen uns die unersättlichen Bäuche voll, während der Fudschijama dort seinen kupferroten Kegel durch schlagsahnefarbene Wolken in einen kobaltblauen Himmel stößt! Im Dämmerlicht arbeiten sich Pilger mit Stöhnen mühsam an seinen Flanken empor. Ameisengleiche Pilger. Sie kämpfen sich durch das Dunkel empor aus reinem Schönheitsdurst.«
»Ich mag keinen Brotpudding«, seufzte Mary eindringlich. »Er ist bekloppt.«
Martha und Marjorie brachen vereint in eine silbrige Kicherkaskade aus.
»Woher *hat* sie nur dies gräßliche Wort?!« sagte Hilda.
»Von Tom, Mutter.«
»Nun, dann vergiß es, um Himmels willen.«

Mary, den Löffel im Mund, starrte tiefernst über den Tisch, nahm dann den Löffel aus dem Mund und wiederholte: »Er ist bekloppt.«
Er faltete aufstöhnend seine Serviette zusammen.
»Was für eine schreckliche Heimsuchung doch eine Familie ist. Warum nur haben wir geheiratet, Hilda? Das Leben ist eine einzige Falle.«
»Mrs. Ferguson kam heute nachmittag vorbei und brachte mir einen Korb grüner Erdbeeren mit. Ich fürchte, sie hatte den Eindruck, daß ich sie nicht genügend zu würdigen wußte. Ich hasse es, wenn man mich beim Nähen stört. Und warum um alles in der Welt pflückt sie sie, bevor sie reif sind?«
»Das ist vielleicht eine reizende Art, eine Nachbarin zu behandeln, die dir ein Geschenk macht! ... Du bist wirklich ein undankbares Geschöpf.«
Hilda blieb gleichgültig.
»Nun, ich habe sie nicht darum gebeten.«
In ihren Augen glitzerte eine verhaltene, provozierende Belustigung.
»Sie sind bekloppt«, sagte Mary.
Er sah Mary mit rollenden Augen an:
»Unsere Kinder sind zuviel für uns. Lätzchen und Löffel, Füttern und Klapsen, wir vergeuden unsere Talente!«
Sie schoben lachend ihre Stühle zurück, und im nächsten Augenblick, als er seine Zigarre anbrannte, hörte er im Musikzimmer Hildas Geige mit tremolierenden dünnen Tönen beginnen, die seltsame Ähnlichkeit mit ihrer Stimme hatten, wenn sie sang; sie spielte Bach zu einer methodischen, lauten Klavierbegleitung von Martha. Aus dem Dunkel kam einer blauen Woge gleich Melancholie, sie hob ihn empor und brach sich dann langsam und köstlich über ihm. Er stand da

einen Augenblick lang, gebannt von der köstlichen, verschlungenen Melodie, starrte vor sich hin, als suche er mit den Augen die Bedeutung der silbrigen Klang-Algebra zu entschlüsseln, und ging dann hinaus.
Die Sonne war untergegangen, es begann zu dunkeln. Er ging bis zur obersten der steinernen Stufen und blickte über das flache Tal hinüber zu dem verschwimmenden Hügel und dem schwarzen Wasserturm. Die Bäume auf dem Kamm, die sich vor einem letzten Band blassen Lichts scharfumrissen abhoben, sahen aus wie marschierende Männer. Am Fuß des Hügels blinkten Lichter. Und jetzt, da Hügel und Wasserturm und Bäume ineinander verschwammen, begann er von neuem die blassen, unwirklichen Umrisse der Dunklen Stadt zu sehen, der Stadt, die versunken lag unter der unendlichen See, der Stadt, die nicht von Sterblichen bewohnt war. Riesenhaft, düster und schwarz, alt und kalt wie der Mond waren die Mauern, die sie umschlossen. Kein Tor gewährte Einlaß. Die übereinandergeschachtelten Häuser, Lage um Lage geschichteter düsterer Türme, die die Mauern überragten, waren aus hellerem Stein. Kein Licht drang aus ihnen, keine Bewegung war auszumachen; Stille herrschte. Er starrte unverwandt dorthin, verfolgte mit angespanntem Blick die schwachen Linien, die möglicherweise ihre unbeleuchteten Straßen andeuteten, und versuchte, wie stets vergeblich, in ihren Mauern irgendein Zeichen von irgendeinem Fenster zu entdecken. Sie verdunkelte sich, verblaßte, ein tiefgründiges, unermeßliches Geheimnis, ein unerforschliches Mysterium.
»Sie ist älter als der Fels«, murmelte er.
Er wandte sich ab und ging im Dunkel über den

Rasen, lauschte den Baumlaubfröschen, die jetzt die verstummte Nacht mit Klang zu durchtränken schienen.

»Frieden – Frieden – Frieden«, sangen sie. *Pax vobiscum.* Er sammelte die Krockethämmer auf und lehnte sie gegen den Stamm der Rüster; er stolperte über ein Tor, das er nicht bemerkt hatte, und fluchte. Nachdem dies besorgt war, ging er die blasse Straße entlang, blies mit emporgewandtem Gesicht Rauchwolken in die Höhe und schwelgte im Anblick der dunklen Baumwipfel, die sich regungslos gegen die Sterne abhoben. Ein zartes Geräusch von einem leichten Sprung in dem Laub am Straßenrand ließ ihn zusammenfahren. Er lachte in sich hinein ...

»Er hatte keine Uhr, und seine Hosen wuchsen wie das Gras ...« Er holte seine Uhr hervor und schaute angestrengt darauf, sie dicht vor die Augen haltend. Die Kinder waren im Bett, und Hilda erwartete ihn zu einer Partie Schach. Die Hände tief in den Taschen vergraben, ging er zum Haus zurück. Königsbauer zieht nach e 4.

»Aufwachen, Hilda!«

Hilda öffnete ihre klaren Augen ohne Überraschung und setzte sich auf vor dem Schachbrett, auf dem die kleinen Figuren bereits aufgestellt waren.

»Mein Gott, hast du mich erschreckt. Wo warst du so lange? Ich habe vom Ritter Blaubart geträumt.«

»Blaubart! Du lieber Himmel. Ich hoffe, er sah mir nicht ähnlich.«

»Er *sah* dir ähnlich – sogar sehr!«

»Reizend, so was zu seinem Ehemann zu sagen ... Zieh! Beeilung! ... Ich werde deinen König schnappen. Königinnen sterben jung und schön.«

Er rauchte seine Pfeife. Hilda spielte schwermütig zögernd. So im Halbschlaf war sie köstlich! Sie hatte den Kopf in die Hand gelegt, den Ellbogen aufgestützt... Als sie nach einer halben Stunde mattgesetzt war, sank sie ermattet in ihren Sessel zurück. Einen Augenblick lang sah sie ihn aufmerksam an und begann dann zu lächeln.

»Und wie war es heute mit der Dunklen Stadt?« fragte sie.

Er sog gemächlich an seiner Pfeife und starrte nachdenklich zur Decke hinauf.

»Ach, Hilda – die Dunkle Stadt! Die Stadt, die in der unendlichen See versunken liegt, die nicht von Sterblichen bewohnt ist! ... Sie war wieder da – ist das zu glauben? ... Sie war da... Ich ging zu den steinernen Stufen, rauchte meine Zigarre, während du Bach spieltest. Ich wagte kaum hinzuschauen – ich beobachtete den Hügel aus dem Augenwinkel und tat so, als lausche ich der Musik... Und plötzlich, im richtigen Augenblick der Dunkelheit, unmittelbar nachdem die Laternen am Fuß des Hügels aufgeblinkt waren, sah ich sie. Der Hügel, den wir da im Tageslicht sehen mit dem Wasserturm und den marschierenden Bäumen, mit seinen grünen, abfallenden Feldern und dem Bach, der in der Sonne glänzt, all das ist unwirklich, eine Sinnestäuschung, die fadenscheinigste Maskerade – ein grünsamtner Mantel, den die Dunkle Stadt beim ersten Tageslicht über sich wirft... Ich sah sie ganz deutlich. Riesenhaft, glatt und schwarz, alt und kalt wie der Mond sind die Mauern, die sie umschließen. Kein Tor gewährt Einlaß. Die Häuser sind aus hellerem Stein, Lage um Lage geschichteter düsterer Türme, die jene toten Mauern überragen. Keine Bewegung war zu erkennen – kein Licht glomm dort – kein Ton erklang, kein Raunen. Vielleicht ist es eine Totenstadt, dachte ich. Ihre Mauern haben keine Fenster, und die Bewohner müssen blind sein... Und dann schien es mir, als sähe ich sie aus größerer Nähe, in einem Zwielicht, das von ihr selbst auszugehen schien, und dieses deutlichere Wahrnehmen wurde wiederum abgelöst von einer Vision. Denn zunächst sah ich, daß alle Mauern dort feucht sind, durchnäßt, glitschig, so als sei die Stadt in tödlichen Tau gebadet; und dann sah ich ihre Bewohner. Ihre Bewohner sind Maden – Maden vielleicht von der Größe menschlicher Kinder; ihre Köpfe sind klein und keilförmig und glühen mit einem bläulichen Schimmer. Massenhaft wimmeln sie innerhalb jener Mauern. Massenhaft strömen sie durch die Straßen, funkeln auf den Gegenverschanzungen und den Brustwehren. Sie sind intelligent. Was für ein furchtbares Fest feiern sie da allnächtlich in Schweigen? Von welchem Aas ernähren sie sich? Es ist das Weltall, das sie verschlingen; und indem sie es verschlingen, erbauen sie über ihm ihre Dunkle Stadt wie ein leeres Grab... Unbegreiflich, daß diese Stadt, die von hier aus bei Dunkelheit betrachtet eine so übernatürliche Schönheit besitzt, in ihrem innersten Kern ein so widerwärtiges Geheimnis bergen soll...«

Hilda starrte ihn an.

»Andrew, ich glaube wirklich, du beginnst den Verstand zu verlieren.«

»Ich beginne den Verstand zu verlieren? Ich habe ihn verloren! Mein Gehirn ist madig.«

Sie lachten und ließen klappernd die Schachfiguren in ihr hölzernes Gehäuse fallen. Dann begannen sie Türen und Fenster für die Nacht zu verschließen.

Deutsch von Marguerite Schlüter

Die Nacht vor der Prohibition

Als Walter Coolidge Swift in seinem Zimmer in der Pension Adams erwachte, konnte er an dem dunklen Morgen sofort erkennen, daß es schneite oder gleich schneien würde. Er drehte sich im Bett um und sah die großen Flocken gegen die rußige Hofmauer vorm Fenster herabschweben, weit auseinander und friedvoll und gemächlich; und prompt überkam ihn ein Gefühl der wohligen Entspannung. Er lächelte, verschränkte die Hände unter dem Kopf, schloß halb die Augen und gab sich der Erinnerung hin. Es war seltsam, wie das immer vor sich ging – natürlich nicht der Schnee, sondern die Art, wie jedesmal, wenn er auf seinen halbjährlichen Besuchen aus New Hampshire in die Pension Adams kam, diese gleiche Stimmung in ihm aufstieg. Kaum war er am Morgen wach, begann er auch schon an die gute alte Zeit zu denken, als er noch in Boston lebte – an die Bars, die er so gern gemocht hatte – Frank Locke's, Holland House, Jacot's, Nip, Bell-in-Hand – an die Theater, die Varietévorstellungen, die Preisboxkämpfe, die Baseballspiele – und dann am Ende immer dachte er, und zwar am allermeisten, an Eunice. Warum eigentlich passierte ihm das nie zu Hause? Es mußte wohl daher kommen, daß er immer beschäftigt war – beschäftigt im Büro, beschäftigt mit seiner Frau, Daisy, und den Kindern, beschäf-

tigt im Club. Da war nie Zeit für sentimentale Erinnerungen. Und außerdem war er wirklich häuslich geworden, als sie nach Nashua umzogen – das ganze flotte Leben hatte so plötzlich aufgehört, als ob es mit einem Messer abgeschnitten worden wäre. Ohne erwähnenswerte Theater, ohne eine einzige Bar und ohne gesellige Kameraden hatte er auf einmal festgestellt, daß er nicht mehr viel Anlaß zur Zerstreuung hatte, und im Handumdrehen hatte sich seine ganze Lebensweise geändert.
Ganz natürlich, zweifelsohne – ganz natürlich; ebenso natürlich aber auch, daß er, wenn er nach Boston kam, mit Freuden an jenes andere Leben vor acht Jahren und all seine Vergnügungen dachte. Die alte Clique war weg. Es war kaum noch eine Menschenseele da, die er kannte oder besonders gern gesehen hätte; sogar die Zeitungen hatten sich verändert. Und die alte Redaktion des *Record,* jene ramponierte, unordentliche Feuerfalle, wo er so viele freie Stunden zugebracht und Mike um Mitternacht bei seinen Kritiken der neuesten Musicals geholfen hatte –, auch die war verschwunden, und mit ihr jeder Mann und jede Frau, die er dort gekannt hatte. Das rothaarige Negermädchen, das den Fahrstuhl bedient hatte – Bill Farley, der Sportjournalist, der dem Revuegirl in der Hotelhalle des Lenox den Hintern versohlt hatte und der später an der Schwindsucht gestorben war – die jungfräuliche Königin mit den gewaltigen Brüsten, die Redakteurin der Haushaltsseite gewesen war – wo waren sie jetzt? Wo war die tapfere kleine Mary, die jede Nacht ihren Ehemann Hal aus dem Rinnstein neben dem Frank Loke's auflas und zusätzlich zu ihrer eigenen Arbeit auch noch die seine für ihn machte? Liebe Menschen, liebe

Menschen, und sehr wohl möglich bereits tot... Und wo, vor allen Dingen, war Eunice?
Es kam ihm immer noch merkwürdig vor, daß er sich so wenig Mühe gegeben hatte, mit ihr in Verbindung zu bleiben. Natürlich, er hatte sich in Daisy verliebt, und dann war er weggezogen – aber trotzdem, es hatte von wenig Weitblick gezeugt und von wenig Kenntnis der menschlichen Natur oder von sich selbst. Er hätte wissen können, daß er sie schließlich wiedersehen wollen würde – selbst wenn er nicht hätte wissen können, daß er so gut wie verliebt in sie war. Das war auch beinahe das Seltsamste daran: daß er drei Jahre lang mit ihr hatte leben können, ohne sich der Tiefe und Schönheit ihrer Gefühle füreinander bewußt zu werden. Irgendwie hatte die Affäre einfach nur lustig und lieb geschienen; sie war von einer unbekümmerten Heiterkeit geprägt gewesen; die Abende waren so wie im Rausch verflogen. Es kam ihm so vor, als hätten sie immerzu gelacht – ja, von allem Anfang an, vom ersten Augenblick ihrer Begegnung an, als er in der Park-Street-Untergrundbahn hastig nach einer Schlaufe gegriffen und versehentlich ihre Hand ganz fest in die seine genommen hatte. Das hatte sie zum Lachen gebracht – er hatte sie lachen hören, noch ehe er sie hatte sprechen hören. Sie hatte ihre Hand von der Schlaufe, die sie vor ihm gehalten hatte, nicht weggezogen – sie hatte sich lediglich umgewandt, gelacht und erstaunt-vergnügt zu ihm aufgeblickt. Und dann hatte sie, noch bevor er sich zusammennehmen konnte, gesagt: »Meine Güte –! Sie haben mich aber überrascht!« Er erinnerte sich auch noch lebhaft, wie sie errötet war und mit welch gewaltigem Mut er seine Hand hatte liegenlassen, wo sie gewesen war... Und

danach waren sie zum Teetrinken gegangen – wo war das doch gleich wieder gewesen? – in einem schmutzigen chinesischen Restaurant. Und hatten dann gemeinsam in Avery zu Abend gegessen. Sie hatte erklärt, wie es dazu gekommen war – wenn sie zuvor beim Mittagessen nicht drei Cocktails getrunken hätte, hätte sie so etwas nie getan. Niemals. Und sie dürften sich natürlich nicht wieder treffen – sie würde mit ihm noch die Strandpromenade entlangspazieren, er könnte sie bis an ihre Tür in der Newbury Street begleiten, wo sie in einem Schwesternheim wohnte, und das wäre das Ende. Das Ende! Es war der Anfang der glücklichsten drei Jahre seines Lebens gewesen, und vielleicht auch des ihren. Diskutierend waren sie die Strandpromenade entlanggebummelt – es war eine duftende Nacht im Juni –, hatten auf einer Bank nach der anderen gesessen, da er sie zum Verweilen überredete, und waren erst um Mitternacht an ihrer Tür angekommen. Was für einen Schwall von lächerlichem Unsinn sie dahergeredet hatten! Und nun konnte er sich nicht ein einziges Wort davon ins Gedächtnis zurückrufen – nicht ein einziges Wort. Nichts als den Klang ihrer Stimme, den Klang ihres Lachens.

Doch am nächsten Nachmittag – ah, das war etwas ganz anderes. Als sie in jenem absurden kleinen Zimmer mit den Erkerfenstern im Schwesternheim Seite an Seite auf dem harten, cretonnebezogenen Sofa gesessen hatten, während vorm offenen Fenster der Gärtner gerade den Efeu zurechtstutzte. Jener Gärtner war ihr bester Freund gewesen. Seine ständige Gegenwart dort an den Fenstern – wie er von einem Fenster zum anderen weiterrückte, seine Leiter langsam in eine neue Stellung brachte, feierlich hinaufstieg, feierlich zurechtstutzte und natürlich von Zeit zu Zeit flüchtig ins Zimmer blickte – das alles hatte auf sie beide unglaublich hemmend gewirkt. Gerade in dem Moment, als sie sich am dringendsten unterhalten, gegenseitig ihre Gedanken erforschen wollten, waren sie gezwungen gewesen, schüchtern zu sein und einsilbige Antworten zu geben und vor sich hin zu starren. Und, großer Gott, wie sie gestarrt hatten! Sie hatten gestarrt und gelächelt und gelächelt und gestarrt und gewartet – und das Warten hatte es um so unvermeidlicher werden lassen. Wann würde der Gärtner endlich fertig sein? Wann? Wenn er nicht gerade zu ihnen hinsah, hatten sie ihm Gesichter geschnitten; aber er mußte wohl eine geschlagene Stunde geblieben sein. Es ging bereits auf den Sonnenuntergang zu – das kräftige Licht der tiefstehenden Sonne fiel waagrecht ein; und er erinnerte sich, wie es ihm zum erstenmal die Schönheit ihres Haares gezeigt hatte, ein tiefes Kastanienbraun mit einem Stich ins Kupferne. Aber als dann der Gärtner tatsächlich gegangen und die Schere verstummt war, und sie schließlich die Möglichkeit hatten, sich zu unterhalten – ja, da hatten sie doch merkwürdigerweise gar nicht mehr reden wollen – sie hatten sich nur noch küssen wollen. Und so hatten sie sich geküßt. Und sogleich hatte Boston sich mit einem Regenbogen überzogen, und die Welt war wie verwandelt.

Aber jetzt, als er einzelne Augenblicke – Tage – Stunden – Wochen – heraufzubeschwören versuchte, war es doch erstaunlich, wie schwer es war, irgend etwas ganz Bestimmtes, irgendeine Äußerung oder Geste oder Begebenheit einzufangen. Sie hatten während jener Anfangsphase so oft gemeinsam in denselben

Hotels zu Abend gegessen, daß ihm nun all jene köstlichen Abendessen genau gleich vorkamen: mit denselben Tanzorchestern, denselben Benediktinern und Kaffees (sie hatte behauptet, vom Benediktiner würde man leidenschaftlich, und nach diesem Geständnis hatte sie gekichert) und denselben aufgedonnerten *M-i-s-s-i-s-s-i-p-p-i* singenden Mädchen. Ihre Zusammentreffen in der Eingangshalle schienen immer gleich gewesen zu sein, zur selben Stunde, neben derselben Palme oder demselben Messingspucknapf. Allmählich hatte sich dieses neue Abenteuer vom Unbekannten zum Bekannten gewandelt, war zu einem herrlichen Ritual geworden, einem neuen und reichhaltigen Komplex von Gewohnheiten. Er hatte immer weniger Abende mit Mike und Bill verbracht, hatte es sich abgewöhnt, zu Baseballspielen und Preiskämpfen zu gehen, und hatte statt dessen seinen Umgang mit Eunice in den Mittelpunkt seines Lebens rücken lassen. Die ersten drei Monate hatten einen besonderen Reiz besessen – bevor sie begonnen hatten, zusammenzuleben, und als noch ein gewisses Maß an Geheimnisvollem mit im Spiel gewesen war. Wie etwa jenes sonderbare Schwesternwohnheim – die mitleiderregende kleine alte Schachtel, die dort Hausmutter war: Mrs. Burgess aus New Bedford – und die Krankenschwestern: Miß McKittrick, Miß Lamb und Eunices Zimmergenossin Miß Orr – als was für ein einzigartiges Abenteuer es ihm doch vorgekommen war, mit einemmal in ein ihm so fremdes, aber in sich so geschlossenes Milieu einzutauchen! Und langsam, wie sie so Nacht für Nacht zusammen zu Abend gegessen hatten und danach in den kleinen Aufenthaltsraum mit den Erkerfenstern zurückgekehrt waren, wobei sie Mrs. Burgess stets förmlich begrüßten, hatte er jenes ruhige und geregelte Leben an sich genommen, das so friedlich war wie das Leben in einem Nonnenkloster, aber keineswegs immer ebenso tugendhaft. Eunice hatte es geliebt, über ihre Schwesternkolleginnen zu klatschen. Irgendein neues Skandälchen lag ja immer in der Luft, und er lächelte, als er sich an den vergnügt-verschmitzten Gesichtsausdruck erinnerte, mit dem sie gewöhnlich ihre Erzählungen eingeleitet hatte. Dabei legte sie ihr Taschentuch auf den Mund und behielt es dort, als ob sie das völlig ununterdrückbare kleine Lachen unterdrücken wolle, und errötete dann. Und schon kam die Geschichte heraus. Da hatte es zum Beispiel die nächtliche Invasion der »TH«-Jungs von nebenan gegeben – das angrenzende Gebäude war ein privates Wohnheim für Studenten der Technischen Hochschule gewesen. Die zwei Gebäude glichen sich genau, und von der Rückseite eines jeden erstreckte sich im zweiten Stock ein Flachdach, auf dem man an Sommerabenden gemütlich sitzen und rauchen konnte: Man stieg einfach aus dem Fenster von Miß McKittricks Fenster. Die beiden Dächer waren nur durch eine niedrige Backsteinmauer getrennt, und als einmal eines Nachts Miß McKittrick und Miß Lamb in ihren Kimonos dort gerade auf Kissen saßen, waren plötzlich zwei freche junge Gesichter über der Mauer aufgetaucht. Dies hatte zu einer Reihe von Gin-Parties geführt, bald auf der einen Seite der Mauer und bald auf der anderen, die von der armen Mrs. Burgess aus irgendeinem Grund nie entdeckt worden waren. Ja, die beiden Jungen waren sogar einmal ins Schlafzimmer gekommen, und Miß

McKittrick hatte es gerade noch geschafft, sie hinauszuscheuchen, bevor der Doktor kam ...

Der Doktor war Miß McKittricks Verlobter – das hatte sie zumindest gesagt. Zuerst einmal war sie seine »Spezielle« gewesen – bei Spezialfällen forderte er immer sie an. Und dann hatten sie zusammen einen Ausflug mit dem Auto unternommen, und dann noch einen, und die Schwestern hatten sehr wohl verstanden, was vor sich ging, und hatten sie beneidet. Er schenkte ihr einen Sealskinmantel und einen Pierce-Arrow. So war es zwei Jahre lang gegangen, und dann erfuhr sie, daß er sich mit einer anderen verheiraten sollte, und bekam einen Nervenzusammenbruch. Sie drohte ihm mit einer Klage wegen gebrochenen Eheversprechens, ließ sich aber dazu überreden, keinen Prozeß anzustrengen; statt dessen nahm sie von ihm Pfandbriefe im Wert von zehntausend Dollar an, eine Handlungsweise, die Eunice scharf mißbilligte. Wie die anderen hatte sie den Doktor, der als einer der besten Chirurgen in Boston galt, immer bewundert. Und sie hatten ihn alle für sehr großzügig gehalten.

Und dann war da noch Miß Orr gewesen, Eunices seltsam eigenbrötlerische Zimmergenossin, die Keats und Shelley las, die aber in regelmäßigen Abständen auch eine Leidenschaft für »Schmutz«-Literatur entwickelte – wobei sie dann immer, drei oder vier Tage lang, nichts anderes zu tun pflegte, als Gin zu trinken und die ganze Nacht durch zu lesen; Eunice hatte ein- oder zweimal ihre Fälle für sie übernehmen müssen. Was Eunice selbst anbetraf, so hatte er zunächst nicht erkennen können, wie ernst sie ihren Beruf nahm. Sie verfügte anscheinend über ein eigenes kleines Einkommen, und sie übernahm nur eben so viele Fälle, daß sie sich nicht langweilte, und auch das, falls möglich, nur tagsüber; obgleich es hin und wieder Ausnahmen gegeben hatte. Für einen reichen, alten Vogel, der sie im Winter ein bis zwei Monate nach Hot Springs mitnahm, hatte sie ein paarmal als Pflegerin und Gesellschafterin in einem fungiert. Sie behauptete, ihn seit langem gekannt zu haben. Vielleicht stimmte das auch – denn mit Sicherheit war Eunice die ehrlichste Frau, die er je getroffen hatte; aber damals hatte ihn das ein wenig eifersüchtig gemacht, und ein wenig mißtrauisch. War es möglich –? Nein, es war nicht möglich. Sie hatte den alten Knaben gemocht, hatte auch seine Schwester gemocht, er hatte sie gut bezahlt, und natürlich war es eine Abwechslung für sie gewesen.

Vor eben diesem Hintergrund, der so viel Fremdes und Phantasieanregendes in sich barg, hatte sich ihre Vertrautheit entwickelt. Sie hatten vereinbart, sich weder zu verlieben noch zu heiraten oder irgend so etwas Dummes zu tun – sie würden einfach nur eine schöne Zeit verleben und sich sehr liebgewinnen. Eunice wollte ohnehin nicht heiraten, und er selber war zum Heiraten zu arm und hatte zu der Zeit auch keine guten Zukunftsaussichten. Vielleicht hatte er seine Aussichten heruntergespielt? – Ja, vielleicht hatte er das wirklich. Warum? Es war ein Teil der Tatsache gewesen, daß er die ganze Situation verkannt hatte, daß er es versäumt hatte, seine Gefühle für Eunice auf ihren wahren Wert hin zu prüfen. Sie würden eine unbeschwerte, reizende Affäre miteinander haben, wenn Eunice das zuließe, und es dabei bewenden lassen. Aber würde Eunice es zulassen? Er erinnerte sich an einen Monat des Zweifels, ja fast sogar der Verzweiflung darüber, als der erste Herbst anbrach – eine Zeit, in der er in dem Gefühl, die Belastung würde zu groß werden, ziemlich stark zu trinken begonnen hatte. Eine Woche lang war er Eunice aus dem Weg gegangen und hatte sie nicht einmal angerufen. Dann auf einmal, als er ihr eines Abends, nachdem er im Club gegessen hatte, einen Überraschungsbesuch abstattete, hatte sie ihn mit der Einladung, mit auf ihr Zimmer zu kommen, verblüfft. Sie hatte ihm vorher nie erzählt, daß man das durfte; offensichtlich war der Umstand, daß sie ihn in Unkenntnis dieser offiziellen Erlaubnis gelassen hatte, einfach nur ein Teil ihrer Verteidigung gewesen. Und dann natürlich – o Gott! o Gott! Welch ein Taumel, welch ein Taumel! Und das alles auch noch in einem Zimmer, das sich nicht abschließen ließ! Der Schlüssel war verlorengegangen. Es bestand immer die Möglichkeit, die entfernte Möglichkeit, daß eine der anderen Schwestern plötzlich hereinspaziert käme, oder Mrs. Burgess – irgend jemand, den sie nicht rechtzeitig hätte vorwarnen können. Einmal war das ja auch tatsächlich vorgekommen. Miß McKittrick, die den ganzen Tag weg gewesen und erst spät heimgekommen war, war hereingestürmt, während sie zusammen auf der Couch lagen. Es war sehr komisch gewesen – er hatte sich ruckartig aufgesetzt und versucht, seine unbeschuhten Füße unter der Couchkante zu verbergen. Sie hatten sich augenblicklich bemüht, sehr anständig und unschuldig auszusehen, aber nicht mit großem Erfolg; das konnten sie an Miß McKittricks funkelnden Augen und an dem höflichen, aber amüsierten Lächeln erkennen, mit dem sie dann hastig entschwunden war. Und eigenartigerweise schien die Episode Eunice ein ungeheures Vergnügen bereitet zu haben. Vielleicht fühlte sie sich – ja, vielleicht hatte sie sich da den anderen endlich ebenbürtig gefühlt. Nicht Miß Orr gegenüber, die, schüchtern, wie sie war, nie einen Liebhaber gehabt hatte, sondern den anderen gegenüber. Ja, das mußte es gewesen sein. Sie hatte gewußt, daß Miß McKittrick es nun den anderen erzählen würde und daß alle sie mit anderen Augen betrachten würden. Jetzt war sie richtig ins Nonnenkloster eingetreten.

Der erste Winter war der schönste gewesen. Wie er nun darauf zurückblickte, kam es ihm wie ein einziges langes Wahnsinnsgelächter vor. Aus irgendeinem Grund hatte er Eunice erheitern können, wie er noch niemand anderen hatte erheitern können. Warum eigentlich? Die einfachsten Dinge, die er ihr erzählte – seine gewohnheitsmäßige Vergeßlichkeit, seine Neigung zum Fauxpas, seine Scheu am Telefon, seine Ungeschicklichkeiten in der Liebe, bei ihr und ihren Vorgängerinnen (über die er ganz offen mit ihr sprechen konnte) – all das schien sie unendlich unterhaltsam zu finden. Zum Teil zweifellos, weil er gleich von Anfang an so leicht mit ihr hatte reden können, so ungezwungen. Sie hatte ihn in eine neue Welt geführt, eine Welt, die unkonventioneller war als seine eigene, freier, heiterer, ehrlicher. Er war zum erstenmal imstande gewesen, alle möglichen absurden puritanischen Hemmungen, in die er hineingeboren worden war, abzuschütteln und eine ehrliche Freude an vollkommener Ehrlichkeit zu empfinden. Das Sinnliche und sogar das Schmutzige hatten zum erstenmal einen Platz in der Welt eingenommen, und zwar einen Ehrenplatz; und mit dieser Entdeckung hatte sich bei ihm zugleich ein außerordentliches Gefühl verstärkter

Geschlossenheit und Macht eingestellt. Er hatte wie auf Wolken geschwebt. Er schien um einen ganzen Kopf größer geworden zu sein. In Gegenwart seiner Freunde hatte er eine reine Integrität verspürt, die ihm sogleich einen enormen Vorteil verschafft hatte; auch sie hatten es gespürt, ohne recht zu wissen, warum ... Aber warum hatte er mit Eunice so frei und gut reden können? So viel freier als zum Beispiel mit Daisy?
Zum Teil vielleicht, weil er eine geistige und gesellschaftliche Überlegenheit empfunden hatte; obgleich er weiß Gott beidem geringe Bedeutung beimaß. Trotzdem, das hätte es sein können. Er konnte sich bei ihr entspannen wie bei niemand anderem. Sie war auch immer empfänglich, froh, ihn zu sehen, bereit, sich unterhalten zu lassen; sie machte ihm niemals Vorwürfe, wenn er länger als sonst fernblieb, noch fragte sie ihn, warum er nicht früher gekommen oder wo er gewesen war; schrieb ihm nie, rief ihn auch nicht an; wartete einfach nur darauf, daß er wieder erschien; und wenn er dann endlich Back Bay 21307 anwählte, reagierte sie sofort genauso lustig wie immer. »Hallo?« »Hallo!« »Ist dort Mrs. Charles die Zweite?« »O nein, ich fürchte, Sie sind falsch verbunden. Hier spricht niemand, den *Sie* kennen.« »O doch!« »Na ja, Ihre Stimme *klingt* vertraut –«, und dann das kurze, in dem kleinen Taschentuch erstickte Lachen, und fünfzehn Minuten später empfing sie ihn an der Tür, und sie stiegen die schäbigen, mit einem Läufer belegten Treppen zu ihrem Zimmer im zweiten Stock hinauf. Und dort: der Schreibtisch aus hellem Eichenholz, das Ölgemälde eines Sonnenuntergangs auf einem Fluß, der Kleiderwandschrank, in dem die Ginflasche zwischen den Hutschachteln auf der

Ablage aufbewahrt wurde, die niedrige Couch mit einem Wollüberwurf darauf und einem Kunstkalender an der Wand direkt darüber und Miß Orrs Couch genau gegenüber, an den Eisenschirm beim Kamin gerückt, und der Spielzeugaffe, der vom Gaswandarm herabhing, und die häßlichen Polstersessel – all das stand ihm nach wie vor erstaunlich lebendig vor Augen. Er war glücklich gewesen in jenem Zimmer – glücklicher, als er jemals wieder sein würde. Wenn er doch nur genug gewußt hätte, um das zu erkennen! Aber wie hätte er denn auch ahnen können, daß es ihm letzten Endes als etwas ganz besonders Unvergeßliches und Herrliches in Erinnerung bleiben würde, mit Eunice nur dazusitzen und zuzuhören, wie Miß McKittrick und Miß Orr sich im Zimmer nebenan unterhielten und verstohlen lachten? Wenn er jetzt doch nur jene Stimmen oder eigentlich jene Gespräche mit Eunice wieder einfangen könnte! Drei Jahre davon, und alles, woran er sich noch zu erinnern vermochte, war, wie das Zimmer, die Sessel, der Kalender ausgesehen hatten, der Blick vom Fenster auf die Kirche bei Nacht im laternenbeschienenen Schnee, der Hinweg vom Club durch Schneematsch und Eis um acht Uhr, der Aufbruch pünktlich um zehn Uhr fünfzehn, wenn alle Gäste mit Bestimmtheit hinauskomplimentiert wurden. Manchmal, bei gutem Wetter, war Eunice mit ihm zum Fluß hinuntergeschlendert, und sie hatten auf der Strandpromenade gesessen und zugesehen, wie die beleuchteten Züge gleich gepünktelten Glühwürmchen über die doppelstöckige Fachwerkbrücke fuhren. Ein anderes Mal, wenn sie auswärts gegessen hatten und wenn vielleicht Miß Orr krank war und sie nicht aufs Zimmer hatten gehen können, hatten sie beim Abendessen lange getrödelt und sich vielleicht einen kleinen Schwips angetrunken und waren dann die Commonwealth Avenue zu den Öffentlichen Gärten entlanggebummelt. Und einmal, als sie beide *sehr* beschwipst waren – was war das doch für eine Szene! Was für eine Szene! Sie hatten sich die enge Gasse hinter der Newbury Street hinauf- und in den kleinen Hof hinterm Haus hineingeschlichen und sich dort unter dem Götterbaum einem solchen Taumel hingegeben, wie er ihn weder zuvor noch je danach erlebt hatte. Über ihnen schien der Vollmond, in Miß McKittricks Zimmer brannte Licht, jeden Augenblick konnte jemand herausschauen und sie sehen oder sie hören. Und danach, in der Commonwealth Avenue, wo gerade die Zuschauertribünen für die Freiheitsparade aufgebaut worden waren – er stöhnte vor Wonne, als er daran dachte. Es war der helle Wahnsinn gewesen. Keine Menschenseele war in Sicht – es war nach Mitternacht. Das Laternenlicht fiel grünlich durch das Laub der Ulmen, die öden Zuschauertribünen schirmten sie zu beiden Seiten ab ... Und dann das leise Gute Nacht an der Tür, und er ging zum Waldorf auf seine üblichen Cornflakes mit Milch und Kaffee, und dann nach Hause zum Fenway und ins Bett ...

Er löste sich wieder von der Vergangenheit, kehrte in sein Zimmer in der Pension Adams zurück und beobachtete, wie die großen Schneeflocken schwer und langsam an den rußgeschwärzten Mauern vor seinem Fenster herabfielen. Es mußte schon nach acht sein. Doch die Vergangenheit war zu köstlich, zu stark für ihn, und von neuem tauchte er in den Strom seiner Erinnerung ein. Was war das Gedächtnis doch für eine wunderbare Sache, und wie schmerzlich in gewisser Hinsicht! Hier konnte man an einem Wintermorgen in der Pension Adams liegen und einen längst vergangenen Frühling noch einmal durchleben; aus einem Hotelfenster schauen und im selben Augenblick an eine Liebste denken, die vielleicht – tot war. Aber wie konnte sie denn tot sein? Nein. Schließlich war es ja jetzt erst zwei Jahre her, daß er durch den reinsten Zufall herausgefunden hatte, wo sie lebte und daß sie verheiratet war – erst zwei Jahre, daß er ihr jene vorsichtig formulierten paar Zeilen geschrieben hatte, unterzeichnet Ethel Swift, in denen er sie gebeten hatte, sich mit ihm zu treffen; jene paar Zeilen, auf die sie, auf einer Postkarte, nur »Nein!« geantwortet hatte. Na ja, sie hatte völlig recht, völlig recht. Angenommen, sie hätte einen eifersüchtigen Ehemann? Angenommen, ihr Ehemann wäre gegenüber ihrer Vergangenheit anfänglich mißtrauisch gewesen? Und zweifellos war er das auch; Eunice hatte vor Jahren von ihm gesprochen, sie war selbst damals schon mit ihm von Zeit zu Zeit in Gloucester segeln gegangen. Tompkins – Thorwald Tompkins. Ausgefallener Name. Warum gerade Thorwald? Wahrscheinlich norwegisches Blut irgendwo. Und natürlich mußte Tompkins von ihm gewußt haben, genauso wie er von Tompkins gewußt hatte. Er erinnerte sich daran, wie er einmal, als er sie vom Münzfernsprecher der Stadtbibliothek aus anrief, aus irgendeinem komischen Zufall mit dem Telefon in der Newbury Street verbunden worden war, während Eunice gerade mit Tompkins sprach. Es hatte ihm einen schönen Schrecken versetzt, als er hörte, wie sie über die Späße eines anderen Mannes lachte, natürlich und lustig mit ihm umging, ihn behandelte, als ob er

ein Vertrauter wäre! Und als er hörte, wie der arme Tompkins sie drängte, drängelte, mit ihm am Abend tanzen zu gehen, und wie Eunice geschickt auswich, da sie ja eigentlich schon mit einem Besuch von *ihm* rechnete – eben das hatte ihm wieder das Gefühl der Sicherheit gegeben und ihn vor rasender Eifersucht bewahrt. Wie amüsiert Eunice gewesen war, als er ihr zehn Minuten später das ganze Telefongespräch wortwörtlich wiederholt hatte! Sie hatte ihn für einen Zauberer, einen Geisterbeschwörer, einen Teufel gehalten. Den ganzen Abend hatte er sie damit aufgezogen. Und sie war so offensichtlich froh gewesen, ihn zu sehen und nicht Tompkins …
Was für ein Leben führte sie mit Tompkins? Ob sie wohl glücklich war? … Doch davor, lange davor, war Daisy dazwischengekommen. Ah! Ja. Daisy. Plötzlich dieses neue Abenteuer, dieses neue Wunder, diese neue Freude, und das auf einer anderen gesellschaftlichen Ebene – es war alles so absurd, so falsch! Nur, weil sie aus gutem Hause stammte und Nähzirkeln und solchem Kram angehörte und auf dem College gewesen und die reinste Unschuld war – und habgierig – großer Gott! Und nach und nach hatte er Eunice immer seltener besucht. Aus jedem Abend war jeder zweite Abend geworden, aus jedem zweiten Abend zweimal die Woche, einmal die Woche, einmal alle zwei Wochen – es war schändlich gewesen, und er hatte sich entsetzlich geschämt. Er hatte geglaubt, es wäre das Beste, was er tun könnte. Was hätte er denn sonst machen sollen? Ihr erzählen, daß er sich in ein anderes Mädchen verliebt hatte? Daß er heiraten wollte? Wohl kaum. Es war sehr peinlich gewesen, und er war sich bereits verlogen vorgekommen. Doch dann

war ihm wieder alles eingefallen, was sie zu Anfang gesagt hatten, ihre Vereinbarung, lediglich eine unbeschwerte und unverbindliche Affäre einzugehen, ihre gegenseitige Versicherung, daß sie, was immer sie auch täten, nie so töricht sein würden, sich zu verlieben, und das hatte ihm ein wenig geholfen. Eunice war ein feiner Kerl. Es würde ihr nichts ausmachen, wenn er es ihr schließlich erzählte – natürlich nicht. Sie hatte es nie gemocht, daß er Geld für sie ausgab – wollte keine Geschenke annehmen – stellte keine Ansprüche – hatte sogar einmal gesagt, sie würde, falls jemals etwas schiefginge und sie ein Kind bekämen, einfach verschwinden. Verschwinden. Er würde nie wieder von ihr hören. Sie wisse, sagte sie, wie er sich durchkämpfen müsse, und das letzte, was sie wolle, sei, ihm noch zusätzlich irgend etwas aufzubürden. Sollte so etwas geschehen, würde sie selbst die volle Verantwortung übernehmen. Sie würde still und leise fortgehen, das Kind in einer entlegenen Gegend des Landes zur Welt bringen, dafür sorgen, daß es richtig adoptiert würde – oder es gar selber adoptieren –, und sich nie wieder in irgendeiner Weise mit ihm in Verbindung setzen ...

Und als er es ihr dann endlich erzählte – was für ein Pfundskerl sie da gewesen war! Sie legte einfach nur ihr Taschentuch auf den Mund, lachte und sagte, sie habe es schon seit langem vermutet. Er erinnerte sich, daß sie sich ein wenig beschwipst hatte – und sie hatte ihm eine ganze Reihe von Fragen über Daisy gestellt. Ganz natürlich. Und er hatte ihr alles erzählt, was es zu erzählen gab, und mit was für einem ungeheuren Gefühl der Erleichterung! Das Geständnis hatte ihm gutgetan. War sie groß? klein? blond? brünett? jünger als sie? intellektuell? ... Ausführlich schilderte er seine erste Begegnung mit ihr auf einer Teegesellschaft; Eunice war fasziniert. Sie hatte alles über die Gesellschaft wissen wollen – wer sie gab, wo sie stattfand, wie viele Leute dort waren, was serviert wurde. Wurde getanzt? Ja, es wurde getanzt. Es war eigentlich eine Art Basar gewesen, mit einer Wahrsagerbude, und er hatte sich von einer Pseudo-Zigeunerin wahrsagen lassen. Sie sagte ihm, er würde zehn Kinder haben und mit fünfunddreißig in völligem Bankrott sterben. Alle seine zehn Kinder würden Mädchen sein. »Dein eigener Harem«, hatte Eunice gesagt.

Und dann, als sie im Begriff waren, vom Tisch aufzustehen, hatte sie ihm überraschend eröffnet, daß er nicht mit ihr nach Hause kommen dürfe. Es sei zu Ende. Sie werde, wenn er wolle, von Zeit zu Zeit mit ihm essen gehen, aber alles andere sei zu Ende. Noch einmal waren sie dann die Strandpromenade entlanggegangen und hatten geredet und diskutiert und auf Bänken gesessen und waren aufgestanden und wieder weitergegangen; doch diesmal, als sie in der Newbury Street ankamen, blieb ihm die Tür versperrt. Dabei war sie lustig, amüsant, ja sogar frivol, aber sie war auch unnachgiebig. An einem Punkt, als er versucht hatte, sie durch die offene Tür vor sich her in den Flur zu schieben, blitzte sie ihn für den Bruchteil einer Sekunde wütend an; der Ausdruck war, kaum daß er ihn gesehen hatte, auch schon wieder verflogen. Sie hatten einander angestarrt, dagestanden, seine Hand auf ihrer blauen Taftmanschette, gelächelt – und dann war er weggegangen. Seine liebe Eunice – wie vollkommen recht sie gehabt hatte! So recht, und er selber war so überzeugt davon gewesen, daß er sie monatelang überhaupt nicht mehr getroffen hatte; genaugenommen nicht mehr, bis er geheiratet hatte und aus seinen Flitterwochen auf den Bermudas zurückgekehrt und in eine Wohnung in Cambridge umgezogen war. Mehrere Monate verstrichen, und eines Tages, als er eben mit Daisy die Tremont Street entlangging, sah er Eunice in der Ferne. Er hatte eine eigenartige Verwirrung in sich gespürt, irgendeine Unstimmigkeit, einen Gleichgewichtsverlust – was war es nur? Und hatte sich zugleich auch schon vorgenommen, sie wiederzusehen, sobald Daisy in die Sommerfrische aufs Land gefahren sein würde.

Und das war am Tag vor dem Inkrafttreten der Prohibition geschehen. Sowie er Daisy an ihren Zug nach Burlington gebracht hatte, hatte er Eunice angerufen. »Hallo?« »Hallo!« »Ist dort Mrs. Charles die Zweite?« »Nein, ich fürchte, Sie sind falsch verbunden. Hier spricht niemand, den *Sie* kennen.« »O doch!« »Na ja, ich gebe zu, Ihre Stimme *klingt* vertraut! ...« Und dann das kurze Lachen, völlig unverändert, wobei er sich das Taschentuch vorstellen konnte, und eine Verabredung zum Abendessen im Avery – mit der Einschränkung, daß sie unmittelbar *nach* dem Abendessen heimgehen müsse.

Doch dabei hatte Eunice, unglücklicherweise oder glücklicherweise, außer acht gelassen, daß es die Nacht vor der Prohibition war. Und er eigentlich auch. Erst als er auf seinem Weg zum Avery ins Raleigh auf einen Lone-Tree-Cocktail einkehrte, war ihm klargeworden, daß es eine wilde Nacht werden würde. Es war beinahe unmöglich gewesen, in die Bar hineinzukommen. Alle waren bereits betrunken, sturzbetrunken. Auf den Straßen ertönten Blechtrompeten wie zum Karneval. Es wäre die unpassendste Gelegenheit für Eunice, sich allein herumzutreiben, und er bedauerte, daß er nicht mit ihr ausgemacht hatte, sie in der Newbury Street abzuholen. Daran war nun aber nichts mehr zu ändern, und so ging er rasch zum Avery, und Eunice kam unversehrt, aber aufgeregt an. Das war ein glücklicher Umstand gewesen – es lenkte die Aufmerksamkeit von ihrem Zusammentreffen ab, das andernfalls vielleicht recht peinlich geworden wäre. So aber übertrug sich das allgemeine Fieber auf sie, und sie tranken zweimal soviel wie sonst, und sie gerieten beide völlig außer Rand und Band. Sie freuten sich über ihr Wiedersehen; und das ganz offen und unbändig. Und Eunice war wunderbar – einfach wunderbar. Ohne auch nur einen Augenblick zu zögern, hatte sie wissen wollen, ob die Flitterwochen ein Erfolg gewesen seien. Waren sie ein Erfolg gewesen? Nun ja, sie waren ein mäßiger Erfolg gewesen, ein *mäßiger* Erfolg. Aber diese Reisen nach den Bermudas! – er konnte sich genau daran erinnern, wie er das kopfschüttelnd gesagt hatte. Und Eunice war sofort ungemein belustigt gewesen, und alles hatte so abzulaufen begonnen, als ob es niemals eine Unterbrechung gegeben hätte. Mit den Worten »Zum letzten Mal!« – »Zum letzten Mal!« hatten sie gegenseitig auf ihr Wohl angestoßen und Champagner getrunken, und dann, während das Orchester spielte, noch mehr Champagner und einander angeblickt – ah – mit einer so tiefen Zuneigung wie eh und je. Seltsam! Warum hatte er das damals nicht gesehen? Wie auch immer, er hatte es jedenfalls nicht gesehen. Aber was er damals gesehen hatte, war, daß Eunice sich in einem Zustand befand, in dem sie leicht zu überreden war. Wenn er sie in ein

Taxi setzte und nach Cambridge brächte, in seine eigene Wohnung, ohne ihr zu sagen, wohin er fuhr–

Und nach dem Kaffee und den Benediktinern tat er das dann auch. Sie schwankten beide ein wenig, als sie sich beim Überqueren des Parketts durch die hereinströmenden Spätankömmlinge drängten, die selbst ebenso schwankten, und es war herrlich gewesen, noch einmal die kleine, köstliche Wärme von Eunice, die nun, nach dieser langen Zeit, so fremd und fern und ungewohnt war, an seinem Arm und an seiner Seite zu spüren. Auch sie hatte das gespürt, und als sie im Taxi saßen und das Taxi, das mit zunehmender Geschwindigkeit zu brummen begann, in Richtung Scollay Square und Cambridge gewendet hatte, waren sie sich noch einmal so in die Arme gefallen, als ob es das Natürlichste auf der Welt wäre, und das war es ja auch. Beim Überqueren der Fachwerkbrücke, auf die sie so oft des Nachts von einer Bank auf der Strandpromenade geblickt hatten, waren ihm kurz Bedenken gekommen – war es richtig, Eunice in die Wohnung seiner Frau mitzunehmen? War es richtig? Doch diese Gedanken waren in Windeseile wieder verflogen, und im Handumdrehen waren sie da. Sie stiegen die Treppen hinauf, öffneten die Tür, drehten das Licht an – holten den Gin und das Eis und die Gläser heraus – und dann hatte er Eunice natürlich die ganze Wohnung zeigen müssen.

Das war sehr eigenartig gewesen – sehr eigenartig. Was für ein seltsames, finsteres, trauriges Vergnügen sie sich daraus gemacht hatte, mit dem Glas in der Hand die Wohnung ihrer Rivalin zu besichtigen, von der sie ausgestochen worden war! Jede Ecke und jeden Winkel. Die Kleider, die Wäsche, das Geschirr, die

Teppiche, die Möbel, die Fotografien von Daisy, die auf der Frisierkommode standen – den Besen, mit dem er die Maus in der Badewanne getötet hatte, den Ofen, unter dem das Feuer ausgebrochen war –, sie mußte alles sehen. Sie schien einfach nicht genug davon bekommen zu können. Gab es sonst noch etwas? Nichts mehr? Gar nichts mehr? Und dann, nach einer Weile, der Taumel im dunklen Zimmer, der göttliche Taumel – das tiefe, reine Glück darüber, wieder zusammenzusein, nach all diesen Monaten und trotz Daisys Schatten – oder vielleicht sogar gerade deswegen. Würde es je wieder eine solche Stunde in seinem Leben geben?

Möglicherweise nicht. Und dennoch hatte irgend etwas daran nicht gestimmt. Trotz der Würze, die ihrem Vergnügen dadurch verliehen wurde, daß sie Daisys Wohnung benutzten und Eunice auf heimliche und heimtückische Weise gewissermaßen Daisy von ihrem Platz verdrängte, ein Vergnügen, dessen sie sich damals beide schmerzlich bewußt gewesen waren, und auch trotz der orgiastischen Stimmung, der man sich bei dem allgemeinen Trubel ganz einfach nicht entziehen konnte – denn die Straßen waren voller johlender Männer und Frauen –, war, als sie beieinanderlagen, dennoch dieser seltsame Schatten zwischen sie getreten. War es also doch nur Daisy? Oder hatte nur die Zeit sie irgendwie entzweit? Denn plötzlich hatte er, nachdem der erste Rausch der Leidenschaft vorüber war, sich unbeteiligt, abseits, ganz allein zu fühlen begonnen; seine Gesten, selbst seine Stimme, waren allmählich immer beklommener geworden; sein Impuls, sie zu lieben, schien erloschen zu sein. Er hatte dagelegen und an die dunkle Decke gestarrt, sich seiner Hand, die auf ihrer Schulter ruhte, peinlich und fast voller Scham bewußt – hatte sich aus Furcht, die Liebkosung könnte gezwungen und gespielt wirken, gescheut, sie zu liebkosen, hatte sich aber aus Furcht, Eunice könnte den Umschwung bemerken, gleichermaßen gescheut, seine Hand wegzunehmen. Doch sie hatte, das wußte er jetzt, es genauso schnell bemerkt wie er; auch sie war jetzt verkrampft und zurückhaltend. Eine Stille war eingetreten, während der sie darauf lauschten, wie draußen Schritte vorbeiliefen, Betrunkene grölten, jemand unter großem Krach schwer stürzte, jaulendes Falsettgelächter ertönte. Und dann hatten sie in stillschweigendem Einverständnis zu reden begonnen – nicht über sich, nicht über diesen seltsamen Umschwung, was am klügsten und mutigsten gewesen wäre, sondern über jede Kleinigkeit, jedes Thema, an das sie sich wie an einen Strohhalm klammern konnten, als wären sie verzweifelt bemüht, ihre Misere zu kaschieren. Er erinnerte sich, wie ihm in diesem Augenblick plötzlich klargeworden war, daß er sich wünschte, sie möge gehen. Er wollte allein sein. Wenn sie schnell ginge und wenn sie dazu vielleicht nur ein ganz klein wenig, dafür aber beherzt erkennen ließe, daß sie gekränkt wäre, ja dann könnte sogar noch etwas gerettet werden. Er wäre gerührt, sein Gewissen würde sich regen, und auf diesem Umweg würde sein Gefühl für sie erneuert werden. Zudem wollte er, daß sie allein ginge – sie um diese Uhrzeit in einer solchen Nacht mit der Aussicht auf eine lange, scheußliche Rückfahrt die ganze Strecke bis nach Boston begleiten zu müssen, würde, dessen war er sicher, ihre zarten Bande endgültig zerstören. Wenn sie nun andererseits *anböte,* allein zu gehen, dann wiederum könnte sein Gefühl erneuert werden, und er würde vielleicht tatsächlich mit ihr mitgehen *wollen* ...

Doch sie hatte nichts dergleichen angedeutet; zweifellos war sie ein wenig verängstigt; sie hatte die Lage erfaßt – zum Teil jedenfalls – und einfach nicht gewußt, wie sie damit fertig werden sollte. So hatten sie beieinander gelegen, waren immer schweigsamer, sich des dunklen Aufruhrs des Zweifels und der Gleichgültigkeit immer bewußter geworden, bis er ihr schließlich selbst sagte, es sei schon sehr spät. Ein ungewöhnlicher, ganz ungewöhnlicher Abschluß einer Nacht, die so erfreulich zu werden versprochen hatte! Es gab wirklich keinen Grund, weshalb sie nicht bis zum Morgen bei ihm hätte bleiben sollen. Aber er wollte unbedingt allein sein. Und so waren sie aufgestanden und hatten das Licht angedreht; und Eunice hatte ihr Haar wieder in Ordnung gebracht, indem sie Daisys Spiegel benutzte; und er hatte ein wenig lahm gesagt, er sei schrecklich müde und hoffe daher, es mache ihr nichts aus, wenn er sie nur bis zum Harvard Square begleite und sie dort in einen Bus der Massachusetts-Avenue-Linie setze ... Großer Gott! Es war skandalös gewesen. Und ausgerechnet in dieser Nacht! Auf dem Harvard Square ging es zu wie in einem Tollhaus. Und der letzte Bus, der Lumpensammler, war, als er auftauchte, vollgepackt mit dem Abschaum der Menschheit, alle betrunken, alle singend. Und zu diesem schrecklichen Haufen hatte er Eunice allein einsteigen lassen. Als einzige Frau im ganzen Bus ...

Er stöhnte, als er daran dachte; er konnte nie daran denken, ohne die Augen zu schließen. Erstaunlich, daß ein reiner innerer Zwang ihn dazu getrieben hatte, so etwas zu tun! Und nicht sehr schmeichelhaft. Und dennoch war es so, eine jener Launen der Psyche. Er hatte es tun müssen, genauso wie er danach nahezu zwei Jahre hatte warten müssen, ehe er wieder einen echten Impuls verspürte, sie sehen zu wollen. Es war nicht so gewesen, daß sein Gefühl für sie sich wirklich geändert hätte – ganz und gar nicht. Wenn überhaupt, dann war sein Gefühl für sie in all diesen Jahren doch ganz bestimmt nur noch stärker geworden und war jetzt vielleicht stärker, als es jemals gewesen war. Nein, es waren irgendwelche unterschwelligen Gewissensbisse, irgendein Schatten von Daisy, irgendeine unbestimmte Abneigung gegen ein doppeltes Spiel, die das ganze Fiasko diktiert und dem wunderbarsten Verhältnis mit einem Menschen, das er je erlebt hatte, ein Ende gesetzt hatten. Und als er dann schließlich versucht hatte, sie noch einmal zurückzugewinnen – aber wieder mit der Befürchtung, dasselbe Fiasko würde sich wiederholen –, hatte er von Miß McKittrick erfahren müssen, daß Eunice verheiratet war. Miß McKittrick hatte sich ausgesprochen feindselig gezeigt und sich auch nicht die geringste Mühe gegeben, es zu verhehlen. Was genau hatte sie doch gleich wieder gesagt? Er konnte sich nicht mehr entsinnen; mit Sicherheit aber hatte sie ihm unmißverständlich zu verstehen gegeben, daß er Eunice sehr unglücklich gemacht und sie praktisch in die Ehe mit einem Mann getrieben habe, aus dem sie sich überhaupt nichts mache. Miß McKittrick war während des kurzen Gesprächs stehen geblieben, womit sie deutlich zum Ausdruck brachte, daß sie sich mit ihm nicht unterhalten wollte. Und so hatte er zum letzten Mal die Tür des Hauses in der Newbury Street hinter sich gelassen. Fast automatisch war er zum Waldorf auf eine Schüssel Cornflakes mit Milch gegangen, als ob er damit irgendwie ein Ritual vollenden wollte, und während er dort saß und auf den häßlichen Mosaikfußboden starrte, war ihm allmählich sein Elend bewußt geworden, sein Elend, das ihn nie verlassen hatte und das ihn vielleicht nie verlassen würde. Er *mußte* sie sehen – er *mußte* sie sehen. Er mußte ihr irgendwie die ganze entsetzliche Geschichte erklären! Aber es war unmöglich... Und als er ihr, noch später, geschrieben hatte, hatte sie bloß »Nein!« gesagt.

Nun gut, es war Zeit aufzustehen, Zeit zu frühstücken – und es schneite immer noch – und Zeit zu arbeiten. Und später am Tag – nun, er würde durch die Newbury Street gehen; und zu den drei Fenstern hinaufblicken, die einmal Eunice gehört hatten.

Deutsch von Egon Pöllinger

Ein Mann allein beim Lunch

Vierzinkig war die versilberte Gabel, viereckig der mit einer Glasplatte belegte Tisch, die gefaltete Papierserviette – gemustert, unbenutzt und durchscheinend –, der kleine Unterteller, auf dem sieben Pflaumen von zweifelhaftem Purpurrot lagen, und der kleine Pappbecher mit geriffelten Seiten und gerundetem Rand, der schwer an seiner kleinen Wasserlast trug, langsam aufweichte und durchnäßte wie eine kleine Blase; und dann der größere, oval geformte Teller aus schwerer, stumpfer Keramik, mit seinem Überrest von vier lustlos gebratenen Kartoffelscheiben... Tabletts schepperten, Tabletts klirrten aneinander, ein Buttertöpfchen fiel trillernd auf den Mosaikboden aus imitiertem Marmor, und von der Ausgabetheke her, wo die träge Menge wartend stand, skandierte das Ritual wiederholter Bestellungen seine Gedanken: »Spaghetti spezial«, und dann weiter hinten »Spaghetti spezial«; »Gebackene Jakobsmuscheln halb durch«; und dann wieder »Gebackene Jakobsmuscheln halb durch«; »Schinken und...« und noch einmal »Schinken und...« Das Frühstück hatte zwanzig Cents gekostet. Das Mittagessen würde vierzig kosten, das Abendessen ungefähr sechzig. Ein Dollar und zwanzig Cents pro Tag; acht Dollar und vierzig Cents die Woche. Armut ist die Hölle auf Erden. Und diese

Woche war die Stromrechnung zu bezahlen; nicht besonders viel, wahrscheinlich nicht mehr als ein halber Dollar. Ein Dollar und fünf Cents für die Wäscherei; er hatte keine Schlafanzüge weggegeben. Morgen fertig. Und seine neubesohlten Schuhe, am Freitag fertig. Das wäre die unvorhergesehene Ausgabe von drei Dollar; aber das würde nicht oft geschehen. Mein Gott. Und dann drohte noch die Arztrechnung. Wenn er nur den Mut gehabt hätte, zu sagen, daß er knapp bei Kasse war, oder um einen Aufschub zu bitten. Verdammt. Wäre auch nicht einfach gewesen. Osgood wäre überrascht gewesen, vielleicht etwas ungläubig. Denn es hatte früher nie eine Andeutung von Armut gegeben ... »Würde es Ihnen etwas ausmachen, Doktor Osgood, wenn ich mir einige Monate Zeit ließe, um Ihre Rechnung zu begleichen? Ich bin ein bißchen knapp bei Kasse ...« Während er mit dem Gesicht nach unten auf dem Untersuchungstisch lag, hatte er einen Moment erwogen, es zu sagen; mit seinem Kinn auf den verschränkten Armen. Aber statt dessen hatte er nur aus dem Fenster auf die gegenüberliegende, sonnenbestrahlte Hausfront geblickt. Eine alte Dame stellte gerade einen Topf mit Farnen in ein Fenster; hatte sie vielleicht gerade gewässert. Fast alle Häuser in dieser Gegend waren von Ärzten bewohnt ... »Wenn Sie jetzt einmal fest andrücken würden, Mr. Metcalf – und jetzt entspannen –« Angenehm beunruhigend die Gegenwart der jungen Arzthelferin ... »Schauen Sie sich das an, Miß Paul – Sehen Sie, daß da eine kleine Wucherung ist? Kaum zu erkennen. Etwas, das man leicht längere Zeit übersehen könnte ...« – »Noch dreimal Spaghetti spezial!« – »Spaghetti spezial – dreimal« ... Und jetzt diese Operation. Guter Gott. Wie sollte er das hinkriegen? Bill anpumpen. Nein. Oder Harry. Oder Kusine Lucy. Nein. Zu demütigend. Und auch noch gerade jetzt, wo Elizabeth –

Er rutschte auf seinem Stuhl hin und her, um den Schmerz zu lindern, und lehnte sich dann nach vorn auf die Ellbogen. Pflaumenkerne enthielten doch Blausäure, oder? Wie Pfirsich- und Aprikosenkerne? Bitter. Wenn man Blausäure nur kaufen könnte. Blitzschnell. Die Geschichte von dem Hund, dem man gleichzeitig Kopf und Schwanz abgetrennt und dann Spuren der Säure in der Schwanzspitze entdeckt hatte. Nur ein Krampf, ein letztes Zucken und alles war vorbei. Oder Gas – aber heutzutage war Gas schwer zu finden. Was hatte das Leben noch für einen Sinn, wenn man das Lebensalter einsetzender Hinfälligkeit bereits erreicht hatte, wenn die Maschine langsam zusammenbrach? Und noch dazu auf vielfache Weise. Das Augenlicht versagte. Die Zähne verrotteten. Ein einziger langwieriger, unablässiger Feldzug gegen das langsame, gnadenlose Vordringen des stückweisen Todes. Keine Kraft, um sich allen Problemen zu stellen. Schon am Morgen müde; mußte sich gegen das Waschbecken lehnen, während er sich rasierte. Und nach dem kalten Bad auch nur ein scheinbares und kurzfristiges Wohlgefühl. Gott. Wie machten die Leute das? Was brachte sie dazu, weiterleben zu wollen? Erfolg vielleicht; wenn man erfolgreich war, viel Geld verdiente, einen Wagen hatte, alle Aufführungen besuchen konnte, sorgenfrei und glücklich leben, durch die ganze Welt reisen, wohin man auch wollte – das Mädchen heiraten, das man liebte – sie glücklich machen – noch einmal aufleben durch das Leben der eigenen Kinder...

Sonnenschein und Tulpenbeete im Frühling. Heitere Stimmen, oder Stimmen, die einfach nur *zuversichtlich* waren. Der gleichmäßige Verlauf ihrer Lebensbahn. Oder wie neulich abends bei den Rankins, als er Jimmy im Mondlicht geholfen hatte, das Radio über den Rasen zu tragen und Sibyl im Mondlicht neben ihnen hergetanzt war, während die alberne Maschine ohne Pause Musik herausgesprudelt hatte. Unheimlich. Und wie dann plötzlich diese tiefe maskuline Stimme aus dem Gerät ertönte; wie ein Sarg, in dem die Leiche plötzlich wieder zum Leben erwacht ist, sich zwischen ihnen aufsetzt und spricht. Genauso war es. Was hatten Sibyl und Jim getan, um das Glück zu verdienen? Nichts. Und doch hatten sie alles, was sie sich wünschten. Zwei reizende Kinder und ein herrliches Haus und Dienstboten und ein Auto, eine Menge Freunde, jeden Abend Musik; Abendmantel und Umhang, Frack und Abendkleid; und Taormina war ihnen so vertraut wie Yonkers. Diese Glückspilze – sein Elend hatte ihm einen tiefen Stich versetzt. Ein armer, abgerissener Bekannter, der im äußeren Randgebiet ihres Lebens herumspukte, sich für seine Anwesenheit entschuldigte; und immer mußte man auf ihn Rücksicht nehmen. Sie luden ihn nicht zu ihren Ausflügen mit dem Auto ein, weil sie wußten, daß er sich das nicht leisten konnte. Mein Gott. Und er war immer so müde, wenn er abends zu ihnen ging, daß er nicht sehr unterhaltend war. Sie begannen es zu spüren. Er konnte nicht so häufig hingehen; unmerklich und unweigerlich drifteten sie auseinander. Sibyl betrachtete ihn voll Mitleid. Als ob sie sagen wollte: »Armer Jerry – was hat das noch für einen Sinn? Warum gibst du es nicht auf?...« Früher oder später würde er das wohl müssen. Auf eine tiefere Stufe abrutschen, über die wenig begangenen Wege spuken, sich außer Sichtweite halten. Armut ist die Hölle. Die Aufschläge seiner Hosen waren abgestoßen, er hatte davon geträumt; all seine Hemdkragen begannen abgewetzt auszusehen, all seine Krawatten waren alt und fleckig, der chinesischen Wäscherei war eins seiner Taschentücher verlorengegangen. Und jetzt gab ihm Jenkins auch noch weniger Arbeit, wo er sie dringendst brauchte, wo Elizabeth gerade –

Wie wunderschön, einfach wunderschön sie ausgesehen hatte, als sie ihm durch die Schneeflocken unter ihrem roten Regenschirm entgegengekommen war, mit einem mattrosa Lichtschimmer auf ihrem halbverdeckten Gesicht. »Schäm dich, Jerry!« hatte sie gesagt – »Wo sind deine Überschuhe?« Er hatte sich geschämt, ihr zu sagen, daß sie restlos abgetragen waren und er sich kein neues Paar leisten konnte. Wie wunderschön sie ausgesehen hatte! Er würde sich immer daran erinnern. Alles war perfekt gewesen an jenem Morgen. Das bewies wieder einmal, wie sehr das Glück bei solchen Dingen zählt, wie sehr eine schlichte Folge von winzigen Zufällen eines Menschen Schicksal formen kann. Ein Regentag nach einer langen, ununterbrochenen Folge von Sonnentagen, und jedes Ding hat eine neue Beschaffenheit; ein neuer Hintergrund ist da, und die Geliebte zeigt sich in neuer Schönheit. Oder man liest auf dem Weg zu ihr ein Schild im Fenster eines Drugstores auf komische Weise falsch, und das ist dann etwas Köstliches, das man ihr erzählen kann: »Verbrüderungen« statt »Vergrößerungen«! Und da war noch Basils Brief, von dem er ihr erzählen mußte, und das Zusammentreffen mit dem alten, ewig-verrückten

Kauz in der Wartehalle und der ulkige Traum von den Katzen. All diese Dinge waren Zufälle – sie hätten ebensogut nicht geschehen können – und ihre Liebe wäre um ebenso vieles ärmer gewesen. Könnte die Liebe nicht sogar völlig verwelken, ohne diese vom Schicksal gesandten Überraschungen? Die beste von allen war das Wunder des Schneefalls gewesen und ihr verblüffend neues Aussehen unter dem roten Regenschirm. Guter Gott, wie wunderschön sie gewirkt hatte: der rote Regenschirm unter dem leise fallenden Schnee, ihr lautloses Herannahen durch sein tiefes jungfräuliches Weiß auf dem Bürgersteig und das rosige Licht auf ihrem bezaubernden Gesicht, diesem Gesicht, das sich gewiß kühl anfühlen mußte! Ekstase. Mit einem Atemzug hatte alles eine neue Dimension gewonnen, das Wunder war noch wunderbarer, die köstliche Stille um sie herum unendlich vielsagend geworden. Wie war es möglich, solch eine Glückseligkeit greifbar vor sich zu sehen und dennoch daran gehindert zu werden, sie zu packen? ... »Wirf zwei drauf« sang die Stimme an der Durchreiche; dann nahm es eine andere Stimme weiter hinten wieder auf, »Wirf zwei drauf«. Und gerade jetzt, in dem Augenblick, als Schmidt wieder auftauchte, mit seiner scheinheiligen, dunklen Macht, seiner seltsamen, fast hypnotischen Macht über ihre Seele, die sie so sehr versklavte und schwächte – gerade wo sie ihn am meisten brauchte, wo er um sie würde kämpfen müssen, wie er nie zuvor gekämpft hatte, um sie von diesem finsteren und schrecklichen Schatten aus ihrem früheren Leben zu befreien – gerade jetzt mußte ihm dies alles passieren ... Mein Gott. Er war ein Schwächling. Er war ein Versager, unfähig, ihr Aussichten von so verlockender Art zu eröffnen, wie es Schmidt konnte, sogar unfähig, wie ein gesunder Mann vorzutreten, um sich zumindest nicht kampflos geschlagen zu geben. Sie würde sich ihm entziehen, ihm entgleiten und wieder einmal Schmidts billig-melodramatischen Auftritten und geheuchelten Gewalttätigkeiten, seiner leidenschaftlichen Energie, seinem Reichtum verfallen. Die ganze schreckliche Geschichte würde wieder von vorn beginnen. Was war es, das dieser Beziehung eine so furchtbare Gewalt über sie gegeben hatte? Schuldgefühle, die Tatsache, daß sie beide von Gewissensbissen geplagt gewesen waren – falls man wirklich glauben konnte, daß Schmidt überhaupt Gewissensbisse dabei gehabt hatte? Die Tatsache, daß diese düstere Leidenschaft derartig mit Qualen vermischt war – mit gewaltsamen Trennungen und schmerzhafter Entzweiung, wenn ihre religiösen Skrupel die Oberhand gewonnen hatten – und mit nicht weniger gewaltsamen Versöhnungen, wenn die Trennungen unerträglich geworden waren? War es das Bewußtsein der Sünde, das diese Geschichte so fest in ihr verwurzelte und so grauenvoll herzbewegend für sie machte? Würde sie jemals wieder wahrhaft lieben können, in aller Unschuld lieben können, mit einer ähnlich vollständigen und schrecklichen Hingabe ihrer Seele?... Schmidt. Schmidt. Schmidt. Schmidt... Ihr ganzes Bewußtsein war übervoll von ihm. Sie träumte jede Nacht von ihm. Sie hatte Angst vor ihm – eine tiefe Angst. Sie haßte ihn – zumindest sagte sie, daß sie ihn hasse – aber war dieser Haß nicht nur eine zeitweise fehlgeleitete Leidenschaft für ihn, eine Leidenschaft, der sie niemals entkommen konnte? Dieses monströse, heuchlerische Inbild war ihrer Seele eingeprägt, eingebrannt, eingeschweißt. Sie war Schmidt; sie war seine Schöpfung. Er hatte die unumschränkte Herrschaft über sie übernommen; über Leib und Seele. Sie sprach mit seinem Akzent, sie dachte, wie er es sie gelehrt hatte, sie trug noch die Kleider, die er für sie ausgesucht hatte – seine Uhr, seinen Ring, seine Ohrringe. Es war ihr unmöglich, sich von ihm zu lösen; alles an ihr, jede sichtbare Spur ihres bewußten Lebens, selbst diese Umgebung war mit ihm verbunden. Die Hotels, in die sie an den Wochenenden gegangen waren. Die Restaurants, in denen sie zusammen diniert hatten. Die Donnerstage, an denen er immer in die Stadt gefahren war, um sie zu treffen. Der Donnerstag würde immer ein Tag der Heimlichkeit für sie sein; er würde bis in alle Ewigkeit düster und voll Leidenschaft für sie sein. Und jene Straße, jene Pension, in der sie zwei Jahre lang gelebt hatte und in die er zwei Jahre lang gekommen war, um sie heimlich zu treffen ... auch das war ihr ständig bewußt, mit all dem, was dort geschehen war, all den Liebkosungen, den Zärtlichkeiten, den schrecklichen Intimitäten, die zugleich sündhaft und göttlich waren. All das war Teil ihrer Gedanken, bis jetzt nur spärlich überdeckt; und wenn sie ihn, Jerry, küßte, vergiftete es den Kuß für sie beide, verschlang sie beide mit seinem gräßlichen, hypnotischen Schatten, riß sie durch ein Gefühl von Hoffnungslosigkeit und Ohnmacht auseinander, als ob sie durch diesen Schatten hindurch niemals des anderen Hand und Herz berühren könnten. Mein Gott! Und gerade jetzt, wo sie anfingen, glücklich zu sein und eine gewisse Fröhlichkeit in ihrem Beisammensein zu finden, da war Schmidt wieder aufgetaucht, und da war diese Operation, der er sich

unterziehen mußte und sein Job, der ihm aus den Händen glitt ... Mein Gott. Mein Gott. Mein Gott.
Sich absetzen ... Sich absetzen ... Laufen, fliegen, einen Schnellzug nehmen, mit der Geschwindigkeit des Gedankens fortgewirbelt werden, weiter als Kap Hoorn, weiter, als man sich erträumen konnte. Ein totes Blatt sein, in den Raum hinausgeschleudert, zwischen die Himmelskörper – über den Polarstern und den Großen Bären hinaus, hinter das allerletzte Sonnensystem, in das eisige Nichts der Unwissenheit. *Vater unser, der du bist im Himmel, geheiligt sei Dein ...* In Ronda zum Beispiel. Wenn sie nur nach Ronda fahren könnten, beide zusammen, mit genug Geld, um dort zu leben. Weit, weit weg. In jener blaugetünchten Villa am Berghang unterhalb der Stadt, umgeben von Olivenhainen, von ganzen Wäldern von Pfirsich- und Mandelbäumen und den weißblühenden Kirschbäumen. Und der Fluß, der sich durch die Vega schlängelt, durch die Felsbrocken dem Wasserfall entgegenstürzt, die tönende, tiefe Schlucht im jungfräulichen Felsen mit ihren Höhlen und eiskalten Quellen, und die braungeflügelten Turmfalken, die von Felskante zu Felskante segeln, und die Wildtauben, die im Feigenkaktus nisten. In jener Villa mit den blauen Wänden und dem roten Ziegeldach, mit dem Gras, das bis an die Tür wuchert, und den Mohnblumen zwischen den Olivenbäumen und quecksilbrigen Eidechsen, die durch das Wickendickicht huschen. Elizabeth und er säßen im mageren Schatten eines Olivenbaums, gemeinsam lesend, sich unterhaltend oder einfach in Gedanken versunken – alle jetzigen Ängste vergessen, alles lautlos und spurlos von der Vergangenheit verschlungen ... *Dein Reich komme, Dein Wille geschehe ...*

Und die Ziegen mit den Glöckchen, die den steinigen Hang zur Friedhofsmauer hinaufklettern, und die Esel mit den Glöckchen, die hintereinander den Schotterweg zur Mühle in der Schlucht hinabtraben, ihre Körbe schwer vom Weizen. Hinter ihnen läuft der kleine Junge mit einer Olivengerte, schreit *Bur-r-r-r-r-o* und schleudert ein Bruchstück maurischen Mauerwerks, um den Leitesel von links nach rechts abzudrängen ... *Wie im Himmel, also auch auf Erden. Unser täglich Brot gib uns heute* ... Überall, auf allen Seiten jene unverletzliche und unendliche Stille, die Stille der Berge, die trostlose Stille des Wassers und der nackten Felsen, eine Stille, in der man Glocken meilenweit durch das Tal hören konnte, und das rauhe Gezeter der Pfauen vom pinienbedeckten Hügel hinter dem Fluß und die Schreie des Adlerpärchens, das zur Abendzeit von einem Rand des verlassenen Amphitheaters des felsigen Tals zum anderen kreiste. In dieser Stille würden sie Frieden finden; zwischen den scharfen aromatischen Düften der Bergkräuter würden sie Trost finden; in der Dämmerung würden sie den steinigen Hang hinaufschlendern, die kleine Stadt betreten und mit der Menge von Nichtstuern auf und ab gehen, die die Straßen zwischen den weißen Mauern füllte. Und dann ein Café, der Tisch mit der Marmorplatte, Kaffee und Aguardiente, die kleinen Likörgläser auf vollgeschwappten Untertassen, die mit Troddeln behängten Flaschen, die emaillierten Spiegel mit ihren albernen Bildern von der Zigeunerin Cordobesita ... Und die Losverkäuferinnen der Lotterie, die geduldigen alten Frauen mit ihrem gewinnenden Lächeln, die ihre Streifen mit Lotterielosen feilboten ... *Denn Dein ist das Reich und die Kraft und die Herrlichkeit, in Ewigkeit. Amen. . . .*

»Spanisches Omelette«, sang die Stimme an der Durchreiche, und weiter hinten intonierte die andere Stimme ein schwächeres »Spanisches Omelette«, und der Kellner knallte das derbe Geschirr schroff auf ein Tablett. Vierzig Cents. Zehn Cents für die Busfahrt und zehn für ein neues Paar Schnürsenkel. Er mußte veranlassen, daß seine Post in das Krankenhaus nachgeschickt wurde. Elizabeth anrufen... Und durch behutsames Fragen herausfinden, ob sie Schmidt schon getroffen hatte.

Deutsch von Peter Böbbis

Ihr Nachruf – vom Fachmann

1

Vor ein paar Jahren sah ich in der »Kummerspalte« der *Times* eine sehr kuriose Anzeige. In jener Spalte finden sich immer Kuriositäten – schon immer hat mich jene sonderbare kleine Gesellschaft von einsamen, verlassenen Menschen fasziniert, die das Herz so verzweifelt vor aller Welt auf der Zunge tragen, daß die Spötter sich daran weiden können. Einige davon erscheinen dort immer und immer wieder – die Person zum Beispiel, die oder der mit »C.« unterzeichnet und regelmäßig ungefähr alle drei Monate die Botschaft *»Tout passe, l'amitié reste.«* inseriert. Was für eine einzigartige und herzzerreißende Hingabe übermittelt jene kurze Sentenz? Ob sie wohl je das angebetete Wesen, für das sie bestimmt ist, erreicht? Sieht er sie je, antwortet er je? Hat er sie einfach verlassen? Wurden sie durch irgendeine verheerende Tragödie auseinandergerissen, die nie wieder gutzumachen ist? Und wird sie bis in den Tod weiterhin diese herrlichen flammendroten Pfeile in eine völlig unempfängliche Leere abschießen? …

Ich werde nicht müde, über diese Dinge nachzudenken; die Anzeige aber, von der ich soeben gesprochen habe, war ganz und gar anderer Natur. Sie war mit »Journalist« unterzeichnet, und darin hieß es lediglich: »Ihr Nachruf? Vom Fachmann verfaßt, von Ihnen geprüft und somit Zufriedenheit garantiert.« Meine erste Reaktion auf diese Skurrilität war reine Belustigung. Wie außerordentlich genial von diesem Journalisten! Mir schien, er hätte vielleicht eine Goldgrube gefunden – ich konnte mir lebhaft vorstellen, daß er mit Aufträgen für glühende Lobschriften überhäuft werden würde. Und was für eine erstaunliche Art, sich seinen Lebensunterhalt zu verdienen – indem man für die Im-Sterben-Begriffenen gleichsam Blumen arrangiert! Das wiederum war faszinierend – denn es veranlaßte mich, darüber nachzudenken, was für ein Vogel dieser Journalist wohl sein mochte. Zweifellos stimmte etwas nicht mit ihm – eine Art Sadist, eine finstere Kreatur, die sich vielleicht auf recht krankhafte Weise in der Leichenhalle vergnügte; ja vielleicht sogar ein Leichenschänder. Oder stand er andererseits der Sache völlig gleichgültig und unbeteiligt gegenüber, ein reiner Soldschreiberling, der, durch negative Auslese, auf eine recht schlaue Idee gekommen war? ... Von diesen Spekulationen aber ging ich zu anderen über, darunter zu der – für mich hochinteressanten – Frage, was genau man denn gerne in seinen eigenen Nachruf setzen ließe. Was würde das sein? Würde man nur das Übliche wollen – so etwas wie »er wurde geboren«, »er lebte in Rom«, »er war ein bekannter Kunstkenner und ein Förderer der Malerei«, »eine auffallende Erscheinung in den Diplomatenkreisen dreier Länder«, »ein brillanter Amateurarchäologe«, »er starb, ohne ein Testament zu hinterlassen«? ... Oder zöge man es vor, daß die persönlichen Eigenschaften berührt würden – vielleicht mit einer freundlichen Erwähnung seiner unerschöpflichen

Großzügigkeit, seiner Warmherzigkeit und seines außerordentlichen Gleichmuts? ...
Durch keine der beiden Alternativen, so schien mir, ließe sich meine »Zufriedenheit garantieren«. Weder in denjenigen, die mich kannten, noch in denjenigen, die mich nicht kannten, könnte so ein flüchtig hingeworfenes *Elogium* irgendwelche Vorstellungen wekken. In welcher Hinsicht wäre dies wohl besser als die dürftigste Grabinschrift mit ihrem »geboren« und »gestorben« und »er war ein hingebungsvoller Vater«? Herr X. oder Herr Z. würden sich, wenn sie von mir läsen, daß ich ein Amateurarchäologe war und ein netter alter Knabe, ein pensionierter Botschaftssekretär, kein Bild von mir machen, würden von solchen dürren Aussagen nicht den leisesten Eindruck von dem gewinnen, was ich als die »Essenz« meines Lebens bezeichnen könnte; aber auch nicht den allerleisesten. Doch wenn nicht dies, was dann? Und plötzlich kam mir der Gedanke, daß die beste und vielleicht die einzige Möglichkeit, ein Zeugnis seines Lebens zu hinterlassen, das für eine Welt von Fremden aussagekräftig wäre, darin bestünde, irgendeine einzelne Episode aus seiner Lebensgeschichte zu erzählen; irgendeine einzelne und, wenn möglich, zentrale Episode, in deren kleinem Prisma sämtliche Farben und Lichter seiner Seele zu sehen wären. Nur einen Augenblick lang zu sehen und dann verschwunden. Lebhaft aufgenommen und dann vergessen – wenn man so etwas überhaupt jemals *wirklich* vergißt. Und von da ging ich dazu über, mir zu überlegen, welches von all den unzähligen Ereignissen eines prallgefüllten Lebens ich denn nun als aussagekräftig wählen würde. Meine Begegnung mit meiner Frau auf einem Ball in Kalkutta

zum Beispiel? Irgendeinen Vorfall aus unserem unglücklichen Zusammenleben – vielleicht unseren Streit in Venedig, am Lido? Die Wirkung ihres Selbstmordes auf mich, als sie sich im Mittelmeer ertränkt hatte – wovon mich die P. & O. Company benachrichtigte, als ich gerade im Reformclub speiste? ... All das zog ich in Erwägung, nur um es wieder zu verwerfen. Möglicherweise verwarf ich es nur – bis zu einem gewissen Grade jedenfalls –, weil es im wesentlichen schmerzlich war. Ich weiß es nicht. Aus welchen Gründen auch immer, ich verwarf es jedenfalls und ertappte mich schließlich dabei, wie ich über mein seltsames kleines Abenteuer mit Reine Wilson, der Romanschriftstellerin, nachsann. Warum ich mich gerade darauf versteifte, wäre schwer zu sagen. Es war gar kein Abenteuer; es war noch kaum einmal eine Episode. So, wie ich es jetzt sehe oder irgendein Dritter es sähe, war es eigentlich nichts weiter als die allerflüchtigste Begegnung. Wenn ich es mit meiner ausgedehnten Affäre mit Frau M. zum Beispiel oder selbst mit meiner sehr kurzen Vernarrtheit in Hilda K. vergleiche, so scheint es eine bloße Lappalie zu sein, ein bloßer Duft.

Ein bloßer Duft! ... Ja, das war es; und eben deshalb, das sehe ich nun, ist es mir so kostbar. So flüchtig und geschwind er auch gewesen sein mochte, fing er doch irgendwie die ganze spärliche Poesie meines Lebens in sich ein. Wenn man mir einmal verzeihen möge, daß ich ein wenig »romantisch« wirke, so könnte ich sagen, es war, als wäre ich ein Baum und hätte in diesem besonderen Fall eine einzelne Blüte hervorgebracht, eine Blüte von einzigartiger Schönheit, vielleicht eine Art »Spielart«, die im Gegensatz zu meinen anderen Blüten zwar keine Früchte trug, alle anderen aber an Schönheit und Wohlgeruch übertraf. Das klingt in der prosaischen Darstellung wohl leider ziemlich gekünstelt; aber es ist eine so annähernd getreue Darstellung der Wahrheit, wie ich sie nur zu finden vermag.

Es geschah, als ich ein junger Mann war, ungefähr vier Jahre, nachdem ich geheiratet hatte. Ich war bereits unglücklich und ruhelos. Ich war mir dessen nicht völlig bewußt – ich hatte auf alle Fälle bis dahin noch kein bewußtes Verlangen, auf Abenteuer auszugehen. Trotzdem ist mir jetzt klar, daß ich, *unbewußt*, auf der Suche nach irgendeiner Zerstreuung oder Vergnügung war, in die ich mich flüchten konnte. Ich ging ziemlich viel aus – und ich ging allein aus. Da ich mich ein wenig für Literatur interessierte, meine Frau sich aber nicht, spezialisierte ich mich richtiggehend auf literarische Tees und »Plaudereien« und hatte unter den jüngeren Schriftstellern, die zu jener Zeit in London lebten, schon bald eine beachtliche Anzahl von Bekanntschaften gemacht. Darunter befand sich auch eine Gruppe junger Leute, die eine kleine Monatsschrift mit Namen *The Banner* herausgaben – eine Zeitschrift, die, wie vieles dergleichen, ein oder zwei Jahre lang einen glänzenden, aber sporadischen Verlauf nahm und dann bankrott ging. Mein Freund Estlin erzählte mir zuerst davon und machte mich auf das Werk Reine Wilsons aufmerksam, deren erster Roman eben im *Banner* in Fortsetzungen erschien und deren Mann dort stellvertretender Chefredakteur war. Ich las die ersten beiden Kapitel von *Scherzo*, und ich war einfach hingerissen davon. Mir schien es die exquisiteste Prosa zu sein, die ich je gelesen hatte – außerordentlich lebendig, außerordentlich poetisch und äußerst weiblich. Es war die Prosa einer Frau, die gleichsam ganz Empfindsamkeit war – einer Seele, die ganz bebendes Bewußtsein war. Konnte man – fragte ich Estlin – ein so ätherisch zartes Bewußtsein haben, ein so leicht zu verwundendes Bewußtsein, und *leben?* Und er entsetzte mich, indem er mit »Nein« antwortete und mir mitteilte, Reine Wilson liege – genaugenommen – im Sterben. Sie habe ein schwaches Herz und sei endgültig »aufgegeben« worden. Eigentlich müßte sie bereits tot sein.

Das erschütterte mich, machte mich aber auch sehr neugierig; und als Estlin mich eines Tages einlud, mit ihm und den Wilsons zu Mittag zu essen, ließ ich mich nicht lange bitten. Wir sollten sie in einem – bedauerlicherweise längst verschwundenen – kleinen französischen Lokal in der Wardour Street treffen, und auf unserem Weg dorthin kehrten wir in einem Pub auf ein Glas Sherry ein. Dort erzählte mir Estlin auch, zur Einstimmung auf die Begegnung, daß an dem Verhältnis der Wilsons etwas »komisch« sei.

»Komisch?« fragte ich.

»Ja, komisch. Niemand wird schlau daraus. Weißt du, sie lebten nämlich zusammen, bevor sie geheiratet haben – als sie beide noch für die *Times* schrieben. Ungefähr drei Jahre lang. Aber dann heirateten sie ganz plötzlich; und in dem Augenblick, in dem sie richtig verheiratet waren – Simsalabim! –, trennten sie sich. Sie nahm sich eine Wohnung in Hampstead – und er nahm sich eine in Bloomsbury. Einmal in der Woche gaben sie zusammen einen Empfang in Reines Wohnung – und das tun sie nach wie vor. Aber soweit irgend jemand weiß, haben sie von dem Tag an bis auf den heutigen nie zusammengelebt. Er scheint nicht in jemand anderen verliebt zu sein – und sie auch nicht. Sie gehen vollkommen freundlich miteinander um – ja sogar zärtlich. Aber sie leben getrennt. Und sie spricht von ihm immer nur als ›Wilson‹. Sie *ruft* ihn sogar Wilson. Verdammt komisch!«

Ich stimmte ihm zu, und ich dachte nach. Lag es – so fragte ich – daran, daß sie ein schwaches Herz hatte? es allzu strapaziös für sie wäre? ... Estlin glaubte das nicht; obgleich er nicht sicher war. Er meinte gar, die Herzschwäche habe sich *nach* der Trennung eingestellt. Er schüttelte den Kopf darüber und sagte »komisch!«, und wir machten uns auf den Weg, um sie zu treffen. Er setzte, ganz nebenbei, hinzu, er glaube, sie werde mich mögen.

Sie mochte mich tatsächlich – und ich mochte sie. Auf den ersten Blick. Es fällt mir schwer, den Eindruck zu beschreiben, den sie auf mich machte – als erstes fiel mir wohl die erstaunliche Zartheit ihrer äußeren Erscheinung auf, eine überirdische Zerbrechlichkeit, beinah eine *transparente* geistige Beschaffenheit, als wäre sie bereits eine von der körperlichen Hülle befreite Seele. Sie saß an einem kleinen Tisch, hinter einem Topf mit Farnen, die ihr Gesicht halb verdeckten. Ihre braunen Augen waren unter einem geraden Pony von schwarzem Haar so rund wie die einer Puppe und ebenso intensiv.

»Ist es nicht so, als ob man sich in einem *Dschungel* träfe?« fragte sie. Sie machte die allerwinzigste Handbewegung zum Farn hin; und ich war beeindruckt von der Zurückhaltung, mit der sie dies tat, und von der seltsamen Art, wie ihre Stimme trotz der sehr tiefen Lage und der sehr vorsichtig-beherrschten Führung dennoch eine glühende Inbrunst des Geistes zu offenbaren vermochte, wie ich dergleichen noch nirgendwo begegnet bin. Ihre Selbstbeherrschung hatte etwas Bedächtiges an sich; und ebenso etwas höchst Furchterregendes. Mir schien, daß ich noch nie jemanden getroffen hatte, der das Leben so schrecklich *bewußt* im Griff hatte. Es war, als hielte sie es – dieses kleine, glühende Juwel – ganz buchstäblich in den Händen; als meinte sie, es könne ihr jeden Augenblick entfliehen; oder als meinte sie, es könne, wenn es nicht entflöhe, sich einfach in seiner eigenen schieren Lebendigkeit verzehren, wenn man es nicht festhielte. Und mit ihr da zu sitzen, die angespannte Zurückhaltung ihres ganzen Gebärden- und Mienenspiels zu beobachten und vor allen Dingen der fieberhaften Beherrschung, mit der sie sprach, zu lauschen, hieß zugleich, an dieser sonderbaren Einstellung zum Leben teilzuhaben. Unmerklich wurde man zum Invaliden. Man spürte, daß das Lebenslicht schwach brannte – und zwar für einen *jeden* schwach brannte –, dafür aber nur noch um so schöner und um so vollkommener; und man beteiligte sich an einer seltsamen und geheimen Verschwörung, jenes kostbare Licht mit aller Macht zu hüten.

2

Bei jenem gemeinsamen Mittagsmahl hatte ich wenig Gelegenheit zu irgendeinem »privaten« Gespräch mit Reine; die Unterhaltung war allgemein. Nicht nur das, sie war auch, wie zu erwarten war, ganz schön literarisch, und ich hielt mich dabei notgedrungen unauffällig im Hintergrund. Wilson kam mir ziemlich rechthaberisch vor, reichlich lautstark, reichlich flegelhaft, und ich fühlte mich ein wenig verletzt durch sein übertriebenes »Oxford-Gehabe«. Ja eigentlich mochte ich ihn nicht und hielt ihn für einen ausgemachten Dummkopf. Wie in aller Welt – so fragte ich mich – hatte er es fertiggebracht, ein so exquisites Geschöpf wie seine Frau für sich zu gewinnen? Was in aller Welt hatte sie an ihm gefunden? ... Denn in ihm steckte etwas Derbes und ebenso, davon war ich überzeugt, etwas Unehrliches. Mir schien er ein Heuchler zu sein. Mir schien er lediglich als Literat zu *posieren.* Und ich glaubte, seine lauten Ausbrüche der Begeisterung seien die Anstrengung des Unaufrichtigen, Eindruck zu machen, überzeugend zu klingen. War es möglich, daß Reine dies nicht durchschaute? Oder war es möglich – und dieser Gedanke erregte mich richtig –, daß sie ihn *doch* durchschaute und daß sie sich eben deshalb getrennt hatten? ...

Ich bemerkte, wie ich mich in eine Art Gegensatz zu ihm setzte: nicht durch so etwas Deutliches wie Widerspruch, sondern einfach dadurch, daß ich mich sehr ruhig verhielt. Ganz entschieden übertrieb ich meine gewohnte ruhige und wortkarge Art, während ich mich gleichzeitig um äußerste Schärfe und Prägnanz im Ausdruck bemühte; einfach weil ich meinte, dies sei, was sie wolle und brauche. Und sie belohnte mich, indem sie bei den wenigen Worten, die wir austauschten, außerordentlich nett zu mir war. Ich erinnere mich noch, daß ich, als Wilson gegen die ungeheure Leere von Henry James und dessen völlige menschliche Bedeutungslosigkeit geeifert hatte, eine Pause abwartete und dann sehr leise sagte, ich könne dem nicht zustimmen: mir scheine James der vollendetste Analytiker der wechselseitigen Beeinflussung von Charakteren zu sein, den es je gegeben habe, vor allem in Situationen tiefen moralischen Verfalls. Reine blickte mich daraufhin an, als ob ich eine Art Offenbarung für sie gewesen wäre; ihre Augen strahlten förmlich vor heller Freude.

»*Nicht wahr?*« flüsterte sie. Sie beugte sich gespannt vor, wobei sie ihr kleines spitzes Kinn auf ihre verschränkten Hände stützte; und fugte dann hinzu: »Niemand anders – *niemand* – hat aus dem schillernden Sittenverfall eine solche Schönheit geschaffen, und eine solch *komplizierte* Schönheit noch dazu!« . . .

Ich erinnere mich nicht mehr, was ich darauf zur Antwort gab – ich bin nicht sicher, daß ich überhaupt etwas sagte; aber ich erinnere mich noch genau, daß ich mir in diesem Augenblick vorkam, als ob ich den Ritterschlag erhalten hätte. Es war, als ob Reine und ich mit einem Male allein zusammen wären – als ob ihr Mann, »Wilson«, und mein Freund, der junge Estlin, sich irgendwie in Luft aufgelöst hätten. Ich muß wohl rot geworden sein; denn mir war bewußt, daß sie mich plötzlich auf außerordentlich durchdringende Weise betrachtete – prüfend zwar, aber auch mit unverkennbarem Vergnügen. Wir hatten ein Band entdeckt – beziehungsweise *sie* hatte eines entdeckt –, und wir würden Freunde werden. Offensichtlich. Zugleich fand irgend etwas Unbestimmbares zwischen uns statt, und es war so »abgemacht«, als ob wir es ausdrücklich gesagt hätten. Und als wir nach dem Mittagessen aufstanden, um auseinanderzugehen, war es beinah eine Selbstverständlichkeit, daß sie mich für den darauffolgenden Sonntag zum Tee einlud. Es war köstlich, wie nachdrücklich sie darauf bestand – als ob sie fest entschlossen wäre, keine Widerrede zu dulden.

Mir wandte sie sich zu, und nicht Estlin (zu Estlins großer Belustigung), und mir reichte sie auch zuerst die Hand.

»Sie *kommen* doch zum Tee, ja? Nächsten Sonntag? Und bringen Mr. Estlin mit? ...«

Ich murmelte, ich würde mit dem größten Vergnügen kommen –, wir lächelten – und dann stützte sie sich auf Wilsons Arm (der Anblick tat mir in der Seele weh), wandte sich um und ging langsam durch die Glastüren auf die Wardour Street hinaus.

Estlin lächelte vor sich hin und schüttelte den Kopf.

»Du bist ein schrecklicher Bursche«, sagte er – »ein schrecklicher Bursche!«

»Ich?« fragte ich. »Warum?«

Natürlich wußte ich ganz genau, warum – aber es gefiel mir, Estlin sagen zu lassen, daß ich auf Reine Wilson einen ungewöhnlichen Eindruck gemacht hatte.

»Und du magst es vielleicht nicht wissen«, setzte er hinzu, »aber sie ist verdammt schwer zufriedenzustellen. *Verdammt* schwer zufriedenzustellen. Genaugenommen hat sie ziemlich viel von einem intellektuellen Snob an sich und ist zu denen, die sie nicht mag, ungemein grausam. Wart's nur ab! ... Wenn sie dich dabei ertappt, wie du das Falsche bewunderst –!«

Ich lachte, ein wenig beklommen – denn diese Möglichkeit hatte ich bereits selbst vorhergesehen. Wie konnte ich, ein Amateur, den ersten Eindruck aufrechterhalten? Mit Henry James einen Glückstreffer zu landen war ja ganz schön und gut – aber früher oder später mußte ich mich doch als einfach nicht ihresgleichen zu erkennen geben ... Oder *war* ich das etwa? ... Denn ich gebe zu, daß ich so eitel war und hoffte, ich wäre wirklich Persönlichkeit genug, fein und vielseitig und geschickt genug, sie für mich einzunehmen. Wieviel maßte ich mir bei diesen Hoffnungen nur an? Sie hatte mich gemocht – sie war von jener Bemerkung begeistert gewesen –, wir waren einander zweifellos auf eine recht außergewöhnliche Weise *begegnet*, was ihr, wie sie erkennen ließ, leidenschaftlich bewußt war. Und ich war selbst, das muß ich gestehen, von alledem sehr aufgeregt. Sie war in jeder Hinsicht die bemerkenswerteste Frau, die ich je getroffen hatte. Ich weiß nicht, wie ich das erklären soll – denn es war ja nicht so, daß sie beim Mittagessen irgend etwas besonders Bemerkenswertes *gesagt* hätte; es war vielmehr, was sie *war* und *wie* sie sich ausdrückte. Ihre glühende Inbrunst des Geistes, die reine, unverfälschte Ehrlichkeit, mit der sie empfand, die wundervolle und schreckliche Art, wie sie sich trotz ihres bedenklichen Zustandes dennoch so herrlich und mit Freuden am Leben zu zeigen vermochte – all dies, zusammen mit ihrer bezaubernden, kleinen, wunderlichen Erscheinung, dem puppenhaft ernsten Gesicht und den puppenhaften Augen, schufen gemeinsam ein Bild, das nicht bloß entzückend war. Für mich war es furchtbar beunruhigend. Ich würde mich in sie verlieben – und ich würde mich mit Haut und Haaren verlieben.

Würde. Ich verwende bewußt diesen Ausdruck. Denn bei diesen Angelegenheiten gibt es immer einen Punkt, an dem man sagen kann, man *wird* sich verlieben, hat es aber noch nicht getan; ein Punkt, an dem man die starke und verführerische Faszination dieser anderen Persönlichkeit spürt, sich fast unwiderstehlich zu ihr hingezogen fühlt und weiß, man wird, *wenn* man *nicht* widersteht, zum Sklaven gemacht. Nichtsdestoweniger ist es an diesem Punkt noch möglich, zu widerstehen. Man kann der Sirene den Rücken kehren, sein Schiff von Kirkes Insel abdrehen, fortsegeln – wenn man nur ein wenig Mut und gesunden Menschenverstand besitzt. Gesunden Menschenverstand? Nein. Ich fürchte, diese Floskel hat sich von den Viktorianern zu mir herübergerettet. In meinem eigenen Fall würde ich es jetzt lieber Feigheit nennen. Oder, wenn man so will, Vorsicht. Oder auch Respekt vor den Konventionen. Denn ich bin sicher, daß es genau das war... Während der fünf Tage, die zwischen dem gemeinsamen Mittagessen und meiner Verabredung zum Tee lagen, dachte ich viel darüber nach. Ich wußte nur zu gut, daß ich mich, wenn ich mich gehenließe, verlieben könnte. Aber wollte ich mich verlieben? Und wenn ich es wollte? Ganz abgesehen von meinen eigenen häuslichen Komplikationen – und das Verhältnis zu meiner Frau war schon wirklich unerfreulich genug –, was hätte ich davon? Denn zu meinem allergrößten Leidwesen war ich einer Sache und nur einer Sache allein sicher: daß Reine Wilson sich nicht in mich verlieben würde. Oder daß sie, wenn sie es doch täte, in Null Komma nichts wieder aufhören würde, mich zu lieben. Und da würde ich dann also hängen, den Krähen zum Fraß...

Darüber dachte ich nach – und dachte und dachte. Doch ich fand – während die Stunden sich bis Sonntag hinzogen – keine Lösung. Selbstverständlich würde ich zum Tee gehen – das war gar keine Frage. So viel Spielraum würde ich mir zugestehen, und nicht mehr. Daraus konnte kein Schaden erwachsen – oder jedenfalls kein größerer Schaden, als bereits angerichtet war. Man ist, wenn man sich verliebt, geschickt im Erfinden von guten Ausreden, um sich mit der Geliebten treffen zu können. Ja, ich würde zum Tee gehen – und *dann* würde ich über die Zukunft entscheiden. Eine ganze Menge würde davon abhängen, was beim Tee geschähe. Wenn ich mich blamieren sollte – wenn sie mir auf die Schliche käme – oder wenn sie, was ja nur allzu wahrscheinlich war, mich einfach uninteressant fände, ein netter junger Bursche zweifellos, mit ein paar guten Ideen, aber ganz und gar nicht auf *Banner*-Niveau – nun, das wäre eben das Ende vom Lied. Wenn aber andererseits unsere gegenseitige Anziehungskraft stärker werden sollte – wenn es mir irgendwie, mit allen Listen und Tücken, gelingen sollte, die Täuschung aufrechtzuerhalten – oder mich sogar tatsächlich als ihr ebenbürtig zu erweisen –, was dann? ... Was würde mit uns geschehen? ... Was wäre mit meiner Frau? ... Was wäre mit diesem widerwärtigen »Wilson«? ... Und, vor allen Dingen, was wäre mit ihrem schwachen Herzen? ...

3

Die neue Nummer des *Banners* erschien am Samstag, und sie enthielt natürlich eine weitere Fortsetzung von *Scherzo.* Ich las sie – und sie schien mir sogar noch herrlicher und noch eindeutiger eine Arbeit genialster Schöpferkraft zu sein als die vorangegangenen Kapitel. Diese Fortsetzung enthielt die Schilderung des Picknicks. Ich war entzückt davon. Noch nie, so schien mir, war eine Landpartie so wunderbar in Prosa gefaßt worden. Die Fröhlichkeit, das übermütige Herumtollen der jungen Mädchen, jener großartig beschriebene

Wald und das Rufen der Kinder darin beim Versteckspielen – die ernste Unterhaltung der zwei kleinen Jungen, die eine tote Wühlmaus entdeckt hatten und Überlegungen anstellten, wie man sich ihrer am prächtigsten entledigen könnte – die Ankunft Oma Celias mit dem Korb – und vor allem Underhills Traum. Es schien mir ein äußerst genialer Einfall zu sein, den armen Underhill in jenen schweren Stunden seines Lebens in eine solche Gesellschaft hineinzerren zu lassen – die Kinder um ihn herumtoben und über ihn hinweghopsen und ihn Geschichten erzählen und Feuer anzünden zu lassen; und dann, als er sich wegstahl und eine lichte Stelle im Stechginster fand und schlief, hatte er jenen wunderbaren Traum –! Der Traum wirkte so lebendig und beängstigend, daß es mir so vorkam, als hätte ich ihn selbst geträumt. Ich war es, der während des Gewitters in jenem Landhäuschen gewesen war – ich war es, der vergeblich die klappernden Fenster und Türen gegen die Regen- und Hagelstürme zu schließen versuchte, in der Hoffnung, jene mysteriösen »anderen Leute« zu beschützen – und ich war es, der, entmutigt, verzweifelt, sich schließlich aufgemacht hatte, das schwarze Gebirgstal zum Gewitter hin hinaufzusteigen. Und die Beschreibung jenes Alpentales mit seinen rauschenden Kiefern und Tannen, und die schreckliche weiße Wolke, die am oberen Ende des Tales hing! Mir gefror das Blut in den Adern, als ich mich jener Wolke näherte und die Todesblitze sah, die unaufhörlich daraus hervorzuckten. Sie hing dort unheilschwanger; wie der Tod selbst. Und ich, der ich mich zunächst wie aus eigenem Antrieb auf sie zubewegt hatte, spürte nun, wie ich vom Boden weg in die Luft gezogen wurde – ich schwebte erst einen oder zwei Fuß vom Weg hoch und dann ein wenig höher – ich befand mich auf gleicher Höhe mit den Wipfeln der Bäume und kam der dichten weißen Wolke mit jeder Sekunde näher – ich konnte zuletzt sehen, daß sie ein prachtvoller kalter Bogen aus grünlichem Eis war, undurchdringlich und feindlich – sein kalter Dampf wehte mich an –, und dann blitzte es ein letztes Mal, und ich wußte, daß ich bereits tot war... Es war superb, es war überwältigend. Und nur das allerkühnste Genie hätte es gewagt, einen bloßen Traum inmitten einer realistischen Erzählung bis zu einem solchen Umfang auszubreiten und darin die ganze qualvolle Tragik einer zerrissenen Seele zu verdichten.

Ich befand mich noch immer in einem Zustand fieberhafter Erregung darüber, als ich von einer jungen Frau, die anscheinend die Aufgaben einer Haushälterin und einer ausgebildeten Krankenschwester in sich vereinte, in Reine Wilsons Wohnzimmer geführt wurde. Reine erhob sich, um mich zu begrüßen, erhob sich, schwach wie sie war, langsam und mit bewußter Anstrengung, und dann, nachdem sie mir die Hand gegeben hatte, wurde sie von der jungen Frau zu ihrem Sessel am Teetisch geleitet. Die junge Frau brachte die Teekanne und das heiße Teegebäck herein und zog sich dann zurück. Ich hatte auf einer Couch am offenen Fenster Platz genommen. In dem kleinen Garten stand ein Scharlachdorn in voller Blüte, und sein Duft erfüllte das Zimmer.

»Ihre neue Fortsetzung von *Scherzo*« – sagte ich – mit einer Stimme, die, wie ich fürchte, ein wenig zitterte – »habe ich eben gelesen. Ich finde sie einfach hinreißend.«

Reine blickte mich, wie ich meinte, mit einer Spur von Feindseligkeit an – ich war sicher, daß mein Vorstoß zu plump gewesen war.

»Ach, *wirklich?*« sagte sie. Und setzte dann, mit einer Art vorsichtigter Beschwingtheit, umgehend hinzu: »Ein Stück Zucker oder zwei, Herr Grant? . . . Ist Ihnen das zu schwach?«

Ich stand auf und begab mich zum Teetisch, um mir meine Tasse Tee und das heiße Brötchen zu holen, das sie mir anbot; und mit einemmal war ich schrecklich schüchtern. Ich hatte mich gleich am Anfang ruiniert – ich war zu schnell und zu weit vorgestürmt. Ich hätte sie eigentlich besser kennen sollen. Ich hätte wissen sollen, daß ich ihr die Initiative überlassen und meine beherrschte, schweigsame Art, mit der ich beim gemeinsamen Mittagessen so gut gefahren war, hätte weiterverfolgen müssen. Ein derartig heftiger Ausbruch –! Bei einem so äußerst empfindsamen Geschöpf! – Ich kam mir unbeholfen und ungehobelt vor und schämte mich erbärmlich. Und ich sank wieder auf die Couch, sehr gedemütigt und mir meiner Hände und Füße sehr bewußt.

Doch Reine hatte zu meinem Erstaunen Erbarmen mit mir.

»Ich bin ja *so* froh, daß es Ihnen gefallen hat!« sagte sie. Und sie sagte es mit einem solchen Ausdruck der Erleichterung und mit einer so überaus freudigen Stimme, daß ich eine schlagartige Wiederkehr meines Selbstvertrauens ebenso lebhaft und stark empfand wie einen Augenblick zuvor dessen Schwinden. Und auf der Stelle gewann ich die himmlische Überzeugung, daß ich nun alle Vorsicht in den Wind schlagen könnte. Sie blickte mich mit weit geöffneten Augen an

– es war fast so, als blickte sie mich mit weit geöffneter Seele an. Wir waren uns plötzlich wieder »begegnet«; und wir waren uns vertrauter begegnet als zuvor. Es war in jenem Augenblick seltsam, wie alles sich zu verschwören schien, um dies gegenseitige Wiedererkennen zu vervollkommnen; das lange, von Bücherregalen gesäumte Zimmer; der hohe Kaminsims aus cremefarbenem Holz und die blassen holländischen Kacheln, die den Kamin umrandeten; die abgetretene Kelim-Brücke, die sich zwischen uns ausbreitete, und das offene Fenster, das, wie es schien, der Dornenstrauch vielleicht selbst geöffnet hatte, damit sein Duft und der Londoner Frühling zu uns hereinkommen könnten – all diese Einzelheiten standen mir in ihrem Zusammenwirken so lebhaft vor Augen, als ob sie zu jenem ruhenden Zeitpunkt in der Tat ein Teil der köstlichen Verschmelzung unserer Persönlichkeiten gewesen wären. War ich nicht selbst dieses Zimmer, diese Brücke, jener Kaminsims, der Teetisch mit dem Teegeschirr und der neugierige Dornenstrauch? War nicht ich selbst Reine Wilson, die einen fremden jungen Mann bewirtete, von dem ich mich auf zarte und verwirrende und berauschende Weise angezogen fühlte? Das Schicksal war dabei im Spiel – Äonen geduldig fortschreitender Entwicklung und Veränderung, Kriege und Katastrophen und Zeitalter der Finsternis, die feingesiebte Auslese von Gesetzen und Gestirnen hatten allesamt auf die Erfüllung dieses allergrößten Augenblickes, dieses vollkommene Erblühen zweier sich begegnender Seelen hingewirkt. Ich konnte mich in meinem Glauben, daß es ihr ebenso erginge wie mir, nicht irren. Mit dem starken Beben in meiner eigenen Seele vermochte ich das Beben in der ihren zu spüren. Wenn es nicht wahr wäre, hätte sie ihre Teetasse unmöglich so halten können, wie sie es tat, oder die Stirn so leicht runzeln, wie sie es tat, oder, wie sie es auf so köstliche Weise tat, das freudig verräterische Lächeln zurückhalten, das sie, wie ich wußte, nahe daran war, mir zu schenken.

»Wissen Sie« – fügte ich dann hinzu –, »ich finde diesen Traum großartig – einfach großartig.«

»*Finden* Sie!« rief sie. »Aber das ist ja herrlich! Er gefiel Ihnen *wirklich?* Sie fanden nicht, er wäre lang? ...«

Mit dem Eifer eines Schulmädchens neigte sie sich mir zu, die Augen vor gespannter Aufmerksamkeit weit geöffnet.

»Zu lang! Himmel, nein! Ich war in meinem ganzen Leben noch nie von etwas so gefesselt.«

»Aber *meinen* Sie das auch wirklich ernst? ... Ja, wissen Sie, Wilson wollte nämlich, daß ich ihn ›kürze‹. Er sagte, er sei viel, viel zu lang. Und jeder beim *Banner* sagte das ... Aber Sie meinen, er ist in Ordnung? ...«

»Er ist viel mehr als nur in Ordnung. Er könnte unmöglich etwas anderes sein als das, was er ist. Mir scheint er die eigentliche *Seele* des Ganzen zu sein – der Mittelpunkt und Quell des Lichts. Das mußte er doch sein, nicht wahr? ... Ich meine, ein glühendes Symbol für das Ganze. Für Underhills Gethsemane ...«

Sie sah mich daraufhin lange an, und dann holte sie sehr langsam und tief Atem und entspannte sich sanft.

»Lieber Himmel!« sagte sie –, »Sie *sind* ein Wunder.«

»Bin ich das?«

»Das wissen Sie doch. Ich hatte gar nicht daran zu denken *gewagt,* daß irgend jemand verstehen würde, was ich damit sagen wollte. Oder daß es jemandem gefiele,

selbst wenn es verstanden würde ... Ist es nicht außerordentlich!«
Sie stieß ein komisches, leichtes kleines Lachen aus, in dem auch Bitterkeit mitschwang, und starrte dann, mit einem ihr kleines Gesicht noch immer bezaubernd erhellenden Lächeln, zerstreut auf die Kelim-Brücke hinab. Ich wußte, was sie mit »außerordentlich« meinte – sie meinte, es sei außerordentlich, daß zwei Seelen sich so rasch und mühelos fänden wie die unseren. Ich wußte auch, sie würde das Merkwürdige und das Schöne daran nicht zu deutlich bemerkt haben wollen. Denn das hieße doch, es zu zerstören.
»Ja«, seufzte ich, »das ist es ... Darf ich mir noch ein Brötchen stibitzen?«
»Aber bitte sehr! ... Nehmen Sie sich eines von den unteren – die sind heißer!«
Ich nahm eines und ging zur Couch zurück. Das Zimmer hatte sich plötzlich verdunkelt – es hatte sich bewölkt –, und in der Stille hörten sich die auf die Blätter des Dornenstrauchs prasselnden Tropfen für einen Augenblick so an, als ob sie im Zimmer wären.
»Regen!« sagte ich ... »Ich liebe ihn! Sie nicht auch?«
»Sie meinen das Geräusch davon? ...«
»Nein – alles. Das Geräusch, ja, aber auch das Licht – Regen hat für mich, so weit ich zurückdenken kann, schon immer so einen ganz besonderen *magischen Zauber* gehabt. An regnerischen Tagen empfinde ich so eine ganz besondere herrliche Melancholie – eine Melancholie, die glücklich ist, wenn Sie sich darunter etwas vorstellen können. Ich brüte, lasse meiner Phantasie die Zügel schießen, ich bin ruhelos

und bedrückt, und dennoch ist es gleichzeitig so, als ob etwas in mir singen wollte ... Höre ich mich nicht wie ein sentimentaler Trottel an?«

»Oh!« sagte sie, »wie *lieb* von Ihnen!«

Sie erhob sich ganz behutsam und stützte, am Ende der Couch angelangt, ihre beiden Hände auf die mit blauem Segeltuch bezogene Armlehne, eine Hand auf die andere. Als sie zum Fenster hinaus auf den Dornenstrauch blickte und beobachtete, wie die kleinen Blätter sich vor den Regentropfen tief verbeugten und knicksten und dann befreit wieder in die Höhe schnellten, war mir, als ob ich gleich erzittern würde. Ich ertappte mich dabei, wie ich mir wieder Gedanken über ihr Herz machte – sie sah so erstaunlich zerbrechlich aus. Wie konnte ein so zerbrechlicher Körper, ein so ätherischer und offenkundig schwacher Körper, einen so lebhaften Geist in sich bergen? Man hatte das Gefühl, daß der leuchtende Vogel mit dem leichtesten Flügelschlag für immer entfliegen könnte.

»Ja«, sagte sie fast im Flüsterton, wie zu sich selbst, »er ist wunderbar... wunderbar. Er bringt einen wirklich dazu, singen zu wollen. Und wie die Drosseln ihn lieben!«

»Ich erinnere mich« – sagte ich –, »wie ich einmal, als ich noch ein kleiner Junge war, an einem finsteren Tag im Meer baden ging. Während ich schwamm, begann es zu regnen. Ich war zuerst erstaunt – fast erschrokken. Das Wasser war ruhig – von einem Wellengang war nichts zu hören –, und rings um mich herum erhob sich ein zartes und köstliches *Brodeln,* das leise Geräusch von Regentropfen auf dem Meer. Es war ein gespenstisches, flüsterndes Geräusch – es lag etwas Unheimliches darin, und ebenso etwas himmlisch

Besänftigendes. Ich ließ mich auf dem Rücken liegend treiben und mir die Topfen aufs Gesicht fallen, während ich zu den Wolken hinaufsah – und dann schwamm ich sehr leise, um lauschen zu können. Ich war wohl in meinem ganzen Leben nie so glücklich wie damals. Es war, als ob ich in eine andere Welt geraten wäre ... Und dann erinnere ich mich noch, wie ich, als ich an Land ging, zur Badekabine *rannte*, aus Angst, ich könnte naß werden! ...«

»Natürlich!« rief sie. »Natürlich, Sie würden das tun! ...«

Sie sank auf die Couch, das Gesicht mir zugewandt. Und dann fuhr sie fort:

»Sie haben mir etwas zurückgegeben, das ich schon vergessen hatte ... Es muß gewesen sein, als ich elf oder zwölf war. Es regnete sehr stark – es goß in Strömen –, und als ich zur Bibliothek hinunterging, um Klavier zu üben, war das Zimmer dunkel, so ein morgendliches Dunkel, das einen verschluckt. Die Flügel der Terrassentür standen zum Garten hin offen, aber die Vorhänge hingen vollkommen still, denn es ging kein Wind, keine Luftströmung. Einer jener heftigen, schnurgeraden Regenfälle an einem ruhigen Tag – ein so dicht geschlossener Regen wie der Regen auf einem japanischen Druck ... Ich ging ins Zimmer und machte die Tür hinter mir zu – und es schien mir, als ob das Zimmer selbst voller Regen wäre, so gewaltig und eindringlich kam das Geräusch des Regens vom Garten her, mit all seinem vielfältigen Platschen und Klatschen. Die Geräusche waren das Geräusch des Wassers, das Licht war das Licht des Wassers – es war, als ob ich ein Fisch in einem abgedunkelten Aquarium wäre. Ich stand eine ganze Weile still da und nahm es nur gierig in mich auf und starrte auf den durchtränkten Garten hinaus, wo alle Bäume und Sträucher sich unter dem anhaltenden Regenguß nach unten bogen. Kurz davor hatte ich irgendwo einige stark vergrößerte Fotografien von ins Wasser fallenden Regentropfen gesehen; und als ich nun zur offenen Terrassentür ging, beobachtete ich, wie die großen, glänzenden Traufentropfen in die Pfützen auf der Backsteinterrasse platschten, und ich war entzückt darüber, daß *meine* Tropfen jenen genau glichen. Sie bildeten die herrlichsten kleinen silbrigen Wasserwirbel und Schirme und Pilze, und das alles mit einem so himmlischen Geglukkere und Geglucksе und Geblubbere. Die Bläschen blinkten und waren fort – gibt es etwas so Vergängliches wie Regenbläschen? –, und andere Bläschen kamen und glitten eine Idee nach rechts oder links, bevor sie zerplatzten ... Dann, als ich mich umwandte, um ans Klavier zu gehen, hatte ich ein seltsames Gefühl – mir war, als gehörte ich zum Regen, oder als wäre ich der Regen selbst. Eine Regung schnürte mir die Kehle zu, die wie Traurigkeit, aber auch ekstatisch war – so etwas wie Ihr Verlangen zu singen. Ich betrachtete den glänzenden schwarzen Flügel – und auch der hatte ein wässeriges Aussehen, wie ein unter einem schwer überhängenden Laubwerk schimmernder dunkler Tümpel. Und als ich mich auf den kühlen Klavierhocker setzte und mit den Fingern zaghaft die Tasten anschlug, waren auch sie kalt, und es war so, als ob ich meine Hände in das allerklarste Regenwasser tauchte ... Ist es da noch ein Wunder, daß die Musik sich für mich wie die im Garten klatschenden und platschenden Regentropfen anhörte? Ich war von dieser Vorstellung so begeistert, daß es schon an Besessenheit grenzte. Ich spielte eine kleine Sonate dreimal durch und schwelgte in ihren Arpeggios und Läufen, die ich pianissimo nahm, und kam mir so vor, als ob ich dem Regen beim Regnen hülfe... Du lieber Himmel! Wenn ich doch nur schon die Wassermusiksuite von Händel gekannt hätte! Die Illusion wäre perfekt gewesen...«

»Für mich ist es so perfekt«, sagte ich, »daß ich versucht bin nachzusehen, ob Ihre Hände noch naß sind.« Hierauf lächelten wir uns an, und unsere Blicke begegneten sich mit einer Scheu, die nicht ganz Scheu war; und nach einem Moment wandten wir uns, auf einen gemeinsamen Impuls hin, nach dem rotblühenden Strauch um, aus dem ein leises, unregelmäßiges Plätschern drang. Wir schwiegen eine ganze Weile. Ich glaube sogar, wir saßen in völligem Schweigen da, bis die Krankenschwester-Gesellschafterin wieder zurückkam, um das Teegeschirr zu holen; und ich erinnere mich daran, daß ich alles, jede winzigste Einzelheit, in dem kleinen, von einer Backsteinmauer umschlossenen Garten bemerkte. Einen Goldregenstrauch am anderen Ende mit langen, herabhängenden Blütentrauben, von einem so leuchtenden Gelb, daß es einem die Illusion von Sonnenlicht vor einer dunklen Mauer vermittelte. Und eine Reihe Lupinen entlang einem mit Steinplatten belegten Fußweg, und in einem jeden von den dunklen handförmigen Blättern stand ein glänzendes Wasserauge... All das ist mir noch in lebhafter Erinnerung. Aber was wir danach zueinander sagten, dessen kann ich mich nicht mehr entsinnen. Wir sagten wohl nicht sehr viel. Wir fanden wohl, daß wir bereits alles Wesentliche gesagt hatten. Ich weiß aber noch, daß Reine sagte, »Wilson«

sei irgendwohin zum Kricketspielen gefahren; und außerdem sagte sie etwas über eine trostlose Damenteegesellschaft, zu der sie tags zuvor in Earl's Court gegangen war. Aber das war wohl alles; und nicht lange danach stand ich auf und ging.

4

Ich sah sie nie wieder. Erstens einmal kniff ich davor – ich fürchtete, ich könnte den Schein nicht aufrechterhalten. Das Ganze war ja schon so exquisit, so vollkommen – und außerdem, was konnte ich denn tun? Mir schien, daß danach nahezu alles eine Enttäuschung sein würde. Wenn ich nun noch einmal hinginge, könnte ja jemand anderes auch da sein – wir würden steif und distanziert miteinander umgehen müssen – oder wir würden uns gar nicht unterhalten können. Wilson könnte dort sein, mit seinen lauten, gespielten Begeisterungsausbrüchen und seinem gräßlichen Oxford-Gehabe und seinen von sich gestreckten Tweedbeinen ...

Im Grunde jedoch war es eine Art panischer Angst, die mich fernhielt. Ich war in sie verliebt, und ich hatte mehr als nur eine Hoffnung, daß sie schon so gut wie verliebt in mich war. Aber hatten wir nicht bereits das Feinste davon gehabt? Die Sache war, wie sie stand, ganz Blüte und Duft; und wäre es nicht allzu entsetzlich leicht, durch ein unbedachtes Schütteln des Baumes das ganz seltene Wunder zu zerstören? ... Würde ich nicht – um ein weniger poetisches Bild zu verwenden – die Katze aus dem Sack lassen, wenn ich noch einmal hinginge? Und dann war da noch ihre Herzschwäche und der Umstand, daß wir leider Gottes

beide verheiratet waren. Die Komplikationen und Unannehmlichkeiten, wenn wir *tatsächlich* unsere Begegnung weitergehen ließen, könnten ohne weiteres für uns beide verhängnisvoll sein.
Trotzdem bin ich nicht sicher, ob ich nicht doch hingegangen wäre, hätte nicht das Schicksal in Gestalt des Außenministeriums eingegriffen. Ich wurde nur wenige Wochen später nach Rom gesandt, wo meine Pflichten mich anderthalb Jahre festhielten. Während ich mich dort befand, erschien *Scherzo* in Buchform. Estlin schickte mir ein Exemplar – und ich setzte mich sofort hin und schrieb Reine einen Brief, einen kurzen, in dem ich ihr noch einmal von der unvergleichlichen Freude, die es mir bereitete, erzählte. Es dauerte einen Monat oder länger, bis ich von ihr hörte – und da kamen dann ein paar wenige Zeilen aus Sevilla. Sie waren ziemlich kühl, ziemlich kryptisch, ausgesprochen vorsichtig formuliert. Sie bedankte sich bei mir in aller Form, sie freue sich, daß mir der Traum so sehr gefallen habe, sie meine, wie ich, daß der Schluß vielleicht ein kleines bißchen »kniffig« sei, in der Art eines »Überraschungseffektes«, der nicht ganz zum übrigen Ton »passe«. Das war alles. Aber unten auf der Seite stand auch noch ein Postskriptum, das mir in einer etwas unbeherrschteren Handschrift geschrieben zu sein schien – als hätte sie gezögert, es hinzuzusetzen, und hätte es dann, aus einem Impuls heraus, in letzter Minute noch schnell hingeworfen. Dies lautete einfach: »Ich denke an Sie immer nur als an den Mann, der Regen liebt.« ... Das war alles.
Nur ein paar Wochen danach sah ich, als ich in einem kleinen Café in der Via del Tritone die *Times* aufschlug, mit Bestürzung ihren Namen in der Spalte mit den

Todesanzeigen. »Plötzlich, am 18. März, in Paris...« Plötzlich, am 18. März, in Paris! ... Ich saß da und starrte benommen auf die Anzeige und ließ auf dem kleinen Tisch vor mir meinen *granita di caffè con panna* unberührt stehen... Reine Wilson war tot – Reine war tot. Jenes kleine Mädchen, das in dem dunklen Zimmer an der Terrassentür gestanden, mit dem Ärmel die unbewegten Vorhänge gestreift und dem Regen zugesehen hatte – das die Hände durch das klarste Regenwasser zu den weißen Klaviertasten getaucht – und die kleinen silbrigen Schirme gesehen hatte – war tot. Ich stand auf und ging blindlings auf die helle Straße hinaus. Ohne zu wissen, wie ich dort hingelangt war, fand ich mich bald darauf in den Gärten der Villa Borghese wieder. Dort befand sich ein kleiner Teich, in dem eine ganze Menge Enten schnatternd und quakend hin und her segelten, und Kinder warfen Brot ins Wasser. Ich setzte mich auf eine Bank unter einen Judasbaum – er blühte, und der Weg darunter war mit Purpur übersät. Eine italienische Mutter gab ihrem heulenden kleinen Jungen einen Klaps auf die Hand und sagte barsch: »*Piangi! ... Piangi! ...*« Heule! Heule! ... Und auch mir war zum Weinen zumute, aber ich vergoß keine Träne. Reine Wilson, die Romanschriftstellerin, war noch am Leben; aber Reine Wilson, das dunkelhaarige kleine Mädchen, in das ich mich verliebt hatte, war tot, und mir schien, auch ich sei tot.

Deutsch von Egon Pöllinger

Die Flucht des Professors

Als Professor Milliken – seine Kollegen nannten ihn Tubby – aus dem Wartesaal des Nord-Bahnhofes herauskam, nachdem er seine Frau und sein Töchterchen an den Abendzug nach Portland gebracht hatte, stellte er fest, daß der Regen ganz allmählich in Schnee überzugehen begann. Ein paar große Flocken fielen schon, weich und weiß und – ja! – dickbauchig; sie blieben an seinem Pelzärmel hängen, ohne zu schmelzen; und er fand, daß dieser Übergang und der Anblick von Hüten und Mänteln, die, nach einem dunklen Regentag, nun langsam von glitzerndem Schnee bedeckt wurden, auf subtile Weise mit seiner Stimmung in Einklang standen. Er seufzte, und während er sich daranmachte, den Berg zu seiner Wohnung hinaufzusteigen, dachte er sich, wie angenehm es sein würde, ausnahmsweise einmal einen Abend ganz für sich allein zu haben. Es war ganze sechs Jahre her, daß so etwas vorgekommen war. Schon seit der Zeit, als Molly nach Hartford zum Begräbnis gefahren war, nicht mehr! Und das war nur für zwei Nächte gewesen. Und jetzt – eine ganze Woche uneingeschränkter Freiheit. Es war zu schön, um wahr zu sein. Er würde – wenn er wollte – den ganzen Abend lesen können. Oder (verstohlene Freude!) ungestört Schachprobleme lösen; oder auch nur (der Gedanke daran bereitete kein ganz so ungetrübtes Vergnügen) ein paar Notizen für seine Vorlesung über den Gildensozialismus machen... Aber nein – dafür bliebe noch genügend Zeit. Wäre nicht etwas ein wenig Festlicheres angebracht? Er könnte zum Beispiel Mrs. Trasks (seiner Hauswirtin) oftmals wiederholte Einladung zur üblichen Pokerrunde annehmen. Molly hatte gegen diese Idee immer Einspruch erhoben – und natürlich hatte sie vollkommen recht. Es würde sich nicht schicken, daß er sich mit diesen komischen und etwas vulgären Leuten einließe – diesem fetten Doktor Sowieso und dem Reklamefritzen, der den auffälligen karierten Anzug trug. Und außerdem war Mrs. Trask solch ein fürchterliches Klatsch- und Lügenmaul... Nichtsdestoweniger – die Vorstellung war nicht ohne Reiz. Mrs. Trask war eine richtig schöne alte Tragödientante – und auch gar nicht so alt. Nicht über fünfundvierzig – oder vielleicht fünfzig. Dem Portwein zugetan und mit einem dazu passenden geröteten Gesicht. Und solch schönen, frechen schwarzen Augen! Und einem Auftreten wie von einer Herzogin – die *vorübergehend* zu dem niederen Gewerbe gezwungen war, eine Pension zu führen! ... Und ihre Gesellschaften klangen – wenn er auf der Treppe an ihrer Tür vorbeikam – immer so lustig.

Er seufzte wieder und steckte seinen Schlüssel ins Schloß, der, wie immer, klemmte, aber nach kurzem Kampf schaffte er es, die Tür zu öffnen. Und da vor ihm, an dem Tisch mit der Marmorplatte, saß Fred, den Hut in der Hand, die Galoschen geöffnet, und seine kleinen blauen Augen (in denen Witz und Unschuld auf so glückliche Weise verschmolzen) strahlten durch dicke Brillengläser.

»Du kommst mit mir zum Abendessen«, sagte er. »Von Mrs. Trask hörte ich, daß du Strohwitwer bist.«

»Und ob ich mitkomme! ... Ich habe mich schon gefragt, was zum Teufel ich mit mir anfangen könnte. Eigentlich sollte ich mir jetzt ein paar Notizen für eine Vorlesung machen –«

»Zur Hölle mit der Vorlesung! Weißt du, was für ein Abend heute ist?«

»Nein. Was für ein Abend ist es denn?«

»*Samstag* abend. Und Bill Caffrey trifft sich mit uns im Jacot's. Na, komm schon! Wir reden über Freud und trinken Château Yquem.«

»Mm!« meinte der Professor. »Nur, wenn du nichts dagegen hast, glaube ich, es wird eine schöne runde Flasche Beaune sein.«

»Je voller des Weins, um so loser die Zunge«, sagte Fred, während er gemächlich aufstand. »Gehn wir!«

»Pfui!«

Die beiden Männer gingen hinaus, hakten sich ein und schritten die steile Straße zum Stadtpark hinunter. Die Wege und das Gras waren schon mit Weiß besprenkelt – der Schnee, ein Bühnenschnee, fiel vollkommen gerade durch die windstille Luft. Als der Professor zu einer hohen Ulme aufblickte, neben der eine violette Bogenlampe einem Schneeglöckchen gleich hing, sah er, daß die Gabel des Baumes weiß war und daß die kahlen Zweige langsam gefiedert wurden. Er fühlte sich plötzlich glücklich. So war nun einmal das Leben – ein dunkler Regentag, die düstere, wehmütige Stimmung einer Abreise, das Gefühl der Befreiung und der Flucht, und dann ein sanftfallender Schneevorhang. Und Fred – das unerwartete, wunderbare Erscheinen Freds, und der öde Abend mit einemmal voller Licht und Freude. Fred, der nun, die Fußspitzen nach innen gekehrt und das schlaue Gesicht in vergnügter Beschaulichkeit gesenkt, mit offenen Galoschen neben ihm herstapfte.

»Ja«, murmelte er, »ich bin Strohwitwer – und irgendwie ist es doch ganz schön, mal wieder Strohwitwer zu sein.«

»Ah, ihr verheirateten Männer! ... Es muß schön sein, ab und zu aus dem Käfig auszubrechen. Und sich – wie jemand sagte – die Hörner in einem Sandkasten abzustoßen – Was meinst du – sollen wir uns einen Hop Toad genehmigen?«

»Einen Hop Toad? ... Wovon sprichst du denn bloß?«

»Mein lieber Tubby! Du *bist* verheiratet!«

Fred wandte dem Professor sein köstliches, verschlagenes Lächeln zu und ging dann ohne eine Erklärung ins Hotel Touraine voran und die abgetretenen Marmorstufen in den kleineren Grillroom – den Herrengrillroom – hinunter. Er hob einen Finger und bestellte zwei Hop Toads.

»Du mußt abwarten«, sagte er. »Du wirst dich wundern, wie du bisher ohne einen Hop Toad hast *existieren* können.«

Er lächelte geheimnisvoll in die andere Ecke des Raumes, die nahezu leer war.

»Ein Hop Toad ist wohl eine Art berauschenden Getränks«, sagte der Professor. »Hoffentlich nicht *zu* berauschend.«

»Er wirkt sehr, sehr schleichend – um nicht zu sagen, heimtückisch.«

»Zwei Hop Toads«, sagte der Kellner.

»Auf unser Wiedersehen«, sagte Fred, indem er das weite Glas hob und es dann an seinen lächelnden

Mund senkte, der dem eines etruskischen Dionysos glich. Der Professor nahm sein Glas beim klaren Stiel hoch, strahlte glücklich auf die schaumbedeckte rosa Flüssigkeit und nippte. Dann nippte er noch einmal und schmatzte schnell anerkennend mit den Lippen, wobei er den Kopf zurückwarf.

»Du machst das wie ein Huhn«, sagte Fred.

»Es schmeckt wie ein Sonnenuntergang!«

»Nein – nein – damit liegst du völlig falsch. Es ist ein Nordlicht.«

»Ganz und gar nicht – ich spreche ja von der Grenadine – die Grenadine verleiht ihm so ein Glühen – wenn du weißt, was ich meine – ich komme dir entgegen, indem ich es ein Alpenglühen nenne.«

»Das ist schon besser. Das ist gar nicht mal so schlecht. Weil es nämlich *kalt* ist – aber es hat ein Feuer in sich wie das Leuchten eines Mondsteins.«

»Ja. Ich spüre es. Mann, das tut gut. In meinem Magen öffnet sich gerade eine riesige hundertblättrige Rose – mit tiefroten Blütenblättern.«

»Ja, er bringt einen ganz bestimmt in Fahrt«, seufzte Fred. »Bill wird wütend sein, wenn er hört, daß wir Hop Toads getrunken haben. Es war seine Entdekkung. Außerdem sollten wir gehen. Bill wird schon warten.«

Sie standen auf, sie stiegen die Treppe hinauf, sie schoben sich durch die Glasdrehtür, sie überquerten die weiße Straße und gingen die streichholzübersäte Treppe ins Jacot's hinab. Es war ein ebensolcher Raum, wie sie ihn gerade verlassen hatten, mit einer Bar in der einen Ecke. Die meisten der Tische hatten Marmorplatten und waren ungedeckt; auf einigen aber lagen Tischtücher, und an einem davon saß Bill

Caffrey, das Kinn in die Hände gestützt. Mit unbewegter Miene sah er ihnen zu, wie sie sich ihm näherten.
»Heil«, sagte er.
»Heil«, sagte Fred.
»Heil.«
»Wir haben eben Hop Toads getrunken«, sagte Fred.
»Verflixt noch mal! Warum fiel *mir* das nicht ein? ... Meine Phantasie reichte nur zu einem Lone Tree.«
»Tubby ist Strohwitwer.«
»Ach, tatsächlich?«
»Seine Frau ist weggefahren – hat ihn glatt sitzenlassen.«
»Sag bloß!«
»Und so bricht er aus; in der Absicht, sich einen Bombenrausch anzutrinken, wie damals, als er in der Aschentonne schlief.«
»Nichts dergleichen. Nur weil ich eine bescheidene Flasche Burgunder vorschlug –«
Er strahlte, er spürte, wie er strahlte, als er den Satz in der Luft hängen ließ; Fred und Bill grinsten wohlwollend; und alle drei widmeten sich ganz dem Bestellen. Süßwasserzucht-Austern aus Poppennessett. Mockturtlesuppe. Filet mignon mit Champignons und gebratener Aubergine. Eiscreme – Pistazie – und Kaffee. Und zwei Flaschen Beaune. Ja, bitte, und wieder ja, bitte, sagte der Ober; notierte mit feierlichem Ernst, wie zu einem Ritual; und in den Pausen konnte man den Barmixer hören, der mit dem Griff eines Meißels Eis brach. Die aufgeschwollenen Poppennessett-Austern. Die wässerige Muschel. Und das gefangene Sonnenlicht des Beaunes. Über diese in seinen Gedanken bereits so lebhaft und stark wirkenden Freuden sinnierte der Professor und fühlte sich abermals plötz-

lich und unerklärlich glücklich. So war nun einmal das Leben – die düstere Atmosphäre eines riesigen, rußigen Bahnhofes in einer Winternacht, das einsame Bimmeln von Lokomotivglocken, das Dahinhasten durchnäßter Pendler, und dann diese wunderbare Versetzung in eine andere Welt. Eine Welt von verschmutzten Mosaikfußböden, Burgunderflaschen mit scharlachroten Verschlußkappen, Messingspucknäpfen (pompöses Überbleibsel aus barbarischer Zeit) und die prachtvolle Bar mit ihrem barocken Blattgold- und Spiegelprunk und ihren von braunen Dryaden aus geschnitztem Holz gehaltenen Regalen voller bunter Flaschen. Welch ein Luxus! Welch ein Komfort! Welch eine Freiheit! Und die Freude, mit dem zynischen Fred und dem gelassenen, auf verdrießliche Weise hintergründigen Bill zusammenzusitzen.

»Wißt ihr«, sagte Bill, »eigentlich mag ich englische Austern lieber als amerikanische.«

»Ach komm!« sagte Fred.

»Ja. Und die holländischen auch. Die haben einen reineren Meeresgeschmack – so nach Seetang und Salz, wie jene glitschigen Blasentangdinger, die man mit den Fingernägeln laut zerplatzen läßt. Diese Mordsdinger – du lieber Gott, da könnte man ja ebensogut auf Beuteln voller Wasser herumbeißen.«

»Anglomanie«, sagte der Professor.

»Ja. Und hast du seinen Tweedanzug bemerkt?« murmelte Fred. »Oh! Und dabei fällt mir was ein.«

Der Ober stellte die Suppe hin und schenkte den Burgunder ein. Sie erhoben die dünnen Kelchgläser, alle drei, schnupperten anerkennend und tranken gleichzeitig.

»Was fällt dir dabei ein?« fragte Bill trübselig.

»Tubby, wir müssen ihn dazu kriegen, daß er seine Geschichte erzählt.«
»Was für eine Geschichte?«
»Die auf dem Schiff. Auf der Rückreise im vorigen Winter.«
»Donnerwetter, ja!« sagte der Professor. »Heraus damit, Bill!«
Bill erlaubte sich das allerflüchtigste verhaltene Lächeln, kostete dann noch einmal seinen Burgunder. Er blickte nachdenklich in seine Suppe. Verdutzt und vergnügt und ein wenig verlegen dazu.
»Nein«, sagte er. »Ich könnte wirklich nicht. Nicht so auf Kommando wie jetzt. Vielleicht ein anderes Mal.«
Fred lächelte – langsam und charmant.
»Ist er nicht geschickt? Das ist seine Art, unser Interesse anzustacheln.«
»Keineswegs. Ich würde es ja auch ganz gern erzählen – aber das Problem ist, daß ihr alle beide nicht in der richtigen Verfassung dafür seid.«
»Wieso denn das?« fragte der Professor.
»Weil ihr beide etwas – na ja, Skandalträchtiges erwartet. Das hier ist gar nichts in der Art.«
»Nein?«
»Nein ... Es gibt bekanntlich eine Menge solcher Episoden, die einem Vergnügen bereiten, nur weil sie skandalös und seltsam sind. Wie jene Geschichte, die Frisky Speare uns erzählte, von seiner Eroberung im Zug nach New York. Soweit auch ganz amüsant. Aber das hier ist nicht so – und ich bin auch nicht so.«
»Haha«, sagte Fred trocken.
»Haha«, sagte Bill. »Das bin ich nicht. Ich bin weder polygam noch promiskuitiv, und ich bin nicht der Typ, dem die Frauen sich an den Hals werfen. Das ist

das eine, was diese Sache so überraschend machte. Das andere, das etwas – meiner Meinung nach – außerordentlich Herrliches daraus machte, war die geistige Intensität dabei.«
Der Professor zermalmte einen kleinen, glitschigen Champignon, wischte sich die Lippen ab und trank einen recht kräftigen Schluck Burgunder. Geistige Intensität. Genau das, wofür Bill zu haben *wäre*. Genau der Schutz- (Verteidigungs-)wall, den er um seine Fehltritte herum errichten *würde*. Ehrlich? Unehrlich? Ehrlich! Man brauchte sich ja nur seine vor Schwermut nach unten gebogenen, zusammengekniffenen Lippen und die ruhigen, ernsten grauen Augen anzusehen, um in Bill den beschaulich-stillen Geist zu erkennen, der gerade einen so gearteten Unterschied machen würde. Man konnte sich vorstellen, wie er, genau mitten im allerschmutzigsten Abenteuer, vollkommen still dasäße und dabei dem Ganzen auf diese Weise das geistig Schöne abgewönne. Und dann mit dem Hut in der Hand aufstünde und fortginge, wobei dieses Schöne sich unter seinen bleibenden Besitztümern befände.
»Das klingt um so besser«, sagte der Professor.
»Es war um so besser... Ich sollte der Geschichte vorausschicken, daß auf dem Schiff mit mir, als wir von Cherbourg ausliefen, ein mir flüchtig bekannter New Yorker Journalist, ein Freund von ihm und ein junger Student waren, der vor drei Jahren mit mir zusammenarbeitete. Ich lief ihnen in die Arme, *nachdem* das Abenteuer angefangen hatte, und ihre Gegenwart – sie saßen immer im Rauchsalon – verlieh dem Abenteuer an sich eine seltsame und wunderbare kontrapunktische Note. Wenn ich ihnen in die Arme gelaufen wäre,

bevor das Abenteuer anfing, wäre es wahrscheinlich überhaupt nie zu dem Abenteuer gekommen. Denn in dem Fall hätte ich es so eingerichtet, daß ich am ersten Abend an ihrem Tisch gesessen hätte, und ich hätte Lovely nicht kennengelernt.«

»*Lovely?*« Freds Stimme klang ganz leicht ironisch.

»Lovely. So nannte ich sie. Ich nannte sie nie anders; tatsächlich kannte ich ihren Namen mehrere Tage lang nicht.«

Er hielt inne, stierte auf das Tischtuch hinab, verschob einen Löffel neben seinem Teller und hob sein halbgefülltes Glas.

»Sie und ihre Mutter saßen nämlich am ersten Abend an meinem Tisch, noch bevor die festen Plätze zugeteilt worden waren. Ich war als erster dort – und dann kam sie, ein bißchen aufgeregt, und setzte sich mir gegenüber. Ich hatte sie schon eine halbe Stunde zuvor auf dem Deck gesehen – nur flüchtig, aber genug, um zu sehen, daß sie eines der hübschesten Geschöpfe war, auf die mein Blick je gefallen war. Ein erstaunlich schönes Mädchen, ungefähr fünfundzwanzig.«

»Natürlich«, murmelte Fred.

»Sei nicht so hochnäsig! Sie war's wirklich. Und in dem Moment – in dem *Moment* –, in dem sie mich über den Tisch hinweg anblickte, sah ich, daß etwas Außerordentliches geschehen würde. Ihre Augen hatten jenen erstaunten Glanz, der nur dann vorkommt, wenn man – wie man es nur ein- oder zweimal im Leben tut – einen – wie die Zeitungen es zu nennen pflegten – Seelenfreund erkennt. Ich war wie elektrisiert. Ich bin es nicht gewohnt, daß man mich in dieser Weise ansieht. Ich bin ein solider, gottesfürchtiger, alter Bürger, wie ihr beide wißt, und es ist ganz und gar nicht meine Art, zu flirten – aber in dem Moment, in dem sie mich so ansah, spürte ich auch schon, daß ich selbst auf subtile Weise verklärt wurde. Ich spürte, wie meine eigenen Augen sich weiter öffneten, und ein Licht im Gesicht, an das ich nicht im geringsten gewöhnt bin.«

»Das Licht, das niemals war«, sagte der Professor.

»Und Lügen über Lügen«, sagte Fred.

»Gewiß ...! Nicht, daß ich mich verliebte. Das tat ich nicht. Ich wußte, das würde ich nicht tun. Davon konnte keine Rede sein. Ich war, in gewissem Sinne, dazu bestimmt, eine völlig passive Rolle zu spielen, und das wußte ich von Anfang an. Sie brachte die Energie für die Szene auf – sie setzte die Sache in Gang und hielt sie in Gang – aus dem guten und hinreichenden Grund, weil sie sich in *mich* verliebt hatte. Konnte ich mich weigern, jene passive Rolle zu spielen, die angezeigt war? Blieb mir denn etwas anderes übrig, als mich zu fügen?«

Fred stöhnte leise auf.

»Sei kein Trottel!« sagte er.

»Ich war und bin ein Trottel. In meinem ganzen Leben war ich noch nie so völlig hilflos, machtlos. Nicht, daß ich so sehr etwas anderes sein wollte. Ich war fasziniert. Wie der Sperling von der Anakonda. Ich saß nur da und schwatzte und schüttelte meine gelähmten Flügel. Ich hatte kein Verlangen davonzulaufen – dafür war sie viel zu schön –, aber ich gestehe, daß ich eine Heidenangst hatte. Zum einen war da ihre liebe alte Mutter, mit glattem weißem Haar und freundlichen Augen und Strickzeug und so. Sie hatte rein gar nichts bemerkt – aber würde sie es nicht ganz bestimmt noch merken? Zum anderen trug Lovely einen Ehering.«

»Verheiratet!«

»Verheiratet... Das gab mir zu denken. Es legte eine ganze Reihe ziemlich beunruhigender Dinge nahe.«

Er brach ab und besann sich, mit einem winzigen rückblickenden Lächeln.

»Na, nun erzähl schon weiter!« sagte der Professor. »Spann uns nicht auf die Folter!«

»Sie fragte mich, ob ich Bridge spiele. Ich sagte ja. Also spielten wir nach dem Abendessen zu dritt in der Bibliothek, bis gegen neun Uhr. Alles ganz höflich und ein wenig förmlich. Sie war drüben in Paris gewesen, auf Besuch bei ihrer Schwester, die einen Franzosen geheiratet hatte, und befand sich auf dem Rückweg zu ihrem Mann in Trenton. Ihr Mann war Fabrikant und, wie ich mir dachte, vermögend. Dann um neun Uhr sagte sie, sie würde eigentlich ganz gerne frische Luft schnappen – also schlug ich eine Runde ums Deck vor. Ihre Mutter sagte gute Nacht und ging hinunter, um sich aufs Ohr zu legen, und Lovely und ich gingen hinaus und promenierten eine Stunde. Irgendwie brachte ich keinen Ton heraus. Vermutlich, weil mir zu peinlich bewußt war, wie sehr ich sie aufwühlte. Aber es war sowieso nicht notwendig; sie redete wie ein Buch. Über Paris – die Hinreise – ihre Schwester – ihre Mutter – ihren Mann – ihre Einkäufe. Alles. Ein völlig ununterbrochener Erguß: als ob sie gegen die Zeit anzureden versuchte. Oder vielmehr, als fürchtete sie sich vor dem, was geschehen könnte, wenn sie zu reden *aufhörte*. Und währenddessen hielt sie mit der Hand meinen Arm fest umklammert, verstärkte den Druck gelegentlich mit fast krampfartiger Heftigkeit und lehnte mit sichtlicher Freude ihre Schulter an mich, wenn wir um die Ecke bogen. Was mich angeht, so fröstelte ich nur – denn es war ein recht kühler Abend – und sagte ›ja‹ oder ›nein‹ oder ›tatsächlich?‹ oder ›soso‹ oder irgend etwas genügend Einsilbiges – denn es war ganz klar, daß *sie* das Gespräch alleine bestreiten wollte. Ja, ich hatte sogar das Gefühl, das arme Kind hätte noch nie, vor jener Nacht mit mir, in ihrem ganzen Leben Gelegenheit zum Reden gehabt. Aus irgendeinem Grund hatte mein bloßer Anblick sie befreit ... Gieß ein und gib weiter, Fred!«

»So. Das war die erste Nacht. Beim Auseinandergehen sah sie mich nochmals mit dem gleichen herrlich erstaunten Blick an, als ob ich vielleicht irgendeine göttliche Offenbarung wäre, und schüttelte mir ganz unnötigerweise die Hand. Ich tat natürlich mein Bestes, um mitzuspielen – nicht ungern. Himmel noch mal! Es kommt bei mir ja nicht alle Tage vor, daß mir eine schöne, junge Frau so ein Kompliment macht. Wir sahen uns unverwandt an und lächelten beharrlich und köstlich und verabredeten uns zu einer weiteren Partie Bridge am Vormittag. Und dann ging ich in den Rauchsalon und fand Peters und Marks und den anderen Burschen vor und plauschte mit ihnen eine halbe Stunde lang und dann ab ins Bett.«

»Am nächsten Vormittag spielten wir die Partie Bridge – alles ganz höflich und förmlich, genau wie zuvor. Ihre Mutter ahnte nichts. Sie war so freundlich und lieb und unschuldig wie nur eben möglich. Was Lovely anbetraf, so hatte ich den Eindruck, daß sie mich kaum anzusehen wagte. Nach ungefähr einer Stunde Bridge gingen wir spazieren und ließen ihre Mutter allein; aber wir waren kaum draußen angelangt, als sie sagte, ihr sei plötzlich eingefallen, daß sie etwas habe, das sie mir zeigen wolle: etwas Ägyptisches. Also tauchte sie unter Deck und kam in ein paar Minuten mit einem seltsamen Terrakotta-Basrelief eines ägyptischen Kopfes zurück – eines Frauenkopfes – jung, schön, und die Augen wie im Schlaf geschlossen. Und doch auch wieder nicht ganz so wie im Schlaf – in dem Gesicht lag eine Art schläfrigen und sinnlichen Bewußtseins, und man spürte gewissermaßen ein Zittern in den geschlossenen Augenlidern – so, als wären sie vielleicht nur für die Dauer eines Kusses geschlossen. Das war jedenfalls meine Empfindung, als ich es betrachtete – zum Teil vielleicht, weil ich sehen konnte, daß *sie* etwas Derartiges empfand. Sie war so offensichtlich hingerissen davon! Hingerissen und verblüfft. Ich nahm das Ding in meine Hände und starrte es an – und dann, veranlaßt durch all die zarten, nichtgreifbaren Schwingungen jener ungewöhnlichen Situation, vollbrachte ich einen Streich, der meiner festen Überzeugung nach genial war: Ich erzählte ihr, dies sei das Gesicht der ägyptischen Liebesgöttin – ganz spontan erfand ich einen phantastischen Namen für sie –, und dann hob ich, das Ding zwischen meinen Handflächen haltend, den schönen schlaftrunkenen Mund feierlich an den meinen und küßte ihn . . .«

»Da bin ich aber platt!« sagte Fred. »Und du, ein verheirateter Mann mit acht Kindern!«

Es entstand eine Pause. Der Ober stellte drei Eiscremeteller hin, von denen ein jeder einen kleinen grünen Fudschijama aus Pistazieneis trug. Achtlos, mit leicht gedankenverlorener Miene, köpfte Bill die Spitze des glatten Kegels. Der Professor sah ihm zu und lächelte. Es war eine gute Geschichte – es würde eine gute Geschichte werden –, und vom Burgunder wurde ihm warm ums Herz. Und wenn man bedachte, daß Bill Caffrey Dozent für Wirtschaftswissenschaften war!

»Ja, das war ein Geniestreich. Das sah ich sofort. Ganz genau das Richtige, das einzige, was ich tun konnte. Sie glaubte mir – sie glaubte an die völlige Aufrichtigkeit meiner Geste. Das gibt euch eine ungefähre Vorstellung davon, was für ein Geschöpf sie war – eine entrückte und unverbesserliche Romantikerin, liebebedürftig und äußerst, äußerst, äußerst unbedarft. Vielleicht könnt ihr euch jetzt auch denken, wie ich mich dabei fühlte. Halb fasziniert und halb entsetzt. Ich wurde einfach von ihrer heftigen Leidenschaft für mich mitgerissen. Meine eigenen Gefühle – fast gleich Null. Das ist eine *leichte* Übertreibung, aber ihr versteht schon, was ich meine. Ich wußte dann, als ich ihr Smet-Smet oder Rert-Rert oder wie das Ding sonst hieß zurückgab – und den Ausdruck wirklich abgöttischer Verehrung sah, der in ihren Augen leuchtete –, daß sie sich völlig aufgegeben hatte und daß sie mit Leib und Seele mein war. Und ich wußte auch, daß es für mich schon zu spät war, noch davonlaufen zu wollen – so stark der Drang auch war.«

»Ach komm!« sagte Fred.

»Stark – aber, wie ich zugebe, zweideutig ... Und es muß ferner zugegeben werden, daß ich *nicht* davonlief. Zumindest nicht sehr gehörig noch sehr schnell, noch sehr weit. Ich entfloh ihr kurz danach und sah sie erst abends wieder. Sie kam aus einer der Haupttüren zum Deck, gerade als ich hineingehen wollte. Und ich war so erfreut, sie derart unerwartet zu treffen, und sie sah so außerordentlich schön aus in einem am Hals offenen, schwarzen Satinkleid, mit einem spanischen Tuch um die Schultern, daß ich sie vor lauter Überraschung Lovely nannte. Erklärt das, wie ihr wollt. Ich schwöre, daß ich von mir aus nicht den Wunsch hatte, sie zu lieben. Dennoch ertappte ich mich auf der Stelle und von der Minute an dabei. Ich tat es wie ein Schlafwandler – automatisch. Mein Gewissen schlief einfach ein. Meine Familie hörte auf, irgendwelche Wirklichkeit zu besitzen. Ich dachte noch nicht einmal mehr an sie. Das Gefühl, das sie zu mir hinzog, war so tief und so stark, daß ich davon vollkommen polarisiert wurde.«

»Polarisiert! ... Du findest aber wirklich schöne Entschuldigungen für so was«, sagte der Professor. »Polarisiert!«

»Genau das war es. Ich war so unfähig zu eigenständigem Handeln wie eine magnetisierte Armbanduhr. Von dem Zeitpunkt an reagierte ich *auf* sie und nur auf sie; ganz gleich, wo ich mich befand oder was ich gerade tat. Beim Bridgespielen mit meinen Kumpanen im Rauchsalon konnte ich gerade noch einen König von einer Zwei unterscheiden.«

»Schon gut, schon gut«, sagte Fred. »Aber jetzt ein bißchen weniger Theorie und ein bißchen mehr Erzählung!«

»Nein – da bist du im Irrtum; denn das außerordentlich Schöne an dieser Episode liegt ausschließlich in den Nebensächlichkeiten und Untertönen ... Wenn du jedoch den *Ausgang* schon nicht mehr erwarten kannst, dann will ich es für dich kurz machen.«

»Um Himmels willen, bloß nicht!« sagte der Professor.

Die drei Männer saßen für einen Moment schweigsam da, und alle drei lächelten sie leicht, wie in einer eigenartigen geistigen Verbundenheit. Der Ober räumte die Eiscremeteller ab und stellte Kaffeetassen und eine silberne Kaffeekanne hin. Zigaretten. Hinterher vielleicht ein Gläschen sirupartigen grünen Chartreuse. Fred goß den Kaffee ein, und Bill zündete ein Streichholz an. Könnten sie – dachte der Professor – anschließend nicht noch ins Parthenon übersiedeln, auf einen türkischen Kaffee? Aber nein, es würde schon zu spät sein. Bereits nach neun. Und bereits ein so wunderbarer Abend, wie er wunderbarer gar nicht hätte sein können. Diese Geschichte – wie sie sich gleich einer Blume öffnete! Bills seltsames, geheimes Leben, das sich gleich einer Blume öffnete. So war nun einmal das Leben – eine schale und äußerst wehmütige Abreise, und dann eine unerwartete und herrliche Geschichte. Vom Nord-Bahnhof an einem Winterabend zu Smet-Smet, deren Augen zu einem Kuß geschlossen waren... Aber war Smet-Smet nicht die Nilpferdgöttin? ... Der Professor spürte, wie er die Stirn runzelte, sie aber dank der warmen Ladung Burgunders mit liebenswürdiger Entzückung runzelte. Er blies die Asche von seiner Zigarette – phhh.

»In jener Nacht, nach dem Bridgespiel, ging es mit dem Abenteuer einen raschen Schritt voran, ich wußte es im voraus – ich wußte, es ließe sich nicht lange hinausschieben. Wir gingen hinaus und stiegen zum Bootsdeck hinauf – B-Deck. Dort war es dunkel, es brannten keine Lichter, und keine Menschenseele weit und breit. Die Nacht war überraschend warm – wir müssen wohl gerade in den Golfstrom gekommen sein. Wir gingen ans vordere Ende des Decks, wo wir einen weiten Ausblick über die Brücke und den Bug auf das schwarze Meer bekommen konnten, und standen dort fünf Minuten lang, ohne ein Wort zu wechseln. Ihre Hand lag unter meinem Arm. Und dann, ganz wie von selbst, ohne jede einleitende Erregung, küßten wir uns.«

»Ah!« sagte Fred. »Ich wußte es ... Wie ich sehe, enden diese geistigen Abenteuer immer mit einem Kuß.«

»Du brauchst dabei gar nicht so überheblich zu tun – mir war das Ironische daran durchaus bewußt, selbst beim Küssen. Ich dachte mir: Jetzt, Bill, ist es aus und vorbei mit dir; da hast du dir jetzt aber wirklich was Schönes eingebrockt. Und in gewisser Hinsicht war ich sehr unglücklich darüber. Ich sah die ganzen scheußlichen Komplikationen voraus, die Ausflüchte, die Verheimlichungen, die Notwendigkeiten strengster Verschwiegenheit und die Unvermeidbarkeit – oder heißt es Unvermeidlichkeit, mit der diese Heimlichtuerei die Beziehung zwischen uns vergiften mußte. Ich sah auch den furchtbaren physiologischen oder biologischen oder psychologischen Determinismus voraus, der einen, in einer solchen Situation, mit jeder Begegnung ein Stück weiter trägt, bis es zur Katastrophe kommt. Darin liegt etwas Großartiges und Schreckliches. Die unerbittliche Natur. Sie hat kein Mitleid mit uns. Wenn man ihr überhaupt erst einmal nachgibt, in der kleinsten Kleinigkeit, ist man verloren. Es gibt kein Zurück mehr. Zuerst blickt man sich bloß an, dann faßt man sich an – ah, diese köstliche erste Berührung! –, und dann umarmt und küßt man sich, und dann küßt man sich leidenschaftlicher, und das nächste Mal noch leidenschaftlicher – der Bann ist nicht zu brechen außer durch Flucht. Und wir befanden uns auf einem Schiff, wo eine Flucht nicht möglich war ...«

»Alles in der Art war in jenem ersten ziemlich schüchternen und flüchtigen Kuß mit inbegriffen. Und das

Nichtmitinbegriffene *sagte* sie dann unmittelbar darauf. Sie sagte, sie hätte sich sofort in mich verliebt, als sie mich gesehen habe: Sie hätte heftig zu zittern begonnen und hätte, dort auf dem Deck, gleich auf mich zukommen und sprechen wollen, hätte sich aber nicht getraut. Sie hätte dann ganz bewußt gewartet, bis ich meinen Platz im Speisesalon eingenommen hätte, damit sie sich an denselben Tisch hätte setzen können. Verblüffend. Und dann sagte sie, als wir uns zu unterhalten begonnen hätten, wäre meine Stimme – denkt euch bloß, meine *Stimme!* – das Tüpfelchen auf dem i gewesen. Sie sagte, ihr Verstand hätte sie einfach im Stich gelassen. Und als ich am nächsten Morgen Smet-Smet an meine Lippen hob und den schönen Terrakottamund hingebungsvoll küßte, hatte ich sie anscheinend mit einem Zauber belegt, der nie, *niemals* gelöst werden würde. Da hätte sie, ein für allemal, gewußt, daß die Sache verhängnisvoll wäre.«

»Natürlich antwortete ich entsprechend. Ich sagte alles mögliche alberne und wilde Zeug. Ich erzählte ihr – was nur zu wahr war –, daß ich noch nie im Leben jemand so Schönen gesehen hätte und daß auch ich, in gleicher Weise, völlig den Boden unter den Füßen verloren hätte. Ist er nicht merkwürdig, dieser Wahnsinn, der einen bei solchen Gelegenheiten überkommt? Ich hielt sie in meinen Armen und starrte ihr in die Augen und sagte immer und immer wieder: ›Lovely! Lovely! Lovely!‹ Und trotzdem dachte ich bei mir: Ich muß da raus, und ich fragte mich, wann ich mich wohl mit Anstand aus der Affäre ziehen könnte. Und die bloße Tatsache, daß ich mir dieser Doppelzüngigkeit, dieses gemeinen Verrats bewußt war, ließ mich die Leidenschaftlichkeit meiner Umarmung und den Überschwang meiner Worte noch verdoppeln. Ich hatte sie annehmen lassen, ich sei in sie genauso verliebt wie sie in mich; und in Anbetracht dessen und der wirklich erschreckenden Heftigkeit, mit der sie mich liebte, sah ich keinen anderen Ausweg, als bedingungslos zu kapitulieren, und hoffte dabei zugleich, daß die *Imperator* sämtliche Rekorde brechen und New York mindestens drei Tage vor der Zeit erreichen würde.«

»Zeus und Atropos!« murmelte der Professor. »Also, wenn es nun Fred gewesen wäre, hätte er sich gewünscht, es wäre eine Weltreise.«

»Und ob!« sagte Fred. »Sollen wir zu Whisky Soda übergehen? ... Trinken wir einen Whisky Soda!«

Er winkte dem Ober und gab die Bestellung auf. Bill rollte einen langen Tabaksbeutel aus Öltuch auseinander und begann, seine verkohlte und ramponierte Pfeife zu stopfen.

»Allerdings«, fuhr er fort, »waren wir noch nicht so weit hineingeschlittert, daß wir die praktischen gesellschaftlichen Schwierigkeiten, die vor uns lagen, außer acht lassen konnten. Und so kam denn auch gleich das unerfreuliche Geheimhaltungsmoment ins Spiel. Ich erklärte, ich hätte Freunde auf dem Schiff, und ich würde daher sehr vorsichtig sein müssen; sie ihrerseits setzte hinzu, daß man da natürlich auch noch Rücksicht auf ihre Mutter zu nehmen habe. Wir konnten uns nicht einfach dieser – Leidenschaft – hingeben und blindlings alle Folgen außer acht lassen. Wir würden eine Art kaltblütiger Strategie der Vorsicht und Geheimhaltung, um nicht zu sagen, der Täuschung planen müssen. Also wurde vereinbart, daß wir drei Stunden am Tag für uns haben sollten; eine am Vormittag, eine am Nachmittag (wenn ihre Mutter sich regelmäßig ausruhte) und eine am Abend nach dem Bridgespiel und bevor ich mich zu meinen Freunden im Rauchsalon gesellte. Auf diese Weise, so dachten wir, könnten wir die Sache wahrscheinlich so unauffällig und normal halten wie die übliche Schiffsbekanntschaft und jeden Anlaß zum Gerede vermeiden. Das war unangenehm und versetzte mich für einen Augenblick in panischen Schrecken – wenn auch nur, weil dadurch unsere Affäre auf diese unzulässige Weise als selbstverständlich hingenommen und ihr eine verdrehte Rechtsgültigkeit verliehen wurde. Ich befand mich jetzt in der Position eines offiziellen Liebhabers, ohne jedoch im geringsten verliebt zu sein. Ich, der ich noch nie in meinem Leben meiner Frau untreu gewesen war und es mir auch noch nie gewünscht hatte, und ich wünschte es mir nicht einmal jetzt, wurde in eine heimliche Liaison von wirklich grandiosem Ausmaß hineingehetzt ... Prost!«

»Prost!« sagte Fred.

»Prost!« sagte der Professor.

Grübelnd schlürften sie ihren Whisky. Der Barmixer schüttelte eben Cocktails für zwei junge Studenten, die mit bedachtsamer Lässigkeit in nassen Regenmänteln an der Bar lehnten. Der Schnee, sagte einer von ihnen gerade, war in Regen übergegangen.

»Das sitzt«, sagte der Professor. Er stellte sein Glas hin und lächelte. Er fühlte sich außerordentlich gutmütig. »Lovely! Lovely! Lovely!« ... Bills Ausruf, in Bills gewandter und eindringlicher und – ja – *hauchdünner* Stimme, ging ihm hypnotisierend durch den Kopf.

»Weiter im Text. Ich will es kurz machen – denn natürlich könnt ihr euch die nächsten Etappen ganz gut selbst vorstellen. Nicht viel geschah am Vor- und

Nachmittag des dritten Tages – aber am Abend, als wir wieder zum Bootsdeck hinaufstiegen, begannen die Ereignisse sich förmlich zu überstürzen. Sie war in heller Aufregung – bildete sich irgendwie ein, daß ich sie den ganzen Tag kühl behandelt hätte – beschuldigte mich, sie gemieden zu haben, sie nicht angesehen zu haben – und so fort. Natürlich leugnete ich das und wählte den bequemsten Weg dafür – ich umarmte sie leidenschaftlich und küßte sie und schwor, daß es, wenn ich den Anschein erweckt hätte, ihrem Blick auszuweichen, nur daran gelegen habe, daß ich solche Angst davor gehabt hätte, mich in der Öffentlichkeit zu verraten. Sie drückte mich, sie küßte meine Hände, sie ließ die Finger in meine Mantelärmel hochgleiten, und dann begann sie langsam zu weinen und erzählte mir von ihrem Mann ... Anscheinend war er ein typischer amerikanischer Geschäftsmann – erfolgreich, energisch, kalt, *hartgesotten,* wie man so schön sagt. Sie war mit ihm seit fünf Jahren verheiratet – er war zwölf Jahre älter als sie –. Und ungefähr das erste Jahr lang war sie mehr oder weniger glücklich gewesen. Aber dann begann sie, ihre wesensmäßigen Unterschiede festzustellen. Sie war leidenschaftlich verliebt und er nicht. Sie war romantisch und er nicht. Sie wollte Abenteuer, Farbe, Aufregung, Gesellschaften, Musik, Lyrik, Kunst – ihr kennt dergleichen ja: eine Art amerikanischer Emma Bovary; und er, leider Gottes, ging von Minute zu Minute immer mehr in seinem Geschäftsleben auf, ein reines wandelndes Hauptbuch. Was immer er an Erholung suchte, fand er in seinem Club oder auf dem Golfplatz und stets allein. Kurz gesagt, sie war ihm gleichgültig, weil er geschlechtslos war. An der Situation ist natürlich nichts Neues – wir lesen darüber jeden zweiten Tag in den Scheidungsfällen. Aber es verblüffte mich, wie es mich nach wie vor verblüfft, daß *irgend jemand* so ein Geschöpf wie sie hatte heiraten können und gleichgültig blieb. Sie sagte, er habe keinen Takt, überhaupt kein Verständnis: *schenke* ihr, was man mit Geld eben kaufen könne, und schenke großzügig, schenke aber nie sich selbst. Einen flüchtigen Kuß beim Frühstück und noch einen, wenn er aus dem Büro heimkam. Und sie hatten keine Kinder...«

»*Quae cum ita sint*, sie war, ohne es zu wissen, reif für ein solches Mißgeschick, wie es ihr mit mir widerfuhr. Sie meinte, ich sähe romantisch aus; und ich brauchte dann nur noch Smet-Smet zu küssen und ihr zuzumurmeln, wie schön es wäre, wenn wir zusammen nach Tahiti oder Karnak entfliehen könnten, und schon war sie sicher, daß sie in mir ihren großen Liebhaber, ihr Ideal gefunden hatte. Tatsächlich sagte sie das sogar. Daß ich selbst verheiratet war – zum Glück hatte ich das am Anfang erwähnt –, berührte sie nicht im geringsten. Was auch geschehen möge, sagte sie, sie würde jetzt und künftig ihr ganzes Leben lang glücklich sein, aufgrund dieser Erinnerung. Sie wisse jetzt – so sagte sie –, was lieben und geliebt zu werden heiße. Stellt euch das mal vor! Das alles hatte sie aus ein paar heimlichen Umarmungen auf dem B-Deck und dem armseligen halben Dutzend romantischer Phrasen abgeleitet, die ich mir noch von meiner Lektüre schmalziger Liebesgeschichten in den billigeren Unterhaltungszeitschriften ins Gedächtnis hatte rufen können. Wenn das keine Ironie ist, was dann? Ich schämte mich entsetzlich – ich bin mir mein Lebtag noch nicht so fürchterlich billig und unehrlich vorge-

kommen. Ein ausgemachter Schuft. Und doch konnte ich, als ich mir die Affäre rückblickend betrachtete, beim allerbesten Willen keinen Punkt entdecken, an dem ich mich anständigerweise, oder auch barmherzigerweise – ja, barmherzigerweise – anders hätte verhalten können, als ich es tat ... Großer Gott!«
Er hielt inne, nahm seine Pfeife aus dem Mund, starrte auf die Asche darin, als wäre er ein wenig überrascht, zündete geistesabwesend ein Streichholz an, blies es, ohne es zu gebrauchen, aus und fuhr dann fort.
»Ja ... So war es ... Und ihr könnt euch ganz genau vorstellen, wie es sich auf mich auswirkte. Einerseits strengte ich mich an, sie leidenschaftlicher zu lieben; und andererseits behielt ich ständig meine Uhr im Auge oder die Schiffsglocke im Ohr, um unsere Zusammenkünfte auf ein Minimum zu reduzieren. Ich schob meine drei Bekannten vor, was das Zeug hielt – erzählte ihr, sie seien schon ein wenig mißtrauisch, und ich würde noch um einiges vorsichtiger sein müssen. Gab auch vor, daß ich eine sehr wichtige Arbeit zu erledigen hätte – Lektüre für Vorlesungen und so weiter. Sie ertrug es geduldig wie ein Lamm, glaubte mir bedingungslos. Und – du lieber Himmel! – wie erstaunlich es war, von dem dunklen Oberdeck hinunterzugehen, wo wir eine Stunde unter den Sternen standen, völlig bewegungslos vor leidenschaftlicher Versunkenheit ineinander, in jenem Zustand blinder Panik, da einem das ganze Universum in die Seele zu strömen scheint – von alldem allein zum Rauchsalon hinunterzugehen und zu hören, wie Peters in seiner behäbig-schleppenden Redeweise sagte: ›Also, laut Einstein ...‹, oder wie Marks dem anderen Burschen vom theoretischen Wert einer jeden Karte bei Karten-

tricks in einem Bridgespiel erzählte. Das, zusätzlich zu meiner eigenen einmaligen Distanziertheit – nennt sie unehrlich, wenn ihr wollt –, verlieh dem Ganzen eine exotische Unwirklichkeit, eine nostalgische Entrücktheit von unerreichbarer Schönheit. Ich empfand tiefe Dankbarkeit, daß ein solches Abenteuer dem unromantischsten Menschen widerfahren war: Und ich fühlte einen Schrecken, den echten heiligen Schrekken, als ich mich fragte, was die Zukunft wohl für mich bereithielte.«

»Ich machte vorher eine Bemerkung über die unvermeidlich schrittweise Entwicklung solcher Affären, vom Unintensiveren zum Intensiveren, und das hier war keine Ausnahme. Mit jeder Nacht, die wir Amerika und dem amerikanischen Winter näherkamen, wurde das Wetter kälter – aber nichts konnte uns entmutigen. In der letzten Nacht, als wir zu unserem Abschiedstreffen hinaufstiegen, schneite es sogar. Wir hatten unsere schweren Mäntel an – und dort standen wir nun und wurden buchstäblich eingeschneit, während das Schiff in einer gigantischen See stampfte und schlingerte. Es war phantastisch – als ob die Elemente selbst sich mit uns verschwören wollten, um unserem *Liebestod* einen Hauch von Großartigkeit zu geben. Nein – Größe! Denn *das* war es. Sicher, bei Lovely war es eine große Leidenschaft geworden. Ich gebe zu, daß ich nie geahnt hatte, was für eine unwahrscheinliche Kraft eine Leidenschaft haben konnte. Wenn sie mich in Stücke hätte reißen können, wie die Bacchantinnen – wen gleich wieder? ich habe seinen Namen vergessen – zerrissen, dann hätte sie es getan. So aber küßte sie mich mit einem Kuß, der so einer Flamme, züngelnden Flamme, glich, wie ich es mir nicht vorzustellen vermocht hätte: unruhig, bebend, verzehrend. Sie öffnete sogar meine Weste und schob ihre Hand hinein an mein Herz; und wir standen dort, regungslos im Schneesturm vor aller Welt wie ein Paar Verdeckstützen oder Davits und anscheinend ebenso leblos.«

»Was dann geschah, ist das, was der Geschichte erst ihren ganzen Sinn gibt – wenn sie überhaupt einen Sinn hat –, und ihr müßt das unbedingt richtig sehen. Wenn ihr die Sache lediglich als ein pikantes Skandalhistörchen betrachtet und euch einen Höhepunkt in der bewährten Rauchsalonmanier erhofft, dann werdet ihr enttäuscht sein, und das meiner Meinung nach wirklich Schöne und Pathetische oder, besser gesagt, das Tragische an dem eigentlichen Ereignis wird euch entgehen. Ich brauche wohl kaum zu sagen, daß wir, als wir uns schließlich wieder nach unten tasteten und den Schnee von unseren Hüten und Mänteln schüttelten, keine Lust hatten, auseinanderzugehen. Es war spät – elf Uhr dreißig – denn aus einer Stunde waren zwei geworden; und als wir im Gang standen, um uns gute Nacht zu sagen, fanden wir uns allein, auf einem Schiff, das im Grunde genommen eingeschlafen war. Wir sagten gute Nacht: Ich hatte meine Hand auf ihrem Handgelenk: Und dann gab ich noch einmal einem Impuls nach, der eher von ihr als von mir zu kommen schien, und bat sie, in meine Kabine zu kommen. Die Frage schien eine ganze Weile in der Luft zu hängen und unheilvoll nachzuklingen, verhängnisvoll nachzuklingen, während wir uns anstarrten: Und dann machte sie die Augen zu, wie unter Qualen, und sagte ›*nein*‹. Ich drängte sie nicht. Ich setzte lediglich hinzu, daß ich auf sie warten würde – daß ich sie in drei Minuten erwarten würde – sagte ihr, wie sie meine Kabine finden könne – und daß ich die Tür angelehnt lassen würde. Damit wandte ich ihr den Rücken zu und ging weg. Sie stand da und rührte sich nicht.«

»Nach drei Minuten kam sie in meine Kabine. Als ich sie umarmte und ihr sagte, wie glücklich sie mich gemacht habe, spürte ich, daß sie zitterte – heftig zitterte. Sie befand sich in einem eigenartigen, passiven, tranceähnlichen Zustand; und während ich sie küßte, behielt sie ihre dunklen Augen weit offen, als suche sie nach etwas, etwas Ungelöstem oder Unlösbarem. Und dann löste sie sich behutsam von mir, lehnte sich mit dem Rücken gegen die Tür und sagte das Allerüberraschendste und Allerentsetzlichste, das je zu mir gesagt wurde. ›Ich bin dein–‹, sagte sie – ›unwiderruflich und ganz und gar dein. Ich muß hier bei dir bleiben, wenn du willst. Aber ich muß dir sagen, daß ich, wenn ich das tue, dich dann nie, nie, *niemals,* solange ich lebe, gehen lassen werde. Ich werde dir überhallhin folgen – ich werde dir bis ans Ende der Welt folgen. Deine Frau wird mir egal sein und auch mein Mann und auch der gesellschaftliche Skandal und auch alles andere: Ich werde alles opfern, um in deiner Nähe sein zu können, und ich werde dich niemals aufgeben, so wahr mir Gott helfe! Das muß ich dir einfach sagen. Und dann kannst du dich entscheiden, ob du willst, daß ich bleibe ...‹

»So! ... Wenn ich sage, daß ich erschrocken war, dann gibt euch das noch nicht mal andeutungsweise eine Vorstellung davon, wie mir zumute war. Innerhalb einer Sekunde – einer *Sekunde* – war meine unechte (vielleicht nicht ganz unechte) Leidenschaft für sie verschwunden. Ich starrte sie wie einen Wildfremden an, der sich irgendwie in meine Kabine verirrt hatte; und ich kam mir unglaublich albern und falsch vor. Was konnte ich bloß tun? ... Nichts. Rein gar nichts! Wenn ich aus heldenhafterem Holz geschnitzt gewesen wäre oder überhaupt etwas von einem Don Juan (was ich weiß Gott nicht bin) an mir gehabt hätte, dann hätte ich vermutlich die letzte große Geste gemacht und unerschrocken das letzte Risiko auf mich genommen. Da ich aber nur ein ängstlicher verheirateter Mann bin, zweifellos treu und bestimmt alles andere als *moyen sensuel*, hatte ich, um ganz ehrlich zu sein, die Hosen gestrichen voll, und mir fiel einfach nichts anderes ein, als dumm auszusehen. Ich muß *verdammt* dumm ausgesehen haben. Aber es gelang mir, nach einem Augenblick, mich zusammenzureißen – und ich sagte, mit allem Ernst, den ich aufbringen konnte, daß ein so großes Opfer von ihrer Seite nicht in Frage komme und daß natürlich irgend so eine dauerhafte Beziehung zwischen uns nicht einen Augenblick lang in Erwägung gezogen werden könnte. Sie warf mir daraufhin einen eigenartigen, langen, strengen Blick zu, wobei sie die Hand am Türknauf hatte – so richtig voller Unbehagen, als ob sie *mich* plötzlich zum ersten Mal gesehen hätte –, und sagte dann ein hastiges, kleines Lebewohl, gab mir die Hand und war fort ... Und ich sprach nie wieder mit ihr.«

Fred setzte seine Brille ab und stierte.

»Da bin ich aber jetzt – *erledigt*«, sagte er.

»Erledigt ist gar kein Ausdruck«, murmelte der Professor. »In meinem ganzen Leben habe ich noch kein so maßlos enttäuschendes Ende gehört. Du willst sagen –«

Ihm fehlten die Worte. Er fühlte sich sichtlich sprachlos. So weit – so qualvoll weit – auf der Jagd nach einer *Fata Morgana!* Nach Karnak und zurück wegen eines Sandkörnchens! Er trank seinen Whisky auf einen Schluck aus.

»Also, Bill«, setzte er im Aufstehen hinzu, »ich gratuliere dir zu deinem festen moralischen Standpunkt. Es war glänzend. Der besten Universitätstraditionen würdig. Jedenfalls ist es eine verteufelt gute Geschichte, und jetzt muß ich nach Hause.«

»Es ist 'ne Wucht«, sagte Fred. »Ist es wirklich so passiert?«

»Natürlich, Wort für Wort.«

»Also, es ist 'ne Wucht!«

Nachdem sie den Ober gerufen hatten, bezahlten sie die Zeche, zogen ihre Mäntel und Galoschen an und stiegen die abgetretenen Stufen hinauf. Der Professor fühlte sich ein wenig unsicher auf den Beinen, aber völlig klar im Kopf – völlig. Und er sah die Schlußszene in der Kabine mit erstaunlicher Deutlichkeit vor sich. Da waren jedoch gewisse Einzelheiten, von denen er sich wünschte, daß Bill sich ein wenig genauer dazu geäußert hätte. Hatten sie nun oder hatten sie nicht –

Er wurde in dieser heimlichen Spekulation von Fred unterbrochen, der ihn fragte, ob er im Taxi bis zur Charles Street mitfahren wolle.

»Ja«, sagte er und stieg neben Fred ein, wobei er Bill, der zurückblieb, zuwinkte.

»Gute Nacht!«

»Gute Nacht!«

Sie waren losgefahren und hatten nach drei Minuten an der Ecke Charles und Beacon Street angehalten. Es schneite wieder, als er den Berg hinaufstapfte – große, weiche Flocken. Na ja – na ja! Wenn man sich so etwas vorstellte! Wenn doch ihm nur so etwas passierte – Er steckte seinen Schlüssel ins Schloß, und er klemmte wieder. Er wollte nicht weiter hineingehen, auch nicht herausgehen oder sich drehen. Verdammt! Er nestelte daran – er zerrte daran – es war zwecklos. Er trat auf die Straße zurück und suchte mit seinen Blicken die Vorderseite des Hauses danach ab, ob noch irgendwo Licht brannte. Nirgends. Die Hausangestellten waren natürlich schon zu Bett gegangen. Auch kein Licht in Mrs. Trasks Zimmer. Verdammt noch mal! Himmelherrgott noch mal! Er läutete, und nichts geschah. Kein Schritt war zu hören. Er läutete noch einmal, längere Zeit, und hörte die Klingel in der Ferne leise schrillen, mit dem verlorenen und melodramatischen Klang einer Bühnenklingel. Und das – Freude! – das Licht im Hausflur wurde heller, und die Tür ging auf. Es war Mrs. Trask selbst, die einen weiten, schwarzen Seidenmorgenrock am Hals fest zusammenhielt.

»Es tut mir leid«, sagte er – »mein Schlüssel ist steckengeblieben. Er muß wohl defekt sein. Ich fürchte, er wird dort bleiben müssen.«

Er deutete auf den schuldigen Schlüssel und lächelte. Auch Mrs. Trask lächelte – er bildete sich ein, daß sie anzüglich lächelte. Hielt ihn vielleicht für betrunken – wegen des Schlüssels? Oder lag es bloß daran, daß sie ihn mochte? ...

»Ich weiß, es sieht verdächtig aus!« Er lachte kurz auf.

»*Sehr* verdächtig!«

»Aber ich versichere Ihnen, daß er auch schon früher am Abend steckengeblieben ist!«

»Ach, *wirklich?*«

»Ja, wirklich.«

Mrs. Trask lächelte wieder, als ob sie auf etwas wartete

– natürlich, sie wartete darauf, daß er vor ihr die Treppe hinaufginge. Was für ein Idiot er doch war!
»Es tut mir leid«, sagte er wieder, in herzlichem Ton, und fügte dann hinzu, »gute Nacht, Mrs. Trask.«
»Gute Nacht, Mr. Milliken.«
Ironie? ... Nein ...
Und dann, als er vor seinem Spiegel stand, kam ihm ein glänzender Gedanke – eine wahre Erleuchtung. Natürlich! Sie fühlte sich zu ihm hingezogen! Das konnte doch jedes Kind sehen! Wenn er nun wieder hinunterginge und leise an ihre Tür klopfte – ganz, ganz leise –
Gesagt, getan. Er band den Gürtel seines Bademantels um die Mitte herum zu einem Knoten zusammen, öffnete seine Tür und horchte. Nichts regte sich – der Gang war dunkel. Er schlich sich hinaus, stieg leise die Treppe hinab – sein Herz schlug unsinnig heftig – und blieb auf dem Treppenabsatz neben Mrs. Trasks Tür stehen, um wieder zu horchen. Kein Laut – Mrs. Trask mußte ins Bett zurückgegangen sein. Er hob einen Knöchel, hielt ihn verhängnisvoll in der Schwebe und klopfte – einmal, zweimal.
»Wer ist da?«
Mrs. Trasks Stimme klang gedämpft, ein wenig erschrocken. Zu seinem Entsetzen stellte der Professor fest, daß seine eigene Stimme ihn unerklärlicherweise im Stich gelassen hatte. Er stand da und wartete, in tiefstem, entsetzlichem Schweigen.
»Sind Sie das, Mr. Milliken?«
Lächerlich! Er *mußte* etwas tun. Er nahm seinen schwindenden Mut zusammen.
»Ja, ich bin's, Mrs. Trask.«
»Ist Ihnen nicht gut? ... wollten Sie etwas?«

Ein weiteres unheilschwangeres Schweigen – ein wahrer Abgrund. Der Flur drehte sich. Aber war das nicht, dem Himmel sei Dank!, eine Gelegenheit zur Flucht?
»Ja, in der Tat... Haben Sie vielleicht einen Brandy, Mrs. Trask?«
»Tut mir leid –« kam die gedämpfte Stimme –, »ich hab' keinen... Ich würde ja aufstehen, aber ich hab' eben selber einen Schwindelanfall gehabt –«
»Oh, bitte, bemühen Sie sich nicht!... Ich dachte nur, wenn Sie vielleicht Brandy hätten...«
In qualvoller Schmach und Schande wandte er sich um und stand der Treppe gegenüber. Ruiniert! Er hätte sich um ein Haar ruiniert. Du lieber Gott, was würde Molly sagen, wenn sie davon hörte! Sie würden wegziehen müssen. Sofort... Er stand wie gelähmt da und hielt den Pfosten des Treppengeländers umklammert. Und dann schlug er, ohne triftigen Grund, die Stirn zweimal gegen den Pfosten und ging leise zurück zu seinem Zimmer.

Deutsch von Egon Pöllinger